GERECHTIGKEIT FÜR MACKENZIE

BADGE OF HONOR: DIE TEXAS HEROES
BUCH 1

SUSAN STOKER

Titelbild entworfen von: Chris Mackey, AURA Design Group
ISBN Taschenbuch: 978-1-64499-394-1
Besuchen Sie Susan im Netz!
www.stokeraces.com
facebook.com/authorsusanstoker
twitter.com/Susan_Stoker
bookbub.com/authors/susan-stoker
instagram.com/authorsusanstoker
Email: Susan@StokerAces.com

EBENFALLS VON SUSAN STOKER

Die Männer von Alpha Cove

Ein Soldat für Britt (12 Aug)

Ein Seemann für Marit (3 Mar)

Ein Pilot für Harper

Ein Wächter für Jordan

Ein Spiel des Glücks

Ein Beschützer für Carlise

Ein Prinz für June

Ein Held für Marlowe

Ein Holzfäller für April

Die Männer von Silverstone

Vertrauen in Skylar

Vertrauen in Taylor

Vertrauen in Molly

Vertrauen in Cassidy

SEALs of Protection: Alliance

Schutz für Remi

Schutz für Wren

Schutz für Josie

Schutz für Maggie

Schutz für Addison

Schutz für Kelli

Schutz für Bree (6 Jan)

Die Rescue Angels

Zuflucht für Reese

Zuflucht für Cora

Zuflucht für Lara

Zuflucht für Maisy

Zuflucht für Ryleigh

SEALs of Protection: Legacy

Ein Beschützer für Caite

Ein Beschützer für Brenae

Ein Beschützer für Sidney

Ein Beschützer für Piper

Ein Beschützer für Zoey

Ein Beschützer für Avery

Ein Beschützer für Kalee

Ein Beschützer für Jane

Mountain Mercenaries:

Die Befreiung von Allye

Die Befreiung von Chloe

Die Befreiung von Morgan

Die Befreiung von Harlow

Die Befreiung von Everly

Die Befreiung von Zara

Die Befreiung von Raven

Ace Security Reihe:

Anspruch auf Grace

Anspruch auf Alexis

SEALs of Protection:

Schutz für Caroline

Schutz für Alabama

Schutz für Fiona

Die Hochzeit von Caroline

Schutz für Summer

Schutz für Cheyenne

Schutz für Jessyka

Schutz für Julie

Schutz für Melody

Schutz für die Zukunft

Schutz für Kiera

Schutz für Alabamas Kinder

Schutz für Dakota

Schutz für Tex

Eine Sammlung von Kurzgeschichten

Ein langer kurzer Augenblick

WIDMUNG

*Die Badge of Honor Serie ist allen Polizisten gewidmet.
Jeden Tag setzen Sie Ihr Leben aufs Spiel in dem Versuch,
das Gesetz zu achten und für unser aller Sicherheit zu
sorgen. Sie könnten jeden Tag angeschrien, angespuckt oder
angeschossen werden. Die Menschen sehen Sie und fragen
sich, wen Sie verhaften oder in Schwierigkeiten bringen
wollen. Aber es gibt auch die Menschen von uns, die Sie
sehen und vor Erleichterung einen Seufzer ausstoßen. Die
wissen, dass Sie existieren, um dafür zu sorgen, dass wir
sicher nach Hause kommen, die sehen, wie viel Zeit Sie auf
der Straße und nicht bei Ihrer Familie verbringen. Deshalb
danke ich Ihnen. Aus tiefstem Herzen. Danke für alles, was
Sie tun.
Und ich danke ebenfalls den Familien aller Polizisten
weltweit. Sie sind die stärksten Männer und Frauen, die ich
kenne. Sie küssen Ihre geliebten Partner, wenn Sie zur*

Arbeit gehen, ohne zu wissen, was ihnen an jenem Tag in ihrem Job passieren wird. Danke, dass Sie es Ihren geliebten Partnern gestatten, auf uns aufzupassen.

Sie alle haben meinen größten Respekt. Ich habe mir bei den Polizeiabläufen für die Entwicklung der Geschichte einige kreative Freiheiten genommen. Sollte ich in dieser Serie also etwas beschrieben haben, das so nicht ganz richtig ist, sollen Sie wissen, dass ich weder Sie noch Ihren Beruf damit beleidigen will.

KAPITEL EINS

Daxton Chambers konnte seine Ungeduld mit seinem Freund und Polizistenkollegen Thomas James »TJ« Rockwell kaum verbergen.

»Halt die Klappe, TJ. Ich habe nur zugestimmt, heute Abend mitzukommen, weil ich diese lächerliche Wette verloren habe.«

»Ja, *du* warst der Einzige, der dämlich genug war, darauf zu wetten, dass SAFD, die Feuerwache von San Antonio, das Basketballturnier gewinnen würde. Du hättest auf die Jungs in Blau setzen sollen anstatt auf die Schlauchreiter.«

»Hey, ich habe gegen einige dieser Kerle gespielt und auf dem Feld sind sie unheimlich stark, deswegen dachte ich, sie würden gewinnen. Sie hatten bloß einen schlechten Tag. Driftwood und Crash haben auf dem College gespielt, Squirrel und Taco auf der Highschool. Der Rest? Spielt keine Rolle. Er ist für gewöhnlich bloß da, um Chaos zu veranstalten, damit die anderen mit dem Ball zaubern können.«

TJ lachte. »Ja, du hast vielleicht recht, aber ganz egal, was passiert ist, sie haben trotzdem verloren, finde dich also damit ab. Dieses Wohltätigkeits-Ding dauert nur ein paar Stunden. Sei einfach dankbar, dass sie nicht beschlossen haben, eine Junggesellen-Versteigerung durchzuführen. Ich finde das viel zu überzogen und klischeehaft, aber es ist einfach und macht auf seltsame Weise sogar Spaß. Heute Abend müssen wir jedoch nur auftauchen, unsere Muskeln ein wenig spielen lassen und wieder gehen.« TJ fuhr sich mit der Hand durch sein dunkles, welliges Haar.

Dax sah zu, wie einige Frauen, die an einem in der Nähe stehenden Tisch saßen, TJ musterten, kicherten und dann leise untereinander flüsterten. Er lachte. »Schau jetzt nicht hin, aber ich glaube, du hast dort drüben einen ganzen Tisch mit Verehrerinnen.«

Selbstverständlich sah TJ hin, drehte sich aber sofort wieder zu seinem Freund um. »Meine Güte, Dax. Sie haben kaum das College abgeschlossen. Nein danke. Diese Zeiten sind vorbei. Ich bin auf der Suche nach einer Frau, die eine ernste Beziehung will, nicht nach einem Polizeihäschen, deren einziges Ziel es ist, mit so vielen Polizisten wie möglich zu schlafen. Das habe ich alles schon hinter mir.«

»Also, wenn du eine findest, hat sie hoffentlich eine

beste Freundin oder Schwester für mich.« Dax gab TJ einen Klaps auf die Schulter. »Komm, wir holen uns ein Bier und verstecken uns in der Ecke, bis der Rummel vorbei ist. Welche Schichten hast du diese Woche? Hast du Lust, dieses neue Steakrestaurant auszuprobieren, von dem die Jungs erzählt haben?«

»Lass mich nachsehen und dir Bescheid geben. Momentan werden die Schichten geändert und ich bin mir nicht sicher, was ich übernächste Woche tun werde.«

TJ war Autobahnpolizist und Dax war Texas Ranger. Die beiden waren sich an einem Tatort begegnet und seitdem befreundet. Jetzt waren sie in der Lage, bei Fällen einfacher zusammenzuarbeiten und sich bei Konferenzen der Strafverfolgungsbehörden zu treffen.

»Kommen Cruz und Quint heute Abend?«, fragte Dax. Cruz Livingston war ein FBI-Agent, der in der Dienststelle von San Antonio arbeitete, und Quint Axton war Polizist in der Polizeiwache von San Antonio.

»Ja, ich denke schon. Calder, Hayden und Conor sollten auch kommen. Die gemeinnützige Gruppe hat versucht, Polizisten aus der gesamten Stadt zur Teilnahme zu bewegen. Ich habe sie schon eine Weile nicht mehr gesehen und würde mich freuen, mich mit ihnen über die neuesten Geschehnisse auszutauschen.«

Calder Stonewall war einer der Gerichtsmediziner in San Antonio. Sowohl TJ als auch Dax hatten ihn durch ihre Fälle kennengelernt. Hayden Yates war Hilfssheriff, die einzige Frau in ihrer eng verbundenen Gruppe, und sie hatte sich kürzlich den Respekt von allen in einem Vergewaltigungsfall verdient. Bei Vergewaltigungen war es nie einfach, zu ermitteln oder anzuklagen, und Hayden hatte sich sehr angestrengt, damit die Jugendliche, die von drei Männern vom College bei einer Party missbraucht worden war, Gerechtigkeit erfährt.

Der letzte Mann in ihrer Polizeitruppe war Conor Paxton. Er war darüber hinaus ebenfalls derjenige, über den sie am wenigsten wussten. Er arbeitete für die Abteilung Parks und Wildtiere, ein Mitglied des SCOUT-Teams, das bei kritischen Vorfällen Hilfe leistete. Im gesamten Staat von Texas gab es nur fünfundzwanzig SCOUT-Mitglieder. Conor war ruhig und konzentriert, in Notfällen aber ein absoluter Teufelskerl.

»Wir können es uns genauso gut bequem machen. Zuerst werden einige Reden gehalten, nicht wahr? Und dann kommen die Kinder und präsentieren ihre Talentshow?«, wollte Dax von TJ wissen.

»Ja, unser Tisch befindet sich am Rand. Ich habe die Organisatoren gebeten, uns nicht in der Mitte zu platzieren, falls einer von uns zu einem Einsatz gerufen wird.«

»Gut mitgedacht.«

Die Männer gingen herum, bis sie den Tisch mit ihren Namen auf den Platzkarten fanden. Wie gewünscht waren Cruz, Quint, Calder, Hayden und Conor ebenfalls Plätze an demselben Tisch zugewiesen worden.

»So sehr ich mich heute Abend auch über diese Veranstaltung beschwert habe, bin ich trotzdem froh, hier zu sein. Die Kinder sind immer so niedlich, wie sie singen und tanzen, und wir haben nicht häufig Gelegenheit, zur gleichen Zeit am gleichen Ort zu sein, ganz besonders wenn das Zusammentreffen zum Spaß und nicht wegen der Arbeit stattfindet«, sagte TJ, nachdem sie sich an den Tisch gesetzt hatten.

»Das stimmt«, sagte Dax nickend.

TJ und Dax machten es sich auf ihren Stühlen bequem und warteten darauf, dass ihre Freunde eintrafen und die Unterhaltung begann.

»Sandra, sorge dafür, dass die Kinder und ihre Eltern wissen, in welcher Reihenfolge sie auf die Bühne gehen. Wir können zwischen den verschiedenen Auftritten keine allzu große Pause haben. Wir müssen die Vorstellung im Gang halten.« Mackenzie Morgan stemmte die Hände in die Hüften und ließ den Blick über die Menge schweifen, die sich in dem riesigen

Ballsaal tummelte. Es war das zweite Jahr, in dem sie die jährliche Wohltätigkeitsveranstaltung fast ganz allein organisiert hatte. Es war eine lohnende Erfahrung und die Polizisten, die kamen, waren größtenteils hübsch anzusehen.

Mackenzie arbeitete für eine gemeinnützige Organisation namens *San Antonio Cares* oder auch SAC. Das Unternehmen half unterschiedlichen Menschen in der Stadt, von Kindern bis zu Senioren. SAC führte Auktionen und Wohltätigkeitsveranstaltungen durch und sammelte im Allgemeinen Spenden für bedürftige Menschen, die in der Großstadtmetropole von Texas lebten. Sandra war die Verwaltungsassistentin und hatte Mackenzie bei der Veranstaltung am meisten geholfen. Ohne Sandra hätte sie es niemals geschafft, alles auf die Beine zu stellen.

Diese Veranstaltung war eine ihrer größten. SAC lud Polizisten aus der ganzen Stadt ein und für gewöhnlich erschienen sie immer zahlreich. Heute Abend stellte keine Ausnahme dar. Mackenzie hatte immer schon gern mit Polizisten gearbeitet. Die Männer und Frauen waren so gut wie immer sehr höflich und zuvorkommend. Es war allerdings ein Trugschluss, dass sie alle gut aussahen. Mack hatte bereits zahlreiche Polizisten und Polizistinnen gesehen, die in näherer Zukunft keinen Schönheitswettbewerb gewinnen würden.

Doch wohin auch immer ihr Blick an diesem

Abend fiel, sah sie beinahe ausschließlich gut aussehende Polizisten. Die meisten waren in Uniform, viele trugen Cowboyhüte und Stiefel. Obwohl die Frauen ebenfalls uniformiert waren, war Mackenzie ein klein wenig neidisch darauf, wie stark und – ja – hübsch viele von ihnen aussahen. Mack hatte immer schlank und muskulös sein wollen, aber sie war mit den Genen ihrer Mutter gesegnet. Sie war klein, etwa eins zweiundsechzig und hatte zu viele Kurven, um jemals der Typ Frau zu sein, der Männern auffiel und bei dem sie sofort Lust verspüren würden.

Mit dreiundsechzig Kilo an einem guten Tag war Mack üppig. Sie schämte sich weder für ihr Gewicht noch ihr Aussehen, aber mit jedem Jahr, das verging und in dem sie niemanden fand, mit dem sie den Rest ihres Lebens verbringen wollte, sorgte sie sich, dass es niemals passieren würde. Mack war siebenunddreißig und bereits mit einigen Männern zusammen gewesen. Wenngleich sie einen oder zwei von ihnen aufrichtig geliebt hatte, hatte sie niemals eine überwältigende Liebe gespürt, eine, bei der sie gedacht hätte, nicht in der Lage zu sein, ohne die andere Person leben zu können.

Mackenzie schaute sich noch einmal um, wobei ihr geschultes Auge sich anstrengte, jegliche Probleme zu erkennen, die sie lösen konnte, bevor sie außer Kontrolle gerieten. Ihr Blick blieb an einem Tisch an der Seite des Raumes hängen.

Dort standen zwei Männer, um eine Gruppe von Polizisten zu begrüßen, die soeben eingetroffen waren. Sie fielen ihr auf, weil jeder einzelne von ihnen eine etwas andere Uniform trug. Für gewöhnlich gruppierten sich die Männer und Frauen mit ihresgleichen, um es mal so auszudrücken. Die Mitglieder der Polizei in San Antonio, auch SAPD genannt, saßen zusammen, die FBI-Agenten saßen zusammen und so weiter. Während Mackenzie sie beobachtete, nahmen die sechs Männer und eine Frau Platz, nachdem sie einander die Hände geschüttelt hatten, und begannen eine anscheinend lebhafte Unterhaltung.

Der Mann, der einen Cowboyhut in der Hand hielt, erweckte Macks Aufmerksamkeit und fesselte sie. Während die anderen Männer extrem gut aussahen, machte Mack sich eine mentale Notiz, ihrer Chefin vorzuschlagen, den Polizistenkalender für eine Wohltätigkeitsveranstaltung im nächsten Jahr neu zu überarbeiten. Aus offensichtlichen Gründen stach dieser Mann mit dem Cowboyhut heraus. Er hatte kurzes braunes Haar. Er war groß, aber dann wiederum kam Mackenzie so gut wie jeder Mann groß vor. Sie konnte seinen Körperbau nicht genau erkennen, da sie auf der anderen Seite des Raumes stand und er eine langärmelige Uniform trug, aber ihr gefiel, wie er den Menschen in die Augen sah, als er sie begrüßte, und dafür sorgte, dass sich jeder seiner Aufmerksamkeit bewusst war.

Verdammt, Mackenzie hatte keine Ahnung, was dazu geführt hatte, dass ihr Blick an diesem Mann hängengeblieben war, ganz besonders weil sie von attraktiven Männern umgeben war. Aber sie bemerkte eine Anziehung, die unmittelbar und verblüffend gleichzeitig war. Sie hatte noch nie so einen Stromstoß gespürt wie beim Anblick dieses Mannes.

Als sie Geschrei vernahm, wandte sie ihre Aufmerksamkeit von dem Tisch ab und schaute zu einem kleinen Mädchen, das später eine Aufführung haben würde. Sie rief im Laufen einer ihrer Freundinnen etwas zu und passte nicht auf, was um sie herum vor sich ging. Ein Kellner, der ein Tablett mit leeren Bierfaschen und Gläsern trug, war ihr direkt im Weg.

Mackenzie durchquerte sofort eilig den Raum. Sie wusste, dass sie den Zusammenstoß nicht verhindern konnte, aber sie hoffte, das kleine Mädchen vor einer Verletzung zu bewahren.

Gerade als Mackenzie bei ihnen angekommen war, stieß das kleine Mädchen mit dem Kellner zusammen. In einer auszeichnungswürdigen Aktion packte sie das kleine Mädchen gerade in dem Moment an der Taille, in dem sie von den Beinen des Kellners zurückprallte.

Mack sah, wie er taumelte, zur Seite wich und dabei versuchte, das Tablett nicht auf den Kopf des Mädchens fallen zu lassen. Unvermeidbarerweise geriet das Tablett durch seine plötzliche Bewegung in

Schieflage und alle Gläser und Flaschen fielen mit einem lauten, nicht zu überhörenden Klirren zu Boden.

Mack trat von dem Chaos auf dem Boden einige Schritte zurück und kniete sich hin, um mit dem Kind zu sprechen. Sie wollte sich davon überzeugen, dass sie rechtzeitig gekommen war, um zu verhindern, dass sie sich an dem Glas geschnitten hatte.

»Bist du in Ordnung?« Mackenzie blickte auf das Namensschild, das an dem glitzernden Kleid des Mädchens befestigt war. »Cindy? Hast du dir an dem Glas wehgetan?«

Cindy schniefte und schüttelte den Kopf. Dann schob sie sich ihren Daumen in den Mund und lutschte fest daran.

Mackenzie sah auf und bemerkte, wie eine Frau auf sie zukam, der Cindy sich entgegenstreckte, als sie sich näherte.

»Es tut mir schrecklich leid, Miss Morgan«, sagte Cindys Mutter, während sie ihre Tochter tröstete.

Als sie Cindys Mutter sah, war Mackenzie erleichtert. Sie mochte Kinder, konnte aber nicht besonders gut mit ihnen umgehen. »Das ist schon okay. Ich bin nur froh, dass Cindy sich nicht wehgetan hat. Bringen Sie sie dorthin, wo die anderen Kinder sich fertig machen. Ich werde mich hierum kümmern und dann werden wir die Show in Kürze beginnen, in Ordnung?«

»Natürlich. Und vielen Dank. Ich habe noch nie jemanden gesehen, der so schnell reagiert hat.«

Mackenzie nickte gedankenverloren und wandte dem Kellner schon wieder den Rücken zu. Erleichtert sah sie zwei der Caterer, die sich bereits darum kümmerten, die Scherben zu beseitigen.

»Geht es Ihnen gut, Miss?«

Erschrocken blickte Mackenzie auf – direkt in die Augen des Mannes, den sie zuvor bewundert hatte.

Wow. Aus der Nähe sah er sogar noch besser aus. Ihr fiel kurz der Texas-Rangers-Stern an seiner Brust auf und sie nickte als Antwort auf seine Frage mit dem Kopf. Verdammt, Rangers waren die Besten der Besten im Bundesstaat. Sie hatten einen guten Ruf und sie wusste, dass er mehr als eine Nummer zu groß für sie war. Außerdem, ganz egal, wie sehr sie es auch wollte, sie hatte keine Zeit für Plaudereien.

»Ja, alles in Ordnung. Bei so vielen anwesenden Menschen ist es ist unvermeidbar, dass so etwas passiert. Geht es Ihnen ebenfalls gut? Wurde irgendjemand von dem Glas getroffen? Mist, ich muss dafür sorgen, dass ein Schild aufgestellt wird, auf dem ›Achtung Rutschgefahr‹ steht, denn ich möchte nicht, dass irgendjemand hinfällt. Das fehlt mir gerade noch, dass ein Polizist ausrutscht und sich den Kopf aufschlägt. Dann würde ich vermutlich verklagt werden. Das wäre ganz sicher kein gutes Karma. Wie dem auch sei, ja, mir geht es gut und ich muss jetzt weiter. Ich habe einen Haufen Zeug zu erledigen. Freut mich, dass Sie ebenfalls okay sind.«

Mackenzie entfernte sich von dem Ranger, wohl wissend, dass sie vor sich hinplapperte, sie konnte aber nicht aufhören. Sie neigte dazu, ohne Unterlass zu reden, ganz besonders wenn sie nervös war. Als sie den Mann stehen ließ, verspürte sie einen Stich der Reue. Sie war nicht schüchtern, sie hatte *wirklich* keine Zeit, sich mit ihm zu unterhalten. Sie musste dafür sorgen, dass die Vorführung anfing, und sich darum kümmern, dass die Scherben aufgefegt wurden.

Dax sah zu, wie die Brünette sich entfernte und zu einer Frau in einer schwarzen Hose und weißer Bluse ging, die aussah, als arbeitete sie für das Cateringunternehmen. Er lächelte, ohne den Blick von der kurvigen Rückseite der Frau abzuwenden. Sie war entzückend gewesen, wie sie immer weitergeredet hatte, ohne ihm richtig in die Augen zu sehen. Es war eine erfrischende Abwechslung von den Frauen, denen er tagtäglich begegnete. Aufgrund seines Aussehens oder der Tatsache, dass er ein Ranger war, flirteten sie entweder schamlos mit ihm oder sie verhielten sich raffiniert und trügerisch und logen, dass sich die Balken bogen, um irgendein Verbrechen zu vertuschen, das sie begangen hatten.

»Komm her, Dax. Beweg deinen Hintern wieder hier rüber. Calder will wissen, was zum Teufel du dir dabei gedacht hast, dich letzte Woche auf die Seite der

Feuerwehrmänner und gegen die Polizisten zu stellen«, rief Cruz ihm vom Tisch aus zu.

Dax warf einen letzten Blick auf die Frau, die sich nun mit der Dame des Cateringunternehmens unterhielt, und seufzte. Er kannte sie nicht und hatte nur wenige Worte mit ihr gewechselt, aber er fand es süß, wie sie weitergeplappert hatte. Nicht nur das, sie hatte auch den Körper, zu dem er sich am meisten hingezogen fühlte. Aber in der Vergangenheit hatte er Probleme gehabt, weil Frauen seine verrückten Schichtwechsel nicht hinnehmen wollten, und dachte, dass diese Frau bei seinem Glück vermutlich auch nicht anders sei.

Er drehte sich um, atmete tief durch und ging zurück zu dem großen Tisch. Es würde ein langer Abend werden, an dem er die liebevolle Neckerei seiner Freunde ertragen müsste. Er würde es aber um nichts in der Welt ändern wollen.

KAPITEL ZWEI

Dax schaute im Polizeiwagen zu TJ hinüber. Er würde niemals vergessen, wie er dem Autobahnpolizisten zum ersten Mal begegnet war. TJ hatte die Rangers angefordert, als ein Leichenfund an einer der vielen Landstraßen, von denen San Antonio umgeben war, gemeldet worden war. Dax hatte TJ am Tatort getroffen und die beiden hatten sich sofort gut verstanden. Nach langen Ermittlungen in dem Fall waren die Männer Freunde geworden.

Eigentlich war TJ momentan außer Dienst, auch wenn die beiden sich in seinem offiziellen Fahrzeug befanden und zu einem Steakrestaurant fuhren, das erst kürzlich eröffnet worden war und sensationelle Bewertungen bekommen hatte. Sie hatten endlich ihre Dienstpläne abgeglichen und waren auf dem Weg zum Abendessen.

»Wie läuft es bei diesem Serienmordfall, an dem du arbeitest?«

Dax seufzte. Sie hatten bei der Wohltätigkeitsveranstaltung vor zwei Wochen ein wenig darüber gesprochen, aber seitdem war es schlimmer geworden. »Scheiße. Dieser Kerl ist gut.«

»Wie viele Leichen wurden bislang entdeckt?«

»Fünf. Alle Opfer wurden lebendig begraben und gemeldet. Wer weiß, wie viele es noch gibt, denn wir würden die Leichen ja gar nicht erst finden, wenn der Mistkerl uns nicht sagen würde, wo sie sind.«

»Was sagt Calder zur Todesursache?«

Als einer der Gerichtsmediziner für den Landkreis Bexar war Calder dafür verantwortlich, die Todesursache aller Menschen zu bestimmen, die plötzlich, unerwartet oder gewaltsam starben.

»Ersticken natürlich. Der Dreckskerl begräbt sie lebendig und Calder schätzt, dass sie zwischen zwei und zehn Stunden am Leben bleiben. Eine verdammte Qual.«

TJ hatte nicht viel zu sagen. Es war unvermeidbar, dass ihr Gespräch sich irgendwann um die Arbeit drehen würde, wenn die beiden zusammen waren. Beide Männer hatten sich ihrem Job verschrieben und wollten auf die eine oder andere Art die bösen Menschen von der Straße holen.

Gerade als Dax versuchen wollte, das Thema auf etwas weniger Depressives zu lenken, raste ein blauer

Honda Civic auf der Gegenfahrbahn an ihnen vorbei. TJ schaltete gerade rechtzeitig das nach hinten ausgerichtete Radargerät ein, um zu erfassen, dass der Wagen mit hundertdreißig durch eine Hunderter-Zone fuhr.

»Halt dich fest.«

Dax hielt sich fest und machte sich gar nicht erst die Mühe zu protestieren, als TJ das Tempo gerade ausreichend drosselte und eine sichere Kehrtwende hinlegte, bevor er aufs Gas trat, um zu dem Temposünder aufzuschließen. Auch wenn sie eigentlich außer Dienst waren, wusste jeder Polizist, dass er eigentlich nie *wirklich* außer Dienst war. Jeder, der so schnell fuhr, konnte problemlos jemanden töten, und als Polizist war es TJs Pflicht, ihn zu stoppen.

Dax grinste, als sie die Entfernung zwischen ihnen und dem Wagen schnell aufholten. Weil Dax nicht mehr auf Streife arbeitete, erlebte er einen Adrenalinrausch, als er wieder einmal in eine schnelle Verfolgungsjagd verwickelt war. Der Honda konnte mit dem Ford Crown Victoria und dessen starken Motor nicht mithalten und TJ kam ihm rasch näher. Er schaltete das Blaulicht an und gab gleichzeitig das Kennzeichen über Funk an die Zentrale zur Überprüfung durch. Die Fahrerin des Wagens fuhr sofort rechts ran, nachdem sie das Blaulicht im Rückspiegel gesehen hatte.

»Ich dachte, du seist außer Dienst, TJ«, sagte die

Disponentin am anderen Ende der Funkverbindung mit einem Lachen in der Stimme.

»Na ja, du weißt ja, wie es ist.«

Dax und TJ fuhren hinter dem Wagen auf den Standstreifen und warteten, dass die Disponentin ihnen die Informationen über den Fahrzeughalter übermittelte. Sie mussten nicht lange warten.

»Honda Civic, blau, zweitausendelf. Zugelassen auf eine Mackenzie Morgan, siebenunddreißig Jahre alt. Eins zweiundsechzig, dreiundsechzig Kilo. Einwohnerin von San Antonio. Keine Vorstrafen, keine Einträge.«

»Zehn vier. Danke.« TJ teilte der Disponentin mit, dass er die Verkehrskontrolle durchführen würde, und legte das Funkgerät zur Seite.

»Tut mir leid, Dax. Ich würde sie zu gern mit einer Verwarnung davonkommen lassen, damit es schneller geht, aber ich werde sehen müssen, wie die Sache sich entwickelt. Ich werde versuchen, es kurz zu machen, damit wir uns auf den Weg machen können. Ich bin am Verhungern. Ich bin gleich zurück.«

Dax sah zu, wie TJ aus seinem Streifenwagen stieg und vorsichtig an die Fahrertür des Wagens herantrat. Der gefährlichste Teil einer Verkehrskontrolle bestand in der ersten Kontaktaufnahme mit den Insassen eines Fahrzeugs. Man konnte nie wissen, ob die Person oder Personen im Wagen bewaffnet waren und ob sie auf einen Polizisten das

Feuer eröffnen würden, wenn er sich dem Fahrzeug näherte.

Dax konnte sehen, dass die Frau in dem Wagen sich mit beiden Händen am Lenkrad festhielt, wie sie es vermutlich beigebracht bekommen hatte.

TJ stand etwa dreißig Zentimeter von der Tür entfernt und beugte sich etwas nach vorn, während er mit der Frau sprach. Dax sah, wie sie sich zum Handschuhfach beugte und TJ durch das Fenster dann einige Papiere reichte, wobei es sich höchstwahrscheinlich um Führer- und Fahrzeugschein handelte.

Von seinem Platz auf dem Beifahrersitz von TJs Wagen konnte Dax nicht viel von der Frau sehen, aber anhand der Beschreibung der Disponentin konnte er sich vorstellen, wie sie aussah. Klein und wahrscheinlich kurvig. Genau sein Typ. Oh, Dax war schon mit Frauen in allen Formen und Größen zusammen gewesen, aber er kam immer zu dem zurück, was ihm am besten gefiel. Mit seinen eins fünfundachtzig mochte Dax das Gefühl, größer und kräftiger zu sein als die Frau, mit der er zusammen war. Es gefiel ihm, wenn sie in seine Armbeuge passte. Dax hasste es, wenn eine Frau nur aus Haut und Knochen bestand. Es gab nichts Besseres, als sich an etwas Fleisch festhalten zu können, während er in ihren Körper hineinstieß.

Dax rutschte auf seinem Sitz hin und her. Herrgott, er musste sich zusammenreißen. Er war zu alt, um eine Erektion zu bekommen, während er sich vorstellte, wie die unbekannte Frau wohl aussehen könnte. Es war offensichtlich schon viel zu lange her, seit er das letzte Mal Sex hatte. Er müsste sehen, was er dagegen unternehmen könnte.

TJ drehte sich um und kam nach einer längeren Unterhaltung mit der Frau in ihrem Fahrzeug zurück zu seinem Wagen. Er setzte sich hin und zog den Laptop zu sich, der in der Mittelkonsole montiert war, dann tippte er rasch die Informationen von dem Führerschein in seiner Hand ein.

»Und?«, fragte Dax. »Welche tränenreiche Geschichte hatte sie zu erzählen?«

TJ grinste. »Du würdest es nicht glauben. Sie war tatsächlich wirklich süß.«

»Süß?«

»Ja, sie fing einfach an zu plappern. Ich glaube, so etwas habe ich noch nie zuvor bei jemandem erlebt. Sie hat nicht wirklich versucht, den Strafzettel zu umgehen, und sie hat auch nicht versucht, ihr Verhalten zu entschuldigen ... sie hat mir einfach nur ihr Herz ausgeschüttet.«

Dax legte den Kopf zur Seite. Woran erinnerten TJs Worte ihn?

»Sie schwatzte davon, dass sie mit ihrer Höllenchefin einen furchtbaren Tag bei der Arbeit hatte. Dann erklärte sie, dass sie nach Hause fahren und sich von ihrer Familie quälen lassen müsse, weil sie alleinstehend und kinderlos sei. *Dann* regte sie sich ganz furchtbar niedlich darüber auf, wie sehr sie es hasste, wenn Menschen auf der Autobahn an ihr vorbeirasten und es sie nicht einmal kümmerte, dass sie so schnell fuhren. Irgendwie wechselte sie dann das Thema und fing an, über Sattelzüge auf den Straßen zu schwafeln, bevor ich sie unterbrach.«

»Wie war noch gleich ihr Name?«, fragte Dax, als das nagende Gefühl noch stärker wurde. Ihm war jedoch nicht klar, warum er es überhaupt empfand.

»Mackenzie Morgan. Sie ist sauber. Sie hat noch nicht einmal einen Strafzettel wegen Falschparkens bekommen, zumindest nicht hier in San Antonio. Ich werde sie mit einer Verwarnung davonkommen lassen.«

»Eine Verwarnung? Das sieht dir aber nicht ähnlich. Du musst sie *wirklich* süß gefunden haben.«

Lachend reichte TJ den Führerschein an Dax weiter und sagte: »Ja, sie ist süß, aber deswegen lasse ich sie nicht davonkommen. Es war ihr wirklich peinlich, dass sie so schnell gefahren ist.«

»Natüüüürlich ist das der Grund.« Dax lachte, dann schaute er auf den Führerschein, den er in der Hand hielt. Überraschenderweise war das Foto nicht so schlimm, wie die meisten es für gewöhnlich waren.

Mackenzie A. Morgan. Genau wie die Disponentin gesagt hatte, war sie dreiundzwanzig Zentimeter kleiner als er. Auf dem Foto hatte sie braune Haare und lächelte schief. Dax hatte den Gedanken, dass

28

sogar ihre Augen lächelten. Warum kam sie ihm so bekannt vor?

TJ schüttelte bloß den Kopf und streckte Dax die Hand nach ihrem Führerschein hin. Nachdem er ihn zurückgegeben hatte, stieg TJ aus dem Wagen. Bevor er zurück zu dem Honda ging, sagte er: »Außerdem ist es einfach zu viel Arbeit, einen Strafzettel zu schreiben. Wir haben eine Tischreservierung.«

Dax lachte laut auf, als TJ zurückging, um Mackenzie die guten Neuigkeiten zu überbringen. TJ hatte immer schon eine Schwäche für hübsche Gesichter gehabt und Miss Morgan hatte definitiv eins davon.

TJ hielt sich etwas zu lange damit auf, der Frau eine einfache Verwarnung auszusprechen, und Dax runzelte die Stirn, denn ihm gefiel das Gefühl in seinem Bauch nicht.

Scheiße, das war Eifersucht. Er war auf seinen verdammten Freund eifersüchtig. Es machte den Anschein, als seien die beiden in eine weitere Unterhaltung vertieft, und Dax sah, wie die Frau mehrmals den Kopf schüttelte. Er wippte ungeduldig mit dem Bein auf und ab. Wie konnte er eifersüchtig auf seinen Freund sein? Verdammt, es war bloß eine Verkehrskontrolle, eine von Tausenden, die TJ in seiner beruflichen Laufbahn durchgeführt hatte. Es war nicht so, als würde er dieser Frau eine Verabredung vorschlagen ... oder etwa doch?

Bevor Dax ein Ranger wurde, hatte er selbst sehr viele Leute angehalten und kontrolliert, warum war das hier also anders? Dax wollte es nicht zugeben, aber es lag an der Frau hinter dem Steuer. Er hatte ihr Gesicht zwar nicht persönlich gesehen, nur ihr Foto auf dem Führerschein, aber er hatte immer noch das Gefühl, sie zu kennen. Sein Bauchgefühl schrie ihn an, aber er wusste nicht warum.

Endlich nickte TJ der Frau zu und kam zum Streifenwagen zurück. Er setzte sich und zog den Laptop erneut zu sich, um die Verkehrskontrolle abzuschließen. Dax sah zu, wie der Honda sich gemächlich in Gang setzte und in demselben Tempo weiterfuhr, bis er außer Sichtweite war. Mit dem seltsamen Gefühl, als hätte er etwas Wichtiges verloren und als hätte er zumindest aussteigen und der Frau begegnen sollen – auch wenn das überaus ungewöhnlich gewesen wäre –, runzelte Dax die Stirn. Jetzt war es zu spät.

»Was war los?«

»Verdammt. Habe ich vorhin gesagt, dass sie süß ist? Beim zweiten Mal war sie nämlich noch hinreißender. Ich sagte ihr, sie sei noch einmal davongekommen, und sprach ihr die Verwarnung aus, woraufhin sie einen weiteren Monolog darüber hielt, wie erleichtert sie sei und dass ich ihre weiße Weste bewahrt hätte.«

»Dann hat sie also mit dir geflirtet?«, fragte Dax gereizt.

TJ schaute seinen Freund an. »So war das nicht.«

»Wie war es dann?«

»Hör zu, ich verabrede mich nicht mit Frauen, die ich anhalte, Dax, meine Güte. Außerdem ist sie nicht mein Typ. Sie hat einfach nur wieder angefangen, darüber zu quatschen, wie dankbar sie sei. Oh, und sie hat erwähnt, dass sie bei derselben Wohltätigkeitsveranstaltung geholfen hat, bei der wir vor zwei Wochen waren. Laut ihrer Aussage wusste sie immer schon, dass Polizisten nicht die krassen Typen seien, die wir versuchten darzustellen, und hat mir für das Geld gedankt, das ihre Gruppe an jenem Abend durch Spenden eingenommen hat.«

»Heilige Scheiße, das ist es!«, rief Dax.

»Was ist was?«, fragte TJ und verzog verwirrt das Gesicht.

»Daher habe ich sie wiedererkannt. Ich habe sie an jenem Abend gesehen, bei diesem Wohltätigkeitsding. Erinnerst du dich daran, wie der Kellner das Tablett fallen gelassen hat?«

»Vage.«

»Sie war diejenige, die ihm zu Hilfe geeilt ist.«

»Und? Ich verstehe nicht, worauf du hinauswillst, Dax.«

Dax erinnerte sich, wie die Frau ohne Unterlass mit ihm geredet hatte, bevor sie sich abrupt abgewandt hatte, um sich um ihre eigenen Angelegenheiten zu kümmern. Er lächelte. »Kann ich ihre Nummer haben?«

TJ schaute seinen Freund ungläubig an. »Was?«

»Ihre Nummer. Ich weiß, dass sie im Computer steht. Gib sie mir.«

»Du kannst sie nicht einfach aus heiterem Himmel anrufen und um eine Verabredung bitten, Dax.«

»Wieso nicht?«

»Sie wird denken, du bist ein Stalker.«

»Nein, das wird sie nicht.«

»Außerdem verstößt es gegen das Gesetz, sie dir zu geben, und das weißt du auch.«

Dax versuchte, seinen Freund charmant anzulächeln. »Komm schon, Mann. Bitte? Ich habe sie neulich nicht nach ihrem Namen fragen können, aber ich glaube, es ist Schicksal, dass du sie heute Abend angehalten hast. Ich hätte sie vorher keinesfalls finden können, aber jetzt kann ich das.«

»Dich hat es schwer erwischt.«

Dax lächelte bloß weiter.

»Na gut, aber wenn ich Schwierigkeiten bekomme, werde ich dir den Untersuchungsausschuss auf den Hals hetzen.«

»Super.«

»Herrgott, ich fühle mich wie ein Verkupplungsdienst. Sie hat es dir also wirklich angetan, was?«

»Ja. Sie hat einfach irgendwas. Ich verschicke ja keine Hochzeitseinladungen. Verdammt, ich sage nicht einmal, dass ich mit ihr zusammen sein will. Aber ich habe genügend Interesse, um sie anzurufen und herauszufinden, ob etwas daraus wird.«

TJ ließ den Wagen an und machte, nachdem er links und rechts geschaut hatte, um sich davon zu überzeugen, dass keine Autos kamen, eine Kehrtwende auf der Straße und fuhr zurück in die Richtung, aus der sie gekommen waren, bevor er Mackenzie angehalten hatte.

»Bereit zum Essen?« TJ versuchte offensichtlich, das Thema zu wechseln.

»Auf jeden Fall. Meinst du, du kannst es in den nächsten dreißig Minuten vermeiden, noch jemand anderen anzuhalten, damit wir dieses Mal wirklich etwas zu essen bekommen?«

»Was für ein lustiger Kerl du bist.«

Dax lächelte. Er liebte es, Teil der Bruderschaft der Polizisten zu sein. Es spielte keine Rolle, dass er Texas Ranger war und TJ Autobahnpolizist. Polizei war Polizei und alle arbeiteten gemeinsam an Fällen. Weder er noch TJ waren je verheiratet gewesen und so gefiel es ihnen auch. Dax wusste, dass es schwierig war, mit einem Polizisten verheiratet zu sein, und hatte bislang noch keine Frau gefunden, die damit umgehen konnte. Mit seinen sechsundvierzig Jahren war er der Überzeugung, niemals jemanden zu finden. Innerlich zuckte er mit den Schultern. Es war ihm egal. Er hatte seinen Beruf und seine Freunde. Das Leben war gut.

Aber zum ersten Mal seit langer Zeit war er aufgeregt, Aussicht auf eine Verabredung zu haben. Er hatte TJ nicht angelogen. Miss Mackenzie Morgan hatte etwas, das ihn anzog. Er hoffte, herausfinden zu können, worum es sich dabei handelte, und es entweder loszuwerden oder zu sehen, wohin es führen könnte.

»Dann tritt aufs Gas. Lass uns essen.«

KAPITEL DREI

Mackenzie seufzte schwer, als sie zurück zu ihrer Wohnung fuhr. Von der Polizei angehalten zu werden war die Krönung eines sehr langen, beschissenen Tages gewesen. Sie konnte nicht fassen, so gedankenverloren gewesen zu sein, dass sie das Tempolimit um dreißig Stundenkilometer überschritten hatte. Gott sei Dank hatte der Polizist ihr nur eine Verwarnung ausgesprochen, anstatt ihr einen Strafzettel zu schreiben.

Nachdem Mackenzie die Tür geöffnet hatte, steckte sie den Schlüsselbund zurück in ihre Handtasche und legte sie auf den kleinen Tisch im Eingangsbereich. Sie schloss die Tür und verriegelte sie, dann hängte sie ihren Mantel in dem kleinen Flur an den Haken.

Danach zog sie ihre Schuhe aus und tapste durch den Flur ins Wohnzimmer. Dort ließ Mackenzie sich aufs Sofa fallen, legte den Kopf zurück und schloss die Augen. Verdammt, sie war froh, zu Hause zu sein.

Der Tag hatte ganz okay angefangen. Mackenzie war rechtzeitig bei der Arbeit eingetroffen und hatte es sich auf dem Sessel hinter ihrem Schreibtisch bequem gemacht. Nach der Wohltätigkeitsveranstaltung hatte sie selbst Wochen später noch jede Menge Papierkram zu erledigen und war darin vertieft gewesen, als ihre schreckliche Chefin sie in ihr Büro beordert hatte.

Nancy Wood war einzigartig. Sie war etwa zehn Zentimeter größer als Mackenzie, aber auch rund dreizehn Kilo leichter. Sie war beängstigend dünn. Nicht nur das, sie hatte auch langes schwarzes Haar, das ihr bis zum Hintern reichte. Es schwang um sie herum, während sie ging, weil sie sich weigerte, es in einem Dutt oder geflochtenen Zopf zu tragen. Mit ihrem Haar, ihrer spitzen Nase und dem langen Gesicht war Nancy eine seltsam aussehende Frau. Sie lächelte nie und liebte es, alle im Büro herumzukommandieren. Alle machten sich hinter ihrem Rücken über sie lustig und nannten sie die »Böse Hexe von SAC«.

Die Frau hielt sich für weitaus wichtiger, als sie es tatsächlich war. Nancy hatte zwei Stunden damit verbracht, die Tabellen mit den eingegangenen Spenden und Ausgaben durchzugehen. Es machte Mack verrückt, weil die Finanzen letztendlich ihrer Verantwortung unterlagen. Sie hasste es, dass ihre

Chefin ihre Arbeit überprüfte, als sei sie eine Fünft-klässlerin.

Nicht lange nachdem die Besprechung mit ihrer Chefin endlich beendet war, klingelte das Telefon. Es war ihre Mutter, die sie zu einem spontanen Familien-essen einladen wollte.

Mackenzie liebte ihre Mutter und ihre Brüder, aber sie verstanden sie einfach nicht. Als Erstes hatten sie ihre Entscheidung kritisiert, in einer Wohnung zu leben, anstatt ein Haus zu kaufen. Sie wusste, dass sie in ihrem Alter vermutlich in den sauren Apfel hätte beißen und endlich in Eigentum investiert haben sollen, aber das Wohnungsleben gefiel ihr. Sie fand es praktisch, die Verwaltung anrufen zu können, wenn etwas nicht funktionierte, und sich nicht selbst damit herumschlagen zu müssen. Sie war nicht besonders geschickt, deshalb war es nett, dass sie die Verantwor-tung für Reparaturen aller Art jemand anderem über-geben konnte. Darüber hinaus war Mackenzie ganz besonders dankbar, dass sie sich um jegliche Gartenar-beit nicht den Kopf zerbrechen musste.

Wie dem auch sei, jedes Mal wenn sie mit ihrer Familie zusammenkam, hörte sie die gleiche Leier darüber, dass sie siebenunddreißig und unverheiratet war. Jedes Mal. Es war nicht so, als wollte Mackenzie unverheiratet sein, sie hatte bloß noch niemanden gefunden, mit dem sie den Rest ihres Lebens verbringen wollte.

Sie seufzte. Mackenzie wusste, dass sie wählerisch war. Das war kein Geheimnis. Jedes Mal wenn sie dachte, sie hätte den perfekten Mann gefunden, tat oder sagte er etwas, das sie ihre Entscheidung überdenken ließ. Dann nahm sie diesen kleinen Makel und hielt daran fest, bis er schließlich größer und größer und sie so unzufrieden wurde, dass die Beziehung in die Brüche ging. Mackenzies beste Freundin Laine erzählte ihr ständig, sie sei wie Seinfeld, weil sie dumme Gründe erfand, um mit Männern Schluss zu machen. Meistens endeten ihre Beziehungen damit, dass der Mann entsetzt die Hände in die Luft warf und sie verließ.

Mackenzie war keine Idiotin. Sie wusste, es war ihre Schuld, dass sie bis zum Gehtnichtmehr an den Männern, mit denen sie zusammen war, herummäkelte und sie dazu brachte, nicht bei ihr bleiben zu wollen, aber sie wusste nicht, wie sie damit aufhören sollte. Und wenn eine kleine Stimme in ihrem Inneren wollte, dass der Mann blieb, obwohl sie eine Ziege war, so würde sie es niemals zugeben.

Sie hatte einige schlechte Angewohnheiten, das wusste sie, aber sie fand sie nicht so schlimm, dass ein Mann deswegen mit ihr Schluss machen sollte. Ein Freund erzählte ihr einmal, dass ihre Angewohnheit, ohne Unterlass zu reden, süß sei, aber als die Beziehung sich dem Ende neigte, gab er zu, dass es ihm peinlich war, wenn sie in der Gegenwart anderer

Personen alles, was sie dachte, ungefiltert aussprach und dass sie sich in dieser Hinsicht besser zusammenreißen solle, wenn sie jemals einen Mann halten wolle. Idiot.

Sie rief sich die Unterhaltung ins Gedächtnis zurück, die sie heute Abend mit ihren Brüdern geführt hatte. Sie waren ungewöhnlich direkt zu ihr gewesen und ihre Worte hatten sie härter getroffen, weil Mackenzie wusste, dass sie größtenteils recht hatten.

»Mack, was erwartest du von einem Mann, wenn du ihn jeden Tag wegen irgendeinem dummen Mist anblaffst? Soll er es sich gefallen lassen? Auf keinen Fall.«

»Aber Mark, wenn er mich liebte, würde er sehen, wie bestürzt ich bin, und sich ändern.«

»Ich liebe dich, Schwesterherz, aber damit liegst du falsch. Erstens habe ich gehört, wie du dich darüber beschwert hast, dass die Männer, mit denen du zusammen warst, wollten, dass du dich änderst, deshalb verstehe ich nicht, wie du dich hinstellen und sagen kannst, dass niemand dich bitten würde, *dich* zu ändern, wenn er dich liebte, du dich im Gegenzug aber darüber beklagen kannst, dass *er* gewisse Dinge nicht so macht, wie du es für richtig hältst. Du kannst nicht erwarten, dass ein Kerl die Art und Weise ändert, wie er die Küche aufräumt, verdammt, nur weil du möchtest, dass er das Geschirr auf eine bestimmte Art in die Spülmaschine stellt, er es aber anders macht. Das ist lächerlich. Du *suchst* regelrecht nach Gründen, die Kerle wegzustoßen, und reitest immer wieder darauf herum, bis sie beschließen, dass du es einfach nicht wert bist.«

Mackenzie senkte den Kopf. Sie wusste, dass Mark recht hatte. Dann hatte Matthew ebenfalls angefangen.

»Ernsthaft, ich habe gesehen, wie du sie behandelst. Erinnerst du dich an das eine Thanksgiving, als wir alle dasitzen und zuhören mussten, wie du dich mit ... wie war noch gleich sein Name ... gezankt hast? Das war verrückt. Du wolltest einfach nichts gut sein lassen. Verdammt, der Mann konnte nicht einmal Fußball gucken, ohne dass du ihm gesagt hast, dass er es falsch macht.«

Mackenzies Mutter mischte sich auch ein. »Liebes, wir sagen ja nur, dass du dich etwas entspannen sollst. Du wirst niemals einen Mann finden, der perfekt ist. Du wirst einfach lernen müssen, etwas mehr einzulenken, wenn du in einer Beziehung bist.«

Mackenzie seufzte, nahm das Kissen, das neben ihr auf dem Sofa lag, drückte es sich vor den Bauch und vergrub das Gesicht darin. Sie war einfach irre. Sie wusste nicht, warum sie so war ... streichen Sie das, sie wusste es, aber sie hasste es, das vor sich selbst oder jemand anderem zuzugeben. Ihr erster echter erwachsener Freund hatte genau das Gleiche mit *ihr* gemacht und alles, was sie tat, kritisiert, und anscheinend hatte sie alle seine Handlungen in ihrem Gedächtnis abgespeichert und beschlossen, dass Beziehungen so funktionierten. Es war eine selbsterfüllende Prophezeiung, denn bei jedem Mann, mit dem sie seit diesem ersten Freund zusammen war, hatte sie genau das Gleiche getan. Sie hatte so lange an dummen kleinen Dingen herumgemäkelt, bis er die Nase voll hatte und sie verließ.

Mackenzie wusste, dass es dumm war, wusste, dass *sie* dumm war. Ihr Bruder hatte recht, es spielte wirklich keine Rolle, ob ein Mann seine Schuhe in den Schrank stellte oder sie auf dem Badezimmerboden zurückließ. Aber jetzt, da sie daran gewöhnt war, die Sachen so zu machen, wie *sie* es für richtig hielt, war es schwierig, damit aufzuhören. Verdammt, ihre Mutter hatte ihr oft genug gesagt, dass sie ein extrem dickköpfiges Kind war, und jetzt war sie eine dickköpfige Erwachsene.

Aber sie war eine Romantikerin. Das war sie schon immer. Als Kind hatte sie sich von ihrer Mutter jeden Disneyfilm kaufen lassen und sie immer und immer wieder angeschaut. *Aschenputtel*, *Schneewittchen* ... es spielte keine Rolle. Solange die Märchenprinzessin am Ende mit dem Prinzen zusammenkam, hatte Mackenzie es geliebt. Das hatte wahrscheinlich ihre Denkweise verzerrt.

Mackenzie wandte ihre Gedanken von ihrer Familie ab – so gut sie es auch meinten, es bedrückte sie trotzdem – und dachte zurück an den Vorfall auf dem Nachhauseweg.

Sie war entsetzt gewesen, als sie angehalten worden war. Mackenzie war ein gutes Mädchen und hatte niemals zuvor auch nur einen Strafzettel wegen Falschparkens bekommen. Deshalb war es keine allzu lustige Erfahrung gewesen, von der Polizei angehalten zu werden. Sie war zu schnell gefahren, weil sie einfach nur nach Hause wollte, um sich bequeme Klamotten anzuziehen und zu entspannen.

Alles in allem war der Polizist aber tatsächlich sehr nett gewesen. Er hatte ihren Führerschein und die Fahrzeugpapiere sehen wollen und sie hatte gedemütigt gewartet, dass er zurückkommt und ihr ihren Strafzettel überreicht. Selbstverständlich hatte sie wie ein Wasserfall geplappert. Sie hatte sogar gesehen, wie er mit dem Mann gelacht hatte, der in seinem Wagen saß.

Mackenzie hatte in ihren Rückspiegel geblickt und zugesehen, wie der Polizist und der Mann, der neben ihm saß, sich miteinander amüsiert hatten. Sie hatte gespürt, wie ihr die Röte ins Gesicht gestiegen war, und gehofft, dass sie nicht über sie lachten. Aber der andere Mann hatte definitiv gut ausgesehen. Mackenzie hatte immer schon eine Schwäche für Männer in Uniform gehabt. Ein frisches Hemd, eine gebügelte Hose, ein Abzeichen und die restliche Ausrüstung zu sehen, die zu dem Beruf gehörten, den der Mann ausübte, bewirkten einfach irgendetwas in ihr.

Sie hatte keine Ahnung, wie groß der Mann auf dem Beifahrersitz gewesen war, aber er hatte dunkles Haar und ein nettes Lächeln gehabt. Mackenzie schüttelte den Kopf. Es war traurig, dass es so wenig brauchte, um ihr Interesse zu wecken.

Plötzlich setzte Mack sich auf dem Sofa kerzengerade auf und sagte laut in ihre leere Wohnung hinein: »Heilige Scheiße!«

Der Mann im Wagen war der Ranger gewesen, dem sie nach der Wohltätigkeitsveranstaltung hinterhergelüstet hatte.

Zumindest dachte sie, dass es derselbe Mann sei. Sie war sich nicht sicher, aber sie erinnerte sich daran, dass sie sich mit dem Polizisten an ihrem Wagen über die Veranstaltung von neulich unterhalten und er erwähnt hatte, dass er ebenfalls dort gewesen sei. Wenn er dort gewesen war, dann war der Mann, der in seinem Wagen auf dem Beifahrersitz gesessen hatte, höchstwahrscheinlich auch dort gewesen. Vermutlich handelte es sich tatsächlich um den Mann, mit dem sie bei der Wohltätigkeitsveranstaltung kurz gesprochen hatte.

Sie vergrub das Gesicht in den Händen. Wie überaus beschämend. Großartig. Einfach großartig. Das hatte sie gerade noch gebraucht zusätzlich zu allem, was heute passiert war. Mackenzie hatte ihr gesamtes Mittagessen auf ihrer Hose verteilt, als sie die Länge des Tisches falsch eingeschätzt und den Teller zu nahe an der Kante abgestellt hatte. Sie war immer schon ein Tollpatsch gewesen. Ständig verschüttete oder zerbrach sie irgendetwas und stolperte zusätzlich auch noch über ihre eigenen Füße.

Alles in allem war es ein Scheißtag gewesen und sie hatte nicht aufhören können zu weinen, während sie darauf gewartet hatte, dass der Polizist mit dem Strafzettel zurückkam, den sie verdient hatte. Er war sehr nett zu ihr gewesen. Mackenzie hatte keine Entschuldigung für ihre Geschwindigkeitsüberschreitung gehabt, sie hatte nur zu Hause ankommen wollen und nicht darauf geachtet, wie schnell sie gefahren war.

Eine Verwarnung anstelle eines Strafzettels zu bekommen war das einzig Gute an dem Tag gewesen. Mackenzie atmete tief ein. Zum Glück war der heutige Tag endlich vorbei. Sie stand vom Sofa auf und ging ins Schlafzimmer, ohne sich um die Post zu kümmern, die sie mitgebracht hatte.

Sie zog ihre Bluse aus und warf sie in den Wäschekorb, dann entledigte sie sich ihres BHs und ließ ihn einfach dort auf den Boden fallen, wo sie stand. Als Nächstes zog sie ihre Hose zusammen mit ihrem Slip aus. Dann ging Mackenzie nackt ins Badezimmer, wo sie sich bettfertig machte. Es war noch früh, aber das war ihr egal.

Mackenzie hatte es schon immer vorgezogen, nackt zu schlafen. Sie hatte teure Bettwäsche mit Fadendichte fünfzehnhundert, die sich an ihrem Körper weich und seidig anfühlte. Mackenzie hatte einmal einen Freund gehabt, der sie für ihre Neigung, nackt zu schlafen, gescholten und ihr gesagt hatte, sie hätte keinen Körper, der nackt gut aussähe, und dass sie attraktiver wäre, wenn sie ihn mit einem Nachthemd bedeckte. Am nächsten Tag hatte sie sich von ihm getrennt. Scheiß auf ihn.

Mackenzie wusste, dass sie nicht hübsch war, und das war in Ordnung. Sie war kein Troll, sie hatte tolle Beine, aber sie war zu klein, um jemals als klassisch hübsch angesehen zu werden. Sie aß gern, sie liebte ihre Süßigkeiten und Nudeln und hasste es, Sport zu treiben. Sie würde niemals spindeldürr sein, und damit hatte sie absolut kein Problem. Anstatt sich zu wünschen, dünn zu sein, wäre Mackenzie stattdessen viel lieber größer. Es war anstrengend, den Menschen immer auf den Hals oder die Brust zu schauen anstatt in die Augen. Ganz zu schweigen davon, dass Männer versuchten, ihr von oben in die Bluse zu schielen, ganz egal, welche sie trug. Idioten. Mackenzie hasste es ebenfalls, hohe Absätze zu tragen, weil sie viel zu tollpatschig war, um damit elegant zu wirken, weshalb sie sich mit ihren eins zweiundsechzig abfinden musste.

Sie kletterte in ihr kleines Doppelbett, schlüpfte unter die Decke und die darüberliegende Fleecedecke und kuschelte sich für die Nacht ein. Mackenzie machte sich nicht die Mühe, ihren E-Reader zur Hand zu nehmen, um den Liebesroman zu beenden, den sie gerade las. Sie war nicht in der Stimmung, darüber zu lesen, wie eine Frau ihr glückliches Ende mit einem Adonis fand ... selbst wenn es nur Fiktion war.

Sie schloss die Augen, versuchte, den Tag nicht noch einmal zu erleben, und schlief erstaunlich schnell ein. Sie träumte von einem dunkelhaarigen Polizisten, der sie gegen seinen Polizeiwagen drückte und sich hinunterbeugte, um sie zu küssen.

KAPITEL VIER

Nach der gefühlt längsten Woche ihres Lebens setzte Mackenzie sich mit einer Tasse dunkler, heißer Schokolade aufs Sofa und schaute ihren absoluten Lieblingsfilm *Auf immer und ewig*. Die schauspielerische Leistung war nicht unbedingt die beste und die Akzente waren furchtbar, aber da es sich um eine Version von *Aschenputtel* handelte, liebte Mackenzie den Film.

Eigentlich hätte Laine vorbeikommen sollen, um Filme mit ihr zu gucken, aber sie hatte eine Verabredung. Vor langer Zeit hatten Mackenzie und Laine eine Vereinbarung getroffen, dass sie, sollten sie gemeinsame Pläne gemacht haben und die Chance haben, zu einer Verabredung zu gehen, sie Letzteres tun würden, ohne dass die andere sauer sein würde. Weil sie diesen Pakt in der Mittelschule geschlossen hatten, hätten sie ihn all diese Jahre später selbstverständlich nicht einhalten müssen, aber da sie beide weiterhin darauf hofften, dass ihr Traumprinz irgendwo dort draußen war, hatte er bis zum heutigen Tag bestand.

Als Mackenzies Handy klingelte und sie aufschreckte, zuckte sie zusammen, wodurch sie natürlich den Kakao, den sie in der Hand hielt, über sich verschüttete. Fluchend wischte Mackenzie sich das heiße Getränk von der Hose, bevor sie das Telefon zur Hand nahm und, ohne auf die Nummer zu achten, über den kleinen Bildschirm wischte. Sie ging davon aus, dass es Laine war, die anrief, um über ihre Verabredung zu berichten.

»Hallo?«

»Hallo. Sind Sie Mackenzie Morgan?«

»Ja, wer spricht da?«

»Mein Name ist Daxton Chambers. Ich bin Texas Ranger und rufe an, um Ihren Verstoß gegen die Verkehrsregeln in dieser Woche weiterzuverfolgen.«

Mackenzie gefror das Blut in den Adern. Oh mein Gott. War sie in Schwierigkeiten? Würde sie im Nachhinein doch einen Strafzettel bekommen? Hätte sie nicht wegfahren sollen, als sie es getan hatte? Sie wusste nicht, was das Protokoll war, wenn man eine Verwarnung ausgesprochen bekam ... Moment, sie hatte doch eine Verwarnung bekommen, oder? Scheiße.

Sie tat das, was sie normalerweise tat, wenn sie nervös war: Sie plapperte – wie ein Wasserfall. »Es tut mir so leid. Hätte ich nicht einfach wegfahren dürfen? Ich dachte, ich hätte eine Verwarnung bekommen. Ich wollte wirklich keine Gesetze brechen. Mist. Muss ich irgendwo vorstellig werden oder so? Ich wollte wirklich nicht zu schnell fahren, ich hatte einen furchtbaren Tag und das hatte dem Ganzen einfach die Krone aufgesetzt. Wirklich, Officer, ich schwöre, normalerweise bin ich nicht so.«

»Ma'am –«

Mackenzie sprach weiter. »Ich hätte nicht gedacht, dass eine Verwarnung eine Strafe beinhaltet, aber ich muss zugeben, dass ich mir den Zettel nicht allzu genau angesehen habe. Ich war zu erleichtert, keinen wirklichen Strafzettel bekommen zu haben, und habe ihn einfach in meine Tasche gestopft und dann vergessen. Ich würde ihn mir jetzt ansehen, aber da er sich in meiner Handtasche befand und mein dämlicher Nagellack sich in meiner Tasche geöffnet hat und ausgelaufen ist, musste ich ihn wegwerfen. Verdammt, ich musste die gesamte Handtasche wegschmeißen, weil das Innenfutter vollkommen ruiniert war, aber ich schwöre –«

»Ma'am.« Die Stimme des Rangers war nun lauter.

»Ernsthaft, es war meine eigene Schuld. Ich weiß nicht, warum ich den dämlichen Nagellack überhaupt in der Tasche hatte. Ich bin sehr ungeschickt und dachte, ich könnte ihn mitnehmen, um mir in der Mittagspause die Nägel zu lackieren, was dumm ist, weil meine Nägel sowieso abbrechen und der Nagellack es noch schlimmer machen würde, aber ich dachte, dass ich mir vielleicht die Mühe machen sollte, weil meine Mutter und meine Brüder mir auf die Nerven gehen, ich solle mich in Bezug auf mein äußeres Erscheinungsbild etwas mehr anstrengen –«

»Mackenzie, seien Sie doch mal einen Moment still.«

Mackenzie schloss beschämt die Augen. Oh Gott. Sie hatte einfach immer weitergesprochen, aber sie war so nervös. Dieser Kerl musste sie für eine komplette Idiotin halten. »Tut mir leid«, flüsterte sie und wartete darauf zu hören, was er wollte.

Mackenzie wartete weiter, doch in der Leitung war es still. Ihr wurde übel. »Hallo?«

»Ich wollte nur dafür sorgen, dass Sie wirklich ruhig sind und mich reden lassen.« Seine Stimme war tief, brummig und voller Humor.

»Äh ...«

Er fuhr fort und Mackenzie bemerkte, dass er belustigt über sie war. Zumindest amüsierte er sich und war nicht sauer.

»Sie sind nicht in Schwierigkeiten und es war *tatsächlich* nur eine Verwarnung. Ich war dabei, als Officer Rockwell Sie angehalten hat. Ich weiß nicht, ob Sie sich an mich erinnern, aber wir sind uns bei der

Wohltätigkeitsveranstaltung vor ein paar Wochen kurz begegnet. Ich wollte mich bloß erkundigen, wie es Ihnen geht, und mich davon überzeugen, dass mit Ihnen alles in Ordnung ist, nachdem er Sie angehalten hat.«

Vor Erstaunen fehlten Mackenzie die Worte und das war sehr ungewöhnlich für sie. War das wirklich der Typ, den sie getroffen und dem sie hinterhergelüstet hatte? Das konnte nicht sein. Auf keinen Fall würde er sich nach ihr erkundigen wollen, um sich davon zu überzeugen, dass mit ihr alles in Ordnung war. Dahinter musste noch etwas anderes stecken. »Sie wollten nachfragen, ob mit mir alles in Ordnung ist?« Sie konnte sich die Frage nicht verkneifen.

»Ja.«

»Äh, wieso?«

»Weil ich mir Sorgen um Sie gemacht habe.«

»Sie haben sich Sorgen um mich gemacht.«

Der Mann am anderen Ende der Leitung lachte leise. »Werden Sie alles wiederholen, was ich sage, Mackenzie? Ja, ich habe mir Sorgen um Sie gemacht, aber vielmehr wollte ich anrufen, weil ich mich wegen der Wohltätigkeitsveranstaltung an Sie erinnert habe.«

Mackenzie wusste nicht so recht, was sie sagen sollte. Es war einfach so seltsam. »Sie sagten, Sie seien Texas Ranger? Sie sind kein Autobahnpolizist, oder? Warum waren Sie auch bei der Kontrolle?«

»Officer Rockwell und ich waren auf dem Weg zum

Abendessen, als Sie an uns vorbeigebraust sind. Wir haben Sie angehalten, dann sind wir weiter zum Restaurant gefahren.«

»Oh mein Gott«, flüsterte Mackenzie peinlich berührt. »Er war außer Dienst und musste mich anhalten? Und Sie waren auf dem Weg zum Abendessen?«

Dax fand dieses Gespräch mit Mackenzie höchst amüsant. Sie war sehr unterhaltsam und genauso interessant wie an dem Abend, an dem er sie getroffen hatte. Davon abgesehen hatte er noch nie zuvor solch eine Unterhaltung mit einer Frau geführt. Scheinbar ohne Luft zu holen, kam sie von einem Thema aufs andere. »Ja, ich war dort.«

»Okay, das war's. Ich werde nie wieder Auto fahren. Ich werde meinen Führerschein wegwerfen und eine Einsiedlerin werden, die nie ihre Wohnung verlässt.«

Dax lachte leise. »Ich glaube, so weit würde ich nicht gehen. Aber wollen Sie mir meine eigentliche Frage beantworten? Ist alles in Ordnung?«

Mackenzie atmete schnaubend aus und lehnte sich auf dem Sofa zurück. Mit einer Hand hielt sie sich das Handy ans Ohr, mit der anderen hielt sie immer noch ihre Tasse Kakao. »Mir geht es gut.«

»Ihnen geht es gut.« Seine Worte waren nicht als Frage formuliert, trotzdem erkannte Mackenzie, dass es sich um eine Frage handelte.

»Wie war noch gleich Ihr Name?«

»Daxton Chambers.«

»Also, Daxton Chambers, ich weiß nicht, ob Sie tatsächlich der sind, als der Sie sich ausgeben, aber ich werde Ihnen einen Vertrauensvorschuss geben. Wenn Sie es wirklich wissen müssen, ich hatte einen beschissenen Tag, als ich angehalten wurde. Ich weiß, jeder hat beschissene Tage, aber das war ein *richtig* beschissener Tag. Um dem Ganzen die Krone aufzusetzen, hatte ich nach einem beschissenen Arbeitstag, bei dem ich mein Mittagessen über mich verteilt und keine Chance hatte, etwas anderes zu essen, und darüber hinaus von meiner schrecklichen Chefin wegen einer dummen Sache angebrüllt worden war, zuvor erst zwei Stunden bei meiner Mutter verbracht, wo mir gesagt worden war, dass ich im Grunde genommen eine verschrumpelte Jungfer sei und ich die gesamte Schuld dafür trage, weil ich zu wählerisch bin und jeden Mann vergraule. Ich kann also nicht behaupten, in guter Stimmung gewesen zu sein, als ich angehalten wurde. Aber der Tag hatte mit einer Verwarnung anstatt eines Strafzettels geendet, was bedeutet, dass mein Leben ohne Straftaten weiterhin Bestand hat und ich die Sache hinter mir gelassen habe.«

Mackenzie zwang sich, die Klappe zu halten. Sie war so ein Trottel.

»Für den Fall, dass Sie sich das fragen. Ich bin nicht so einfach zu vergraulen.«

»Scheiße!« Bei seinen überraschenden Worten hatte Mackenzie erneut ihren Kakao verschüttet, der nun in die Polster ihres Sofas einzog und auf den Fußboden tropfte. »Scheiße. Scheiße. Scheiße. Warten Sie. Verdammt!« Mackenzie warf das Handy aufs Sofa und blickte sich eilig suchend nach etwas um, mit dem sie die Flüssigkeit aufwischen konnte. Als sie nichts fand, seufzte sie und zog sich ihr T-Shirt aus. Es hatte bereits Flecke von Gott weiß was, sie konnte es also genauso gut als Handtuch benutzen. Sie drückte es auf das Sofa und versuchte, den Großteil des Kakaos aufzusaugen. Dann kniete sie sich auf den Boden, wo sie die Flüssigkeit sowohl vom Sofa wegwischte, als auch das, was an der Seite herunterlief.

Mackenzie griff mit ihrer freien Hand nach dem Telefon und hielt es sich wieder ans Ohr. »Hallo? Sind Sie noch da?«

»Was ist passiert? Sind Sie verletzt?« Dax' Stimme war fest und eindringlich.

»Tut mir leid. Nein, mir geht es gut. Ich habe mein Getränk verschüttet, das ist alles. Ich habe Ihnen doch gesagt, dass ich ungeschickt bin.«

Dax lehnte sich wieder entspannt an die Arbeitsplatte, wo er zuvor gestanden hatte. Einen Moment lang hatte er befürchtet, Mackenzie hätte sich verletzt und er müsste für sie einen Notruf absetzen. Er grinste. »Ich muss schon sagen, das ist wohl eins der faszinierendsten Telefonate, die ich je mit einer Frau geführt habe.«

»Oh Gott.« Mackenzie legte die Stirn auf das

Polster vor sich. Das Sofa dämpfte ihre Stimme, als sie murmelte: »Ich werde die Wohnung ernsthaft nie wieder verlassen.«

»Ich hoffe, dass das nicht stimmt, denn ich komme morgen Abend vorbei, um Sie abzuholen und zum Essen auszuführen.«

Dax wartete auf eine Antwort, bekam aber keine. Er wusste, dass Mackenzie nicht aufgelegt hatte, da er sie am anderen Ende der Leitung weiter atmen hören konnte. Er hatte schon seit sehr langer Zeit nicht mehr so viel Interesse an einer Frau gehabt. Mackenzie war einfach entzückend und er wusste, sie versuchte nicht einmal, es zu sein. Davon fühlte er sich am meisten angezogen.

»Mackenzie? Sind Sie noch da?«

»Ja, aber ich glaube, ich habe Halluzinationen. Vielleicht war der Kakao schlecht oder so.«

»Sie halluzinieren nicht und ich glaube nicht, dass Kakao schlecht werden kann. Ich komme morgen Abend vorbei. Ich werde gegen achtzehn Uhr bei Ihnen sein, um Sie zum Essen auszuführen. Es wird ganz ungezwungen sein, ziehen Sie sich also nicht schick an.«

»Ich glaube, ich besitze gar nichts Schickes. Ich würde es sowieso nur ruinieren. Wahrscheinlich würde ich meine Gabel auf den Schoß fallen lassen und so meine Klamotten schmutzig machen.«

Dax bemerkte, dass Mackenzie nicht versucht

hatte, die Verabredung abzulehnen. Wieder lächelte er. »Gut. Dann werden Sie also morgen um achtzehn Uhr da sein, wenn ich komme?«

»Ich glaube, so funktioniert das nicht.«

»Was funktioniert so nicht?«

»Ich glaube nicht, dass Sie mir einfach sagen können, dass Sie mich abholen und mich zum Essen ausführen.«

»Warum nicht?«

»Was meinen Sie mit warum nicht?«

»Warum funktioniert das so nicht?«

»Ich kenne Sie nicht.«

»Ich versuche, das zu ändern.«

Mackenzie versuchte, das Gespräch wieder auf die rechte Bahn zu bringen. »Woher wissen Sie, wo ich wohne?«

»Mack, ich bin Ranger. Ich habe mit im Wagen gesessen, als TJ Sie angehalten und Ihre Informationen überprüft hat. Ich weiß, wo Sie wohnen.«

»Sind Sie wirklich ein Texas Ranger?«

»Ja.«

»Werden Sie mich entführen und umbringen, wie dieser Irre, der das mit den Frauen hier in der Gegend macht?«

»Nein.«

»Das hier ist seltsam.«

»Es ist nicht seltsam«, sagte Dax und versuchte, so aufrichtig wie möglich zu klingen. »Ich habe Sie vor einigen Wochen getroffen und fand Sie süß. Verdammt, ich habe schon seit sehr langer Zeit niemanden wie Sie mehr getroffen. Ich habe Ihnen reuevoll nachgesehen, als Sie sich von mir entfernt haben. Ich kannte Ihren Namen nicht. Ich wusste nichts über Sie, aber trotzdem hat mir gefallen, was ich gesehen und gehört habe. Dann war es, als hätte das Schicksal sich eingemischt, weil Sie plötzlich wieder da waren. Wie groß ist die Wahrscheinlichkeit, dass Sie auf derselben Straße wie wir unterwegs sein und auch noch zu schnell fahren würden? Ich möchte gern mit Ihnen Abendessen gehen und Sie näher kennenlernen. Vielleicht verstehen wir uns gar nicht. Vielleicht werden wir einmal miteinander ausgehen und gemeinsam beschließen, dass wir Freunde sein sollten oder nichts miteinander zu tun haben wollen. Geben Sie mir eine Chance, Mackenzie. Ich werde Sie morgen um achtzehn Uhr abholen. Werden Sie da sein?«

»Ich werde da sein.«

Jeder Muskel in Dax' Körper entspannte sich. Bis Mackenzie der Verabredung zugestimmt hatte, war ihm nicht klar gewesen, wie angespannt er gewesen war. Er hatte nicht vorgehabt, sie zum Essen einzuladen, aber er konnte auf keinen Fall einfach nur zuhören, wie unfassbar entzückend sie war, während sie über Nagellack plapperte und darüber, wie tollpatschig sie war, und sie *nicht* um eine Verabredung bitten. Er würde sich deswegen von TJ jede Menge anhören müssen, aber das war Dax egal. Zum ersten Mal seit Langem freute er sich auf eine Verabredung.

Wegen der Uniform, die er trug, schmissen sich Frauen hauptsächlich an *ihn* heran. Es war nett, zur Abwechslung einmal der Jäger und nicht der Gejagte zu sein. Mack würde nicht wissen, wie ihr geschieht.

»Gut.« Dax senkte die Stimme. »Ich freue mich darauf.«

»Aber mal ernsthaft, machen Sie sich keine Hoffnungen, Daxton. Ich bin kein Typ für One-Night-Stands.«

»Ich erinnere mich nicht, Sie darum gebeten zu haben, mit mir zu schlafen.«

Peinlich berührt vergrub Mackenzie ihr Gesicht noch tiefer im Sofapolster. »Mist. Sehen Sie? Ich bin vollkommen unbeholfen und sollte mich mit Menschen eigentlich nicht in der Öffentlichkeit sehen lassen. Ich sollte weggesperrt werden, damit die Leute auf mich zeigen und lachen können, weil ich wie ein absoluter Trottel aussehe. Ich meinte eigentlich, dass ich nicht gut mit Beziehungen bin. Sie wissen, wie alt ich bin, Sie kennen meine Größe und mein Gewicht ... ich habe Ihnen erzählt, was meine eigene Familie über mich denkt. Ich bin einfach ich.«

»Und ich mag Sie einfach, Mackenzie. Zumindest das, was ich bis jetzt gesehen und gehört habe. Wir werden miteinander ausgehen und sehen, was passiert. Ich verspreche, ich werde Ihnen morgen keinen Heiratsantrag machen, wenn Sie mich auf dem Parkplatz nicht anspringen. Einverstanden?«

Mackenzie lachte laut. »Ich denke, dem kann ich zustimmen.«

»Gut. Dann sehen wir uns morgen um achtzehn Uhr.«

»Okay Daxton. Bis morgen.«

»Tschüss.«

»Tschüss.«

Mackenzie schaltete ihr Telefon aus und saß im Fersensitz einen Moment lang vor ihrem Sofa, bevor sie sich nach vorn beugte, ihr Gesicht in eins der Polster drückte und aus Leibeskräften hineinbrüllte.

Mit einem Lächeln im Gesicht richtete sie sich wieder auf. Eine Verabredung. Eine echte Verabredung. Wow. Sie konnte es nicht erwarten, mit Laine zu sprechen.

KAPITEL FÜNF

Am nächsten Nachmittag traf Dax sich mit TJ zum Mittagessen. Die beiden saßen in einem örtlichen Imbiss, in dem es sensationell gutes Essen gab, obwohl das Gebäude ziemlich heruntergekommen aussah.

»Du hast es gemacht? Scheiße, Dax. Ich dachte, du verarschst mich nur«, sagte TJ ungläubig.

»Also, das habe ich nicht. Und ja, ich habe sie angerufen. Ich habe mich nach ihr erkundigt, sie sagte, es ginge ihr gut, dann habe ich sie um eine Verabredung gebeten.«

TJ schüttelte den Kopf, dann lächelte er seinen Freund schließlich listig an und stellte ihn auf die Probe. »Und was, wenn ich mit ihr ausgehen wollte?«

Dax zuckte nicht einmal. »Zu spät, mein Freund. Wer zu spät kommt, den bestraft das Leben. Du hättest etwas sagen sollen, als ich dich nach ihrer Nummer gefragt habe. Du wusstest, dass ich sie anrufen würde.«

TJ warf den Kopf zurück und lachte, dann sah er Dax an und schüttelte den Kopf. »Du bist verrückt. Du bittest eine Frau um eine Verabredung, die du nicht einmal kennst.«

Dax wurde ernst. »Ich hatte meine Meinung geändert, seit wir uns an jenem Abend unterhalten haben. Ich wusste, dass es verrückt wäre, sie um eine Verabredung zu bitten. Ernsthaft. Ich wollte sie bloß anrufen und mich vergewissern, dass sie in Ordnung ist, aber dann hat sie den Mund aufgemacht. Sie plapperte über Nagellack und war so echt, dass ich einfach nicht widerstehen konnte. Du weißt, wie es ist, die meisten Frauen versuchen, in unserer Gegenwart ernst und anständig zu sein, wenn sie glauben, dass sie in Schwierigkeiten sind, um danach zu flirten und mit den Wimpern zu klimpern, wenn sie der Meinung sind, dass es zu ihrem Vorteil ist. Mackenzie war einfach so verdammt *süß*.«

»Ja, ich erinnere mich daran, wie sie war, als ich sie angehalten habe. Aber du kannst eine Frau nicht einfach um eine Verabredung bitten, nur weil sie süße Sachen sagt, Dax.«

»Ich erkläre es nicht richtig, aber ernsthaft, TJ, gib es zu. Sie hatte etwas, das sogar dir aufgefallen ist.«

TJ nickte. »Okay, das werde ich dir lassen. Aber ich will morgen definitiv einen Bericht bekommen.«

»Du weißt, dass ich so einen Mist nicht mache.«

»Ich meinte damit keine Details, aber erzähl mir irgendwas.«

Endlich grinste Dax seinen Freund an. »In Ordnung, ich werde dich wissen lassen, wie es gelaufen ist.«

TJ schüttelte den Kopf und gab seinem Freund einen Klaps auf den Rücken, als sie den Imbiss nach dem Mittagessen verließen. »Ich hoffe für dich, dass es klappt, Dax. Bei dem Scheiß, mit dem du dich tagtäglich herumschlägst, verdienst du es weiß Gott.«

»Danke, Mann, du wirst auch eine Frau für dich finden. Ich weiß es.«

TJ zuckte mit den Schultern. »Es passiert, wenn es passiert. Ich mache mir darum keine Sorgen.«

Dax stieg in sein Polizeifahrzeug und fuhr von dem belebten Parkplatz herunter. Er musste am Nachmittag noch eine fürchterliche Besprechung überstehen, bevor er überhaupt weiter über seine Verabredung heute Abend nachdenken konnte. Der Lone Star Reaper, wie die Presse ihn betitelt hatte, hatte wieder zugeschlagen.

Kürzlich war eine sechste Leiche gefunden worden und die Rangers hatten immer noch keine verlässliche Spur. Sie hatten das FBI eingeschaltet und der leitende Agent, bei dem es sich zufällig um Cruz Livingston handelte, hatte ein Treffen einberufen, um die Einzelheiten des Falls zu besprechen. Dax fuhr auf den Parkplatz der Polizeiwache von San Antonio, wo die Besprechung stattfinden würde. Dax war froh, dass Cruz sich um den Fall kümmerte. Es war gut, einen Polizisten zu haben, den er kannte, dem er vertraute und den er respektierte, um ihm dabei zu helfen herauszufinden, was vor sich ging. Hoffentlich würde es ihnen gelingen, den Fall zum Abschluss zu bringen, bevor der Wichser eine weitere unschuldige Frau tötete.

Dax schritt ins Gebäude und teilte der Rezeptionistin mit, er sei für eine Besprechung mit Lieutenant Quint Axton und Agent Livingston dort. Dax wurde in einen Raum geführt, in dem Cruz und Quint bereits warteten.

»Dax.« Quint nickte ihm zu, als er eintrat. »Danke, dass du gekommen bist. Dieser Mist ist vollkommen außer Kontrolle geraten.«

Dax nickte zustimmend. »Cruz und ich haben bereits einige Gespräche geführt und wir freuen uns, dich in unseren Kreis aufzunehmen. Welche Informationen hast du zu dem neuesten Fall?«

Quint lehnte sich wieder auf seinem Stuhl zurück und durchsuchte die Akte mit den Bildern und Berichten, die vor ihm lag. Endlich fand er die Fotos, nach denen er gesucht hatte, und warf sie Dax aus dem Handgelenk über den Tisch hinweg zu.

»Er ist genau wie die anderen. Wir erhielten einen Anruf mit Details darüber, wo sie gefunden werden konnte. Er war nicht zurückzuverfolgen und kurz. Die Stimme war nicht zu erkennen, weil er eins dieser Geräte benutzt hat, das die Stimme verzerrt. Die Leiche wurde in einer Holzkiste gefunden, die am Rand eines weiteren abgelegenen Friedhofs etwa anderthalb Meter tief vergraben war. Der Kerl ist schlau, das muss ich ihm lassen. Niemand würde Verdacht schöpfen, wenn jemand einen Sarg auf einem Friedhof vergräbt, verdammt noch mal.«

Dax schaute auf die Bilder, die er in der Hand hielt. Das erste zeigte den aufgewühlten Boden auf einem Friedhof. Auf dem nächsten war der Sarg zu sehen, nachdem der Boden mit einem Bagger ausgehoben worden war. Auf dem dritten Bild sah man den Sarg mit geöffnetem Deckel auf dem Erdhaufen neben dem Loch. Die Frau im Inneren befand sich im Anfangsstadium der Verwesung. Sie hatte noch nicht allzu lange darin gelegen. Dax konnte sehen, dass ihr langes blondes Haar und die Kleidung, die sie trug, immer noch in gutem Zustand waren. Genau wie bei den anderen Opfern sah es zumindest auf den ersten Blick nicht so aus, als sei sie vergewaltigt worden, bevor sie in den Sarg gelegt wurde. Sie war vollständig angezogen, ihre Kleidung saß gerade und sie wies keine sichtbaren Spuren an ihrem Körper auf. Sie war mit Schmutz bedeckt und ihre Fingernägel hatten stark geblutet. Offensichtlich hatte sie mit aller Kraft versucht, sich aus der primitiven Holzkiste zu befreien, in der sie begraben war.

Dax ging zu den nächsten Bildern über. Eins davon zeigte, dass die Innenseite des Deckels Kratzspuren aufwies, ein Beweis dafür, wie verzweifelt die Frau um ihr Leben gekämpft hatte. Ein weiteres Foto war von dem Inneren des Sarges aufgenommen worden, nachdem die Leiche der Frau herausgenommen worden war. In ihm waren Flecke von Körperflüssigkeit und eine leere Wasserflasche zu erkennen. Dax fluchte und blickte auf. Auf den Fotos der anderen Tatorte des Mörders war es ihm nicht aufgefallen.

»Er hat dieser Frau eine Wasserflasche dazugelegt?«

Der FBI-Agent nickte grimmig.

Dax knirschte mit den Zähnen. Der Reaper wurde mit jedem Mal sadistischer. Er wollte es seinen Opfern etwas »angenehmer« machen, obwohl er wusste, dass sie niemals lebendig dort herauskommen würden. Von Seiten des Lone Star Reapers war es ein krankes Spiel. Schnell sah Dax die restlichen Fotos durch.

Das Loch im Boden, Reifenspuren in dem weichen Gras, das Opfer auf dem Tisch des Gerichtsmediziners. Dax hielt inne. Sie war hübsch gewesen. Sie war schlank und hatte eine kleine Tätowierung über ihrer linken Brust, eine Art orientalischer Schriftzug. Es gab eine Nahaufnahme ihrer Hände. Ihre Fingernägel waren während ihres Kampfes abgerissen worden. Dax legte die Fotos beiseite und nahm den Bericht des Gerichtsmediziners zur Hand.

Dax war von Calder Stonewalls Arbeit beeindruckt. Er war gründlich und unparteiisch. Er hatte einige schreckliche Dinge gesehen, aber seine Berichte waren einfach zu verstehen, faktisch und auf den Punkt.

In Calders Bericht stand, dass die Frau durch Ersticken gestorben war. Kurz gesagt, ihr war der Sauerstoff ausgegangen. Ihre Pupillen waren starr und geweitet. Dax konnte sich keinen schlimmeren Tod vorstellen, als lebendig begraben zu werden.

Er wandte sich seinen Freunden zu. »Gibt es dieses Mal irgendetwas Neues ... abgesehen von dem Wasser?«

»Nichts in den Beweisen oder der Art und Weise, wie er den Körper entsorgt hat, aber dieses Mal hat er eine Nachricht geschickt.« Agent Livingston hielt ein Stück Papier hoch. »Er hat sie direkt an die Polizeiwache in San Antonio gesandt. Quint hat den Brief geöffnet und sofort eingetütet. Das Original wird derzeit auf Fingerabdrücke untersucht und alles andere, was noch gefunden werden kann.«

Dax griff nach der Nachricht, aber Cruz hielt sie so, dass er nicht herankam. »Er macht eine persönliche Sache daraus, Dax. Es wird dir nicht gefallen.«

»Mir gefällt nichts von dem, was dieses Arschloch tut, Cruz. Gib sie mir.«

Cruz reichte ihm den Zettel und wartete darauf, dass Dax ihn las.

Mittlerweile solltet ihr mein neuestes Geschenk gefunden haben. Ich hoffe, es gefällt euch. Ich bin beeindruckt, dass ihr sowohl das FBI als auch die Rangers eingeschaltet habt. Ich muss wohl etwas richtig machen. Ich beobachte euch. Agent Livingston, Ranger Chambers und Officer Axton. Ich habe euch im Auge. Haltet eure geliebten Menschen gut fest.

»Du willst mich wohl verarschen.« Ohne nachzudenken, hatte Dax die Worte ausgesprochen. »Dieser Wichser bedroht uns? Wie zur Hölle hat er unsere Namen herausbekommen?«

»Verdammt, Dax, du weißt doch, dass alle Zeitungen davon berichten. Die Presse interessiert sich nicht dafür, unsere Identitäten zu schützen.« Quints Aussage war nüchtern.

»Scheiße!« Dax fehlten die Worte. Er wusste, dass sein Job anstrengend war, er wollte jedoch niemals irgendeinen seiner Freunde in Gefahr bringen. Es war lediglich immer sein Wunsch gewesen, bei der Elite der Texas Rangers zu arbeiten. Im gesamten Bundesstaat gab es nur etwa einhundertfünfzig Rangers. Ein Officer musste einen Haufen Sonderqualifikationen vorweisen, um überhaupt in der Lage zu sein, sich für eine der begehrten Positionen *bewerben* zu können. Dax hatte sich den Arsch aufgerissen und liebte seine Arbeit, aber das hier ... das hier war etwas, womit er überhaupt keine Erfahrung hatte.

»Okay, dieser Kerl kennt uns also. Gut. Was ist unser nächster Schritt?«

»Wir finden heraus, ob sich an der Nachricht Fingerabdrücke oder irgendetwas anderes Brauchbares befindet. Das Team von der Spurensicherung untersucht den Sarg. Wir verhören alle, die während der letzten Woche irgendetwas gesehen haben könnten, und rufen die Öffentlichkeit dazu auf, aufmerksam und vorsichtig zu sein. Darüber hinaus müssen *wir* ebenfalls vorsichtig sein. Ich weiß, dass keiner von uns derzeit eine Beziehung hat, aber wir müssen dafür sorgen, unsere Familien zu informieren, und besonders wachsam sein, bis dieser Kerl geschnappt ist.«

»Scheiße.« Dax wusste, dass es nicht ausreichend war. Sie alle wussten, dass es nur eine Frage der Zeit war, bevor er eine weitere ahnungslose Frau entführen und es erneut tun würde.

Dax dachte an Mackenzie. Für den Bruchteil einer Sekunde zog er in Erwägung, ihre Verabredung abzusagen. Wenn es dem Mörder ernst war und er die Menschen ins Visier nehmen würde, die ihnen nahestanden, könnte er eine Verabredung zum Abendessen leicht missinterpretierten und sich auf Mackenzie einschießen. Dax verwarf den Gedanken fast genauso schnell, wie er ihm gekommen war. Es war bloß eine Verabredung. Und er war nicht bereit, Mackenzie wegen einer höchstwahrscheinlich leeren Drohung nicht kennenzulernen.

»Ich werde heute Abend einen Fernsehauftritt haben, um die Öffentlichkeit über unser Wissen auf den neuesten Stand zu bringen. Wir hoffen, dass jemand etwas weiß oder gesehen hat und uns anrufen wird.«

»Quint, wir werden diesen Kerl nicht mit ein paar zufälligen Hinweisen schnappen, und das weißt du auch«, sagte Dax leise, wobei die Frustration jedes seiner Worte unterstrich.

»Ich weiß, aber wir haben keinen einzigen Anhaltspunkt.«

Cruz meldete sich zu Wort. »Das FBI hat einen Profiler engagiert, der sich die Details ansieht und heute Abend ein Profil veröffentlichen wird. Das sollte uns hoffentlich neue Spuren einbringen. *Irgendwer* muss diesen Kerl kennen.«

Dax nickte bloß und presste die Lippen fest zusammen. Dies war der Teil seiner Arbeit, den er hasste. Er hasste es, darauf zu warten, dass ein Serienmörder ein weiteres Mal zuschlug. Meistens war es ihnen nur möglich, neue Beweise zu sichern, wenn sie darauf warteten, dass er erneut mordete, und das war scheiße.

»Das ist alles, was wir momentan haben. Ich wollte

dich nur auf den neuesten Stand bringen«, sagte Cruz leise zu Dax.

»Wie hieß sie?«

Cruz wusste, nach welchem Namen Dax fragte, und sagte tonlos: »Sally Mason. Verheiratet, zwei Kinder. Sechsundzwanzig Jahre alt.«

Dax schüttelte traurig den Kopf. Was für eine Tragödie.

»Fahr nach Hause, Dax. Wir werden uns melden, wenn wir etwas hören. Du hast jetzt einige Tage frei, richtig?«

Dax nickte. »Ja. Ich habe in letzter Zeit einen Haufen Überstunden gemacht, deshalb hat der Major mich angewiesen, bis nächsten Dienstag nicht im Büro aufzutauchen.«

»Du Glückspilz.« Quints Worte waren aufrichtig.

»Das bedeutet aber nicht, dass du mich nicht sofort anrufen sollst, wenn du in Bezug auf dieses Arschloch irgendetwas Neues erfährst«, warnte Dax.

»Zehn vier. Keine Sorge. Ich habe dich auf der Kurzwahltaste.«

Dax nickte Quint und Cruz zu. »Wir müssen diesen Scheißkerl schnappen.«

»Das werden wir.«

Dax erhob sich, reckte beiden Männern das Kinn entgegen und trat durch die Tür nach draußen. Ihm blieben drei Stunden, um bessere Laune zu bekommen, bevor er Mackenzie für ihre Verabredung abholte.

———

Mackenzie ging nervös in ihrem kleinen Wohnzimmer auf und ab. Sie hatte am Morgen beschlossen, dass sie gestern unter dem Einfluss irgendeiner Droge gestanden haben musste, als sie dieser Verabredung zugestimmt hatte. Verdammt, sie *kannte* diesen Typen nicht einmal, hatte ihn nur einmal gesehen ... warum um alles in der Welt hatte sie sich einverstanden erklärt, mit ihm Abendessen zu gehen? Das war vollkommen verrückt.

Laine hatte sich unbändig für sie gefreut und ihr körperliche Gewalt angedroht, sollte sie nur darüber *nachdenken*, die Verabredung abzusagen, aber Mackenzie war deswegen trotzdem schrecklich nervös.

Sie hatte das Telefon zur Hand genommen, um Daxton anzurufen und ihm mitzuteilen, dass sie ihre Meinung geändert hätte, dann aber festgestellt, dass sie nicht einmal seine Nummer hatte. Er hatte sie gestern mit unterdrückter Nummer angerufen. Mackenzie hatte darüber nachgedacht, ihn zu versetzen und sich bis weit nach achtzehn Uhr außerhalb ihrer Wohnung aufzuhalten, damit sie nicht zu Hause wäre, wenn Dax käme, aber das konnte sie nicht tun. Das wäre wirklich unhöflich und sie hasste es, unhöflich zu sein. Abgesehen davon würde Laine es ihr bis in alle Ewigkeit vorhalten, wenn sie so etwas Feiges täte.

Hier war sie also nun und hatte eine Verabredung mit einem Mann, den sie nicht kannte, sondern dem sie nur hinterhergelüstet hatte. Den sie kurz durch einen Tränenschleier im Rückspiegel ihres Wagens und bei der Wohltätigkeitsveranstaltung gesehen hatte und der weitaus mehr über sie wusste als sie über ihn. Verrückt.

Mackenzie rieb die Hände an ihren Oberschenkeln und versuchte, sich zu beruhigen. Sie konnte es schaffen. Es war bloß eine Verabredung. Das war alles. Abendessen. Wenn sie verhindern konnte, sich oder Daxton zu bekleckern oder etwas auf sich fallen zu lassen, wäre alles in Ordnung. Er würde sehen, dass sie nichts Besonderes war, und sie wieder nach Hause bringen, und sie würde ihn nie wiedersehen. Kein Problem.

Mackenzie trug eine ausgewaschene Jeans und schwarze Zehensandalen mit einem kleinen Absatz. Sie hatte diese Schuhe immer geliebt, auch wenn ihre Füße am Ende des Tages für gewöhnlich schmerzten. Sie war es überhaupt nicht gewohnt, Absätze zu tragen, aber sie war der Meinung, jeden der fünf Zentimeter zu benötigen, die diese Schuhe ihrer Größe hinzufügten.

Ihr Oberteil war ein normales schwarzes T-Shirt

mit einem Rundhalsausschnitt. Nichts Schickes und sie hatte mit Absicht schwarz gewählt, weil es nicht so schnell auffiele, falls sie sich bekleckern sollte, was bei ihrer Tollpatschigkeit nicht unwahrscheinlich war. Das T-Shirt brachte jedoch ihre Brüste zur Geltung. Ihre Oberweite war eine ihrer besten Eigenschaften und sie hatte noch keinen Mann getroffen, der widerstehen konnte, einen Blick darauf zu werfen.

Mackenzie hatte ihr Haar zu einem Knoten frisiert und mit einer Haarspange am Hinterkopf fixiert. Sie wusste, dass es am Ende des Abends vermutlich herausfallen würde, aber für den Augenblick fand sie, dass sie okay aussah.

Sie ging weiterhin auf und ab, bis es an der Tür klingelte. Mackenzie schaute auf die Uhr. Verdammt, er war pünktlich auf die Minute. Er war einer *dieser* Menschen. Selbst wenn ihr Leben davon abhinge, Mackenzie gelang es einfach nicht, pünktlich zu sein, wenngleich heute anscheinend eine Ausnahme darstellte. Sie war seit einer halben Stunde fertig, das war ein Rekord für sie.

Mackenzie ging zur Tür und schaute durch den Spion. Verdammt. Der Mann, der dort stand, sah so gut aus, dass sie spürte, wie ein Blitz ihren Körper durchfuhr, der zwischen ihren Beinen einschlug. Am Abend der Wohltätigkeitsveranstaltung hatte sie die gleiche Reaktion gespürt. Er sah direkt auf den Spion, als wüsste er, dass sie auf der anderen Seite stand und ihn ansah. Mackenzie atmete tief durch und öffnete die Tür, bis die Kette sie daran hinderte, sie noch weiter aufzumachen.

»Daxton?«

»Ja, ich bin's.«

Mackenzie schob die Hand durch den schmalen Türspalt und sagte: »Ausweis bitte.«

Dax lachte leise, war aber nicht im Geringsten beleidigt. »Braves Mädchen.« Er griff hinter sich, nahm sein Portemonnaie aus der Tasche, zog seinen Führerschein heraus und legte ihn auf Mackenzies ausgestreckte Hand. »Hier, bitte.«

Mackenzie schaute auf die Plastikkarte in ihrer Hand. Daxton Chambers. Sechsundvierzig Jahre alt. Eins fünfundachtzig groß und einhundertvier Kilo schwer. Sie schluckte. Verdammt, fast fünfundvierzig Kilo schwerer als sie. Sie wollte ihm den Führerschein zurückgeben, ließ ihn aber fallen.

»Mist, tut mir leid.«

Dax lachte bloß leise und bückte sich, um ihn aufzuheben. »Kein Problem.«

Mackenzie streckte noch einmal die Hand aus. »Jetzt den Ranger-Ausweis bitte.«

Dax grinste nur noch breiter. »Verdammt, Weib.«

Mackenzie zögerte ein wenig, sagte aber tapfer: »Ausweise sind heutzutage einfach zu fälschen, ich will nur sichergehen.«

»Oh, ich beschwere mich gar nicht. Auf keinen

Fall. Ich bin überaus zufrieden, dass Sie mir nicht vertrauen. Ich würde mir mehr Sorgen machen, wenn Sie es täten. Gut mitgedacht. Hier, bitte.« Dax streckte ihr sein Texas-Ranger-Abzeichen hin, das er aus seiner anderen Tasche gezogen hatte. »Zur Sicherheit gehe ich nirgendwo ohne die Marke hin.« Sie nahm es ihm ab und Dax sah, dass ihre Hände zitterten.

»Wenn es dir nichts ausmacht ... Ich werde nur eben –« Mackenzie gestikulierte ins Innere ihrer Wohnung.

»Lass dir Zeit, Mackenzie. Ich werde hier warten.«

Ohne zu bemerken, dass sie angefangen hatte, ihn zu duzen und er darauf eingegangen war, schloss Mackenzie die Tür ihrer Wohnung und verriegelte sie, dann ging sie rasch zu ihrem Telefon. Sie machte ein Foto von Daxtons Ranger-Abzeichen und schickte es per SMS an Matthew, Mark und Laine. Laine wusste, dass sie mit Daxton ausging, aber sie wollte ihre Brüder ebenfalls informieren. Sie hatte ihnen erzählt, dass sie mit Daxton, dem Texas Ranger, essen ginge und später zurück sei. Sie vertraute darauf, dass Daxton der war, für den er sich ausgab, aber sie wollte ihre Brüder darüber in Kenntnis setzen, mit wem sie unterwegs war und um wie viel Uhr sie vermutlich wieder zu Hause wäre. Obwohl sie siebenunddreißig Jahre alt war, wollte sie auf Nummer sicher gehen. Nach der Verabredung würde sie Laine anrufen. Das war das Ritual, das die beiden pflegten, wann immer eine von ihnen ausging.

Mackenzie dachte ernsthaft darüber nach, das örtliche Rangers-Revier anzurufen und Daxton auch auf diese Weise zu überprüfen, beschloss dann aber, dass sie sich wie eine Idiotin aufführte. Sie hatte ihn bei der Wohltätigkeitsveranstaltung an einem Tisch mit anderen Polizisten gesehen. Verdammt, er hatte den Autobahnpolizisten begleitet, als sie angehalten worden war. Wenn Daxton log, dann war er ein Experte. Mackenzie ging zurück zur Tür, nahm die Kette ab und öffnete sie vollständig.

»Hallo, Daxton. Es ist schön, dich kennenzulernen.« Ihr Lächeln war strahlend und einladend, als hätte sie heute Abend zum ersten Mal die Tür geöffnet, nicht von ihm verlangt, ihr seine Ausweise zu zeigen, und ihn nicht wie einen Verbrecher behandelt.

Dax lachte leise. Mann, sie war wirklich charmant. Sie vertrieb mit Leichtigkeit seine schlechte Laune. »Hey.«

»Hier hast du dein Abzeichen zurück. Tut mir leid.«

»Es braucht dir nicht leidzutun. Du hast ja keine Ahnung, wie scharf das war.«

»Äh, was?«

»Ja, scharf. In meinem Beruf sehe ich so allerhand. Es gefällt mir, dass du vorsichtig bist. Ich wünschte bloß, dass mehr Menschen so wären wie du.«

»Oh, nun, okay.« Mackenzie gab Daxton sein Ranger-Abzeichen zurück.

»Was hast du dort drinnen damit gemacht?«

»Äh ...« Mackenzie war sich nicht sicher, ob sie es ihm erzählen sollte. »Ich weiß nicht ... äh ... ich war noch nie zuvor mit einem Polizisten zusammen.«

Dax stand da und beobachtete Mackenzie mit einem belustigten Glitzern in den Augen. »Okay.«

»Und ich war noch nie zuvor in Schwierigkeiten. Ich meine, in echten Schwierigkeiten. Auf der Highschool musste ich einmal nachsitzen, aber das war nicht meine Schuld. Die dämliche Darci Birchfield hat einen der Jungs aus dem Schachclub gehänselt und ich sagte ihr, sie solle damit aufhören oder sie bekäme es mit mir zu tun, und sie hat nicht aufgehört, ihn zu hänseln, also hat sie es mit mir zu tun bekommen und ich wurde dafür für eine gesamte Woche zum Nachsitzen verdonnert. Aber danach hat sie nie wieder ein Wort zu ihm gesagt. Für den Rest unserer Highschool-Jahre musste ich Bobbys Dank ertragen und verdammt, er schickt mir *immer noch* jedes Jahr eine Weihnachtskarte, aber trotzdem ... das war es absolut wert.«

Daxton lehnte sich an die Wand neben der Tür und liebte, wie verdammt süß sie war. Mit seinem Cowboyhut in der Hand verschränkte er die Arme vor der Brust und hörte Mackenzie dabei zu, wie sie plapperte.

»Gut, letztes Jahr bei der Arbeit habe ich mich auch in Schwierigkeiten gebracht, als ich zu einem der anderen Manager gesagt habe, er solle sich ins Knie ficken, aber *das* war auch nicht meine Schuld. Er hat absolut eine der lesbischen Frauen belästigt, mit denen ich zusammenarbeite. Er hat sie als *Dyke* bezeichnet und so eine Scheiße. Das ist einfach nicht cool. Ich meine, im heutigen Zeitalter ist so ein Mist wirklich völlig unangebracht. Also habe ich ihm die Meinung gesagt und ihm erklärt, dass es sich bei einem *Dyke* tatsächlich um einen künstlichen Damm handelt, mit dem Wasserstände reguliert werden und der hier in den Vereinigten Staaten auch als Deich bezeichnet wird. Gut, ich habe vielleicht auch andere, nicht ganz so nette Begriffe benutzt, aber er ist einfach zur Personalabteilung gegangen und hat sich über *mich* beschwert, dabei war *er* derjenige, der sich wie ein Arschloch aufgeführt hat. Ich wurde für eine Woche nach Hause geschickt und weiter bezahlt, während eine Untersuchung durchgeführt wurde. Nach nur drei Tagen wurde ich aber wieder zurückgerufen, weil Ginger der Personalabteilung tatsächlich erzählt hat, was für ein Wichser Peter ist und dass ich sie verteidigt habe, und da alle im Büro hinter Ginger standen, wurde am Ende Peter entlassen und nicht ich.«

Mackenzie schwieg und biss sich auf die Lippe. Scheiße. Sie hatte es schon wieder gemacht. Schnell versuchte sie, ihren Gedankengang zu beenden. »Ich war also nie wirklich in Schwierigkeiten und habe mich auch nie in der Nähe von Polizisten aufgehalten, mit Ausnahme von der jährlichen Wohltätigkeitsveranstaltung, deshalb habe ich auch keine Ahnung, was legal ist und was nicht. Ich werde dir sagen, was ich gemacht habe, wenn du versprichst, mich nicht zu verhaften. Ich berufe mich hier auf Unwissen.«

»Was hast du gemacht, Mackenzie?«, fragte Dax ohne Feindseligkeit in der Stimme.

»Ich habe ein Foto von deinem Abzeichen gemacht und es meinen Brüdern und meiner besten Freundin geschickt, damit sie wissen, mit wem ich unterwegs war, sollte ich heute Abend irgendwo tot im Graben landen. Ich hatte aber wirklich vor, das Foto zu löschen, wenn ich heute Abend nach Hause käme. Ich wollte es nicht ins Internet stellen, damit irgendwer ein gefälschtes Abzeichen erstellen kann oder so.«

»Gut für dich.«

»Wirklich?«

»Ja. Aber weißt du, der Name könnte vollkommen erfunden sein. Wenn ich dich *wirklich* töten und deine Leiche irgendwo verscharren wollte, und deine Brüder oder deine Freundin mich überprüfen wollten, könnte es sein, dass sie mich niemals finden würden, wenn ich einen falschen Namen benutzt hätte.«

»Verdammt.« Mackenzie mochte diesen Kerl. »Was hätte ich stattdessen tun sollen?«

»Bei der Ranger-Wache anrufen und dich nach mir erkundigen. Du hättest ihnen sagen sollen, dass du eine Verabredung mit einem Kerl hast, der vorgibt, ein Ranger zu sein, und dass du ein Abzeichen hast und wissen willst, ob es echt ist oder nicht.«

»Ich hatte absolut vor, das zu tun!«, rief Mackenzie aufgeregt.

»Warum hast du es nicht getan?«, fragte Dax.

»Nun, weil es sich scheiße angefühlt hat, dir nicht zu vertrauen, wo du mir dein Abzeichen gegeben hast, ohne deswegen einen Aufstand zu machen.«

»Tu es jetzt.«

»Was?«

»Tu es jetzt. Ruf an. Erkundige dich nach mir.«

»Aber du stehst direkt neben mir. Und ich glaube dir.«

»Tu es.« Dax' Stimme war unnachgiebig.

»Ach, also gut. Meine Güte.« Mackenzie drehte sich um, um ihre Wohnung zu betreten und ihr Telefon zu holen, das sie auf der Arbeitsplatte liegen gelassen hatte –

Als ihr Arm plötzlich fest gepackt und ihr auf den Rücken gedreht wurde, bevor sie gedreht und gegen die Wand in ihrem Flur gedrückt wurde.

Mackenzie schaute überrascht und ein wenig verängstigt zu Daxton auf. »Was zur Hölle?«

»Kehre niemals jemandem den Rücken zu, dem du gerade erst begegnet bist, Mackenzie. Wenn ich nicht derjenige wäre, für den ich mich ausgegeben habe, könnte ich mittlerweile dafür gesorgt haben, dass du flach auf dem Rücken liegst. Du bist so ein winziges Ding, du wärst nicht in der Lage, dich zu bewegen, und ich würde alles mit dir tun können, was ich wollte. Ich könnte dich fesseln und dich hinaus in meinen Wagen tragen. Lass dich *niemals* von irgendjemandem in seinen Wagen zerren. Brülle, schreie, kämpfe. Deine Überlebenschancen sinken um fünfzig Prozent, wenn du zulässt, dass dich jemand entführt.«

Mackenzie konnte spüren, wie ihr Herz in der Brust hämmerte. Daxton drückte sie gegen die Wand und hielt eins ihrer Handgelenke auf dem Rücken fest. Er war ihr so nahe gekommen, dass er mit seinem Körper gegen sie presste und dafür sorgte, dass sie sich nicht rühren konnte. Er hatte eins seiner Beine zwischen ihre geschoben und machte sie so bewegungsunfähig.

Ihr Kopf reichte etwa bis zu seinem Kinn und sie musste ihn zurücklegen, um in seine Augen sehen zu können. Daxton trug ein Polohemd, bei dem die ersten beiden Knöpfe geöffnet waren. Sie sah keine Haare auf der Brust, doch sie konnte ihn riechen. Er trug eine Art Rasierwasser, nichts zu Starkes, aber es roch göttlich. Mackenzie wusste, es war vollkommen unpassend, ihre Nase in seiner Halsbeuge zu vergraben, aber verdammt.

Mackenzies Brüste rieben an Daxtons Brust, als sie

ein- und ausatmete, und sie spürte, wie ihr Herz klopfte. Oh Gott, hatte sie sich jemals so in den Armen ihrer Ex-Freunde gefühlt? Auf keinen Fall. Und sie und Daxton waren beide vollständig bekleidet.

Sie bewegte sich an ihm und prüfte seinen Griff an ihr. Er war fest. Mit ihrer freien Hand griff sie auf Höhe seiner Hüfte nach dem Hemd und fragte sich, was er wohl als Nächstes tun würde.

»Hörst du mir zu?«

»Äh ... ja?«

Dax lachte und stützte sich mit der Hand, mit der er Mackenzie an der Schulter festgehalten hatte, an der Wand neben ihrem Kopf ab. Er schaute hinunter in ihre halb glasigen Augen und lächelte. »Du hast keine Angst vor mir.« Es war keine Frage.

Mackenzie schüttelte den Kopf.

»Wieso nicht? Ich könnte ohne große Anstrengung alles tun, was ich dir soeben gesagt habe.«

»Weil ein schlechter Mensch mir diese Dinge nicht sagen würde, er würde sie einfach tun.« Mackenzie wusste nicht, wie es ihr möglich war, normal mit Daxton zu sprechen, wenn sie tatsächlich nur wollte, dass er all die Dinge mit ihr tat, die er ihr soeben beschrieben hatte, inklusive sie zu Boden zu werfen und sich ihm gefügig zu machen. »Und du hast mich ›winzig‹ genannt. In meinem ganzen Leben hat mich noch nie jemand so beschrieben.«

»Scheiße.« Dax konnte nichts dafür. Er beugte sich

nach unten und drückte seine Lippen auf ihre. Er strich einmal darüber, dann noch einmal, doch dieses Mal leckte er mit der Zunge von einer Seite zur anderen. Als sie den Mund an seinem öffnete und mit ihrer Zunge seine Unterlippe berührte, richtete er sich auf, bevor es weitergehen konnte. Mackenzies Lippen waren weich und schmeckten leicht nach Äpfeln. Daxton fühlte sich drei Meter groß. Was auch immer diese seltsame Anziehung war, er war damit nicht allein.

»Geh rein und tätige diesen Anruf, Liebes. Ich werde hier warten.« Daxton ließ langsam Mackenzies Handgelenk los, das er auf ihrem Rücken festgehalten hatte.

»Okay.« Mackenzie machte keine Anstalten, den Flur zu verlassen.

Dax trat einen Schritt zurück und zog Mack mit sich. Dann drehte er sie mit den Händen auf ihren Schultern um und versetzte ihrem Kreuz einen kleinen Stoß. »Geh schon.«

Dax wartete im Flur neben ihrer Eingangstür, als Mackenzie zurück in ihre Wohnung ging. Er hörte, dass sie am Telefon war und genau das tat, was er ihr aufgetragen hatte, und anscheinend erfuhr, dass er tatsächlich ein Texas Ranger war und sein echter Name *wirklich* Daxton Chambers lautete. Sie kehrte zurück, dieses Mal hatte sie ihre Handtasche und eine leichte Jacke dabei.

»In Ordnung, Daxton Chambers. Du hast die Wahrheit gesagt. Du bist sauber.«

»Mein Name ist Dax. Du kannst mich Dax nennen.«

»Ist dir das sehr wichtig?«

»Was ist mir sehr wichtig?«

»Mir gefällt Daxton. Ich weiß nicht, du siehst nicht aus wie ein Dax. Nicht dass ich jemals zuvor jemanden getroffen hätte, der Dax oder Daxton heißt. Du wirst mir erzählen müssen, wie du zu diesem Namen gekommen bist. Das ist ein weiterer Grund, warum ich mir dachte, dass du der bist, für den du dich ausgegeben hast. Niemand würde sich Daxton nennen, wenn er einen falschen Namen benutzt, um eine Frau dazu zu bringen, mit ihm auszugehen. Er würde sich als John Smith ausgeben oder so und sich keinen supersexy Namen wie Daxton Chambers geben.«

Als Daxton einen erstickten Laut von sich gab, blickte sie auf. »Verdammte Scheiße. Tut mir leid.«

»Weißt du, dass ich in den letzten zwanzig Minuten mehr gelacht habe als in der gesamten letzten Woche? Es braucht dir nicht leidzutun. Und ja, du kannst mich Daxton nennen.«

»Nennt dich noch irgendjemand anderes so?«

»Nein.«

»Nein? Nicht einmal deine Mutter?«

»Nein und meine Eltern sind vor zehn Jahren gestorben.«

»Oh Scheiße, das tut mir leid. Siehst du, ich mache es schon wieder und trete direkt ins Fett-« Mackenzies Worte wurden abgeschnitten, als Dax ihr mit der Hand den Mund zuhielt.

Er beugte sich zu ihr. »Schon in Ordnung. Ich mag es, meinen vollen Namen aus deinem Mund zu hören. Ich mag es sogar sehr.«

Mackenzie hielt den Atem an und wartete. Würde er sie noch einmal küssen? Die kurze Berührung ihrer Lippen vor einigen Minuten hatte ihre Muschi dazu gebracht, sich interessiert zu zeigen. Sie hätte nicht gedacht, dass es so einfach wäre, aber die drei Jahre, in denen ihr lediglich ihre Vibratoren Gesellschaft geleistet hatten, hatten sie für diesen Mann bereit gemacht.

Dax nahm die Hand von Macks Mund und sagte unbeschwert: »Du kannst mich Daxton nennen, wenn ich dich Mack nennen darf.«

»Nur meine Familie und Freunde nennen mich Mack.« Ihre Stimme war leise.

»Da ich dein Freund sein will, werde ich das jetzt auch tun ... wenn das okay ist.«

»Ja, das ist okay.«

»Gut. Sollen wir jetzt gehen?«

»Wo gehen wir hin?«

»Das ist eine Überraschung.«

»Wirklich?«

»Ja, Mack. Wirklich. Ist das ein Problem?«

»Nein, überhaupt nicht. Aber bisher ist noch niemand mit mir ausgegangen und hat mir nicht erzählt, wohin wir gehen.«

»Ich bin froh, dass ich der Erste bin.« Dax lachte, als Mackenzie errötete. »Mann, du bist vielleicht süß. Komm, ich bin am Verhungern. Gehen wir.«

Mackenzie verriegelte die Wohnungstür hinter sich und ging neben Daxton her, als er den Weg zu seinem Wagen wies. Er war nichts Besonderes. Genauer gesagt fiel er zwischen den anderen Fahrzeugen auf dem Parkplatz überhaupt nicht auf. Es handelte sich um einen schwarzen viertürigen Ford Taurus. Es war fast schon schade. Ein schnittiger Sportwagen schien besser zu ihm zu passen. Daxton hielt die Beifahrertür auf, als Mackenzie einstieg, und schloss sie hinter ihr, als sie sicher im Wagen saß.

Er ging rasch an der Vorderseite um den Wagen herum und nahm auf dem Fahrersitz Platz. Er legte den Sicherheitsgurt an und startete wortlos den Motor. Dann fuhr er rückwärts aus der Parklücke und verließ das Viertel.

»Also dann ...« Mackenzies Stimme war zögerlich. Sie hatte keine Ahnung, worüber sie reden sollte.

»Also dann ...«, wiederholte Dax.

»Du hast heute Abend mehr gelacht als in der letzten Woche?«

Dax sah Mack von der Seite an. Sie hatte sich so gedreht, dass sie mit dem Rücken an der Wagentür lehnte, und hatte die Beine übereinandergeschlagen. Ihre Handtasche hatte sie im Fußraum abgestellt und sie schaute ihn mit schief gelegtem Kopf an. Dax gefiel es, dass ihre gesamte Aufmerksamkeit auf ihn gerichtet war. Sie fragte nicht aus Höflichkeit, sondern es sah tatsächlich so aus, als würde es sie interessieren, was er zu sagen hatte.

»Ja, ich kann nicht ins Detail gehen, aber die Fälle in dieser Woche waren scheiße.«

»Der Lone Star Reaper?«

Dax sah Mack durchdringend an und zeigte ihr, dass er von ihrer Bemerkung überrascht war.

»Daxton, ich bin keine Idiotin. Jedes Mal wenn ich den Fernseher einschalte, wird in den Nachrichten davon gesprochen. Ich weiß, dass in dieser Woche eine weitere Frauenleiche gefunden wurde. Seit etwa einem Monat ist der Kerl das Hauptthema in den Nachrichten. Verdammt, ich glaube mich sogar daran zu erinnern, dass eine Sondereinheit sich um den Fall kümmert. Ich weiß nicht, ob du den Fall betreust oder nicht, aber ich bin einfach davon ausgegangen, dass du es tust. Tut mir leid, wenn du möchtest, dass ich ein braves, kleines Mädchen bin und keine Fragen über diesen Mist stelle, aber das gelingt mir nicht. Ich weiß vielleicht nichts über die Polizei, aber wenn diese Geschichte jeden verdammten Tag in den Nachrichten ist, kann ich als alleinstehende Frau nicht anders, als aufzuhorchen.«

Obwohl es nicht lustig war, fiel es Dax schwer, sich ein Lächeln zu verkneifen. Mack war so einfach zu verärgern. Wie gut, dass er es nicht war. »Tut mir leid, Mack. Du hast recht. Ich halte dich nicht für eine Idiotin. Und ja, dieser Fall ist mir in dieser Woche sehr viel durch den Kopf gegangen.«

»Okay, ich weiß, dass das hier unsere erste Verabredung ist, aber ich werde dir zuhören, wenn du darüber sprechen willst ... zumindest das, was du preisgeben kannst.«

»Nein danke. Können wir uns darauf einigen, für den Rest des Abends nicht mehr über die Arbeit zu sprechen? Ich würde dich lieber kennenlernen, als mich über dieses Arschloch zu unterhalten.«

»Abgemacht.«

Bei dieser Antwort lächelte Dax dann doch. Bis jetzt war Mackenzie perfekt. Er genoss es, in ihrer Gegenwart zu sein und mit ihr zu sprechen. Sie war lustig und schien sich keine Gedanken darüber zu machen, das »Richtige« zu sagen, sondern sprach einfach geradeheraus das aus, was ihr in den Sinn kam.

Er mochte ebenfalls ihren Körper. Er war schließlich immer noch ein Mann. Sie an sich gedrückt zu halten hatte das noch bestärkt. Sie war an all den richtigen Stellen weich. Auf sie hinunterzublicken, als sie in ihrem Flur festgehalten hatte, war beinahe schmerzhaft gewesen. Er hatte versucht, vorsichtig zu sein und sie nicht zu nahe an sich zu ziehen, ansonsten hätte sie gespürt, wie attraktiv er sie fand. Dass sie ihre Brüste an ihm gerieben hatte, war eine Sache, aber wenn er ihre Hüften an sich gezogen hätte, wäre es offensichtlich gewesen, wie sehr es ihm gefallen hatte, sie an seinem Körper festzuhalten.

Dax hätte fast die Beherrschung verloren, als er nach unten geblickt und ihre kleinen, festen Brustwarzen gesehen hatte, die sich unter dem schwarzen T-Shirt abgezeichnet hatten, das sie trug. Weil er so groß war, hatte er praktisch in ihr T-Shirt hineinschauen können. Er wusste, dass das furchtbar unhöflich war, aber als er sah, wie ihre Brüste im Ausschnitt ihres T-Shirts nach oben gedrückt wurden, hatte es in ihm den Wunsch erweckt, sie mit beiden Händen zusammenzudrücken. Sie waren offensichtlich mehr als nur eine Handvoll und er wollte nichts mehr, als zu erfahren, wie sie sich anfühlten und wie sie schmeckten.

Scheiße. Er musste sich konzentrieren oder er würde erneut eine Erektion bekommen. Das war nichts, was Dax bei ihrer ersten Verabredung haben wollte. Er dachte über ein harmloses Gesprächsthema nach.

»Also gut, wenn wir uns jetzt kennenlernen, dann erzähl mir von deiner Familie.«

Mackenzie rollte mit den Augen. »Natürlich musstest du damit anfangen, nicht wahr? Okay, aber gib mir nicht die Schuld, wenn du beschließt, mich an der nächstbesten Straßenecke loszuwerden, wenn ich fertig bin.«

Dax konnte das Lachen in ihrer Stimme hören und schüttelte bloß den Kopf, bevor er ihr mit einer Handbewegung bedeutete, sie solle fortfahren.

»Also, du weißt bereits, dass ich zwei Brüder habe, Mark und Matthew –«

»Warte.«

Von Daxtons Unterbrechung überrascht hielt Mackenzie sofort inne. »Was? Was ist los?«

»Du hast zwei Brüder, die Mark und Matthew heißen? Und dein Nachname ist Morgan ... und du heißt Mackenzie?«

Als Mackenzie erkannte, worauf Daxton hinauswollte, lachte sie. »Ja, anscheinend dachten meine Eltern, es sei modern, allen ihren Kindern einen Namen mit M zu geben.«

»Fangen ihre Namen auch mit einem M an?«

»Natürlich.« Mackenzie kicherte, als sie den ungläubigen Blick auf Daxtons Gesicht sah. »Myra und Milton Morgan. Aber wie dem auch sei. Ich bin das mittlere Kind. Matthew ist vierzig und Mark ist fünfunddreißig. Ich bin mir sicher, dass wir aufgrund unseres geringen Altersunterschiedes sehr anstrengend waren. Wir stehen uns alle sehr nahe. Mein Vater ist vor drei Jahren an einem Herzinfarkt gestorben. Sein Tod kam unerwartet und wir vermissen ihn sehr, aber es geht uns gut. Ich treffe mich mit meiner Mutter und meinen Brüdern mindestens jede zweite Woche. Sie lieben mich sehr, verstehen mich aber nicht wirklich. Ich bin stur und sie sind der Meinung, ich sei viel zu wählerisch. Meine Mutter will, dass ich heirate und mich beeile, um für sie eine Million Enkelkinder rauszupressen.«

»Sind deine Brüder verheiratet?«

»Ja, und beide haben jeweils drei Kinder. Man könnte meinen, dass meiner Mutter die sechs Enkelkinder, die sie bereits hat, reichen würden, aber nein. Sie will noch mehr. Ich mag meine Schwägerinnen, deren Namen übrigens nicht mit M beginnen, wirklich sehr. Salena und Kathy sind toll, aber wir stehen uns nicht sehr nahe.«

»Was versteht deine Familie nicht über dich?«

Mackenzie versuchte, ihre Gedanken zu ordnen, um einen Erklärungsversuch zu starten, ohne wie eine Verliererin oder Verrückte zu klingen.

»Und halte dich jetzt nicht zurück. Ernsthaft, sag mir, was du denkst.«

»Ich denke, ich möchte, dass du mich magst, Daxton, und dass ich dich nicht schon bei unserer ersten Verabredung vertreiben will.«

Dax nahm die rechte Hand vom Lenkrad, legte sie auf Macks Knie und drückte leicht zu. »Mack, ich mag dich bereits. Mein Tag besteht darin, mit Menschen zu sprechen, die mir nur Lügen erzählen. Wenn sie bei einer Lüge erwischt werden, tischen sie dir eine weitere auf, um zu versuchen, aus der Sache rauszukommen. Ich muss nachbohren und drängen, um die einfachsten Dinge herauszufinden. Du hast keine Ahnung, wie erfrischend es für mich ist, dass du keine Spielchen spielst. Du sagst einfach, wie es ist. An diesem Punkt kannst du mir nichts mehr erzählen, das mich dazu bringen wird, dich nicht wiedersehen zu wollen, okay?«

»Selbst wenn ich sagte, dass ich auf die Frauen meiner Brüder stehe?«

»Also gut, das vielleicht schon.« Dax lächelte Mack erneut an und brachte die Hand zurück ans Lenkrad, obwohl er sie auf ihrem Knie lassen wollte. Er wartete darauf, dass sie weitersprach.

»Ich bin wählerisch. Ich tue Dinge gern auf eine spezielle Weise und ich bin stur. Ich glaube, am Anfang einer Beziehung mit einem Mann frage ich mich, was *er* über *mich* denkt, und das macht mich verrückt. Kaue ich zu laut? Sieht meine Kleidung gut aus? Sollte ich mehr oder weniger Schminke tragen? Und dir ist vielleicht aufgefallen, dass ich die Angewohnheit habe, einfach vor mich hinzuplappern. Nachdem ich mich also wahnsinnig gemacht habe, was er von mir denken könnte, fange ich an, Dinge zu finden, die *er* falsch macht, und weise ihn darauf hin. Ständig. Bis er es nicht mehr erträgt und mich verlässt.«

Mackenzie beschloss, sie würde es vorziehen, wenn

Daxton die Sache jetzt beendete, wenn er wüsste, wie sie wirklich war, anstatt zu warten, bis sie sich in ihn verliebte, und sie dann zu verlassen.

»Heilige Scheiße.«

Mackenzie sprach diese Worte aus, ohne es zu wollen. Was hatte sie soeben gedacht? War das die ganze Zeit ihr Problem gewesen? Es war nicht wirklich das, was sie ihm erzählen wollte, aber jetzt, da sie es gedacht hatte, konnte sie es nicht mehr rückgängig machen.

»Was ist?«

»Ich ...«

»Was ist los, Mack? Erzähl schon.«

»Ich glaube, ich habe in der Vergangenheit die Männer weggestoßen, weil ich wusste, dass es weniger wehtun würde, wenn sie mich verlassen, bevor ich mich in sie verliebe und sie sich dann trotzdem entscheiden zu gehen.«

Anstatt der sicheren Kritik, auf die Mackenzie vorbereitet war, war Daxtons Stimme ruhig und verständnisvoll. »Das ergibt Sinn. Du musst in der Vergangenheit auf diese Weise verletzt worden sein.«

»Kannst du Gedanken lesen?«, fragte Mackenzie nur halb im Spaß.

Dax lachte leise. »Nein, Liebes, aber ich glaube nicht, dass du allzu unnormal bist. Die meisten Menschen wollen ihr Herz schützen. Es ist nie lustig, jemanden zu lieben und von ihm verlassen zu werden.«

»Ist dir das passiert?«, fragte Mackenzie, bevor sie darüber nachdenken konnte.

»Ja.«

»Tut mir leid, Daxton. Das ist scheiße.«

»Ja. Ich war bis über beide Ohren in sie verliebt und hatte unser gesamtes restliches Leben in meinem Kopf bereits durchgeplant. Ich wurde befördert und sollte von El Paso nach Austin ziehen. Dummerweise habe ich den Job angenommen, ohne vorher mit ihr darüber zu sprechen. Ich weiß, dass es bescheuert von mir war, aber ich hatte wirklich gedacht, sie würde sich für mich freuen. Sie wusste, wie hart ich für diese Beförderung gearbeitet hatte, und wusste sogar, dass ich für das Vorstellungsgespräch nach Austin geflogen war. Aber als ich ihr sagte, dass ich den Job ange-nommen habe, weigerte sie sich strikt umzuziehen. Sie war in El Paso aufgewachsen und ihre ganze Familie lebte dort. Schließich entschied sie sich für ihre Familie und gegen mich.«

»Was für eine Idiotin.«

Dax schüttelte bloß den Kopf und lächelte. Mack sagte nie das, was er von ihr erwartete.

»Ich meine, mal ernsthaft. Sie hat dich für ihre Familie aufgegeben? Es ist ja nicht so, als hätte ihre Familie sie verstoßen, wenn sie umgezogen wäre ... warte ... hätte sie es getan?«

»Nein, das hätte sie nicht getan.«

»Also gut, dann hat sie dich dazu gezwungen, dich zwischen ihr und deinem Beruf zu entscheiden. Tut mir leid, das zu sagen, aber du hast die richtige Entscheidung getroffen, Daxton. Ich weiß, ich habe mich gegenüber einigen der Männer, mit denen ich zusammen war, wie ein Miststück verhalten, aber ich habe niemals irgendeinen von ihnen dazu aufgefordert, sich zwischen ihrem Beruf und mir zu entscheiden. Abgesehen davon, schau doch mal, wo du heute bist. Du bist ein Ranger. Ich weiß zwar rein gar nichts, aber ich habe gehört, wie die Nachrichtensprecher über euch reden, und ich lebe nicht hinterm Mond, ich kenne die Rangers. Ihr seid toll! Auf keinen Fall würde ich meine Brüder dir vorziehen, ich meine, jetzt mal ernsthaft. Ich liebe sie wirklich, aber warum sollte ich für meine *Brüder* einen scharfen Typen und großartigen Sex für den Rest meines Lebens aufgeben? Vollkommen ausgeschlossen. Und noch etwas ...«

Mackenzie war jetzt in Fahrt und schien nicht einmal zu bemerken, wie Dax' Körper sich beim Hören ihrer Worte angespannt hatte.

»Sie kann dich nicht geliebt haben. Nicht wirklich. Keine wahre Liebe, die bis ins Knochenmark zu spüren ist. Wenn diese Liebe zwischen euch geherrscht hätte, hätte sie diese Entscheidung auf gar keinen Fall getroffen. Ja, ich verstehe schon. El Paso und Austin sind ziemlich weit voneinander entfernt, aber es ist nicht so, als wären sie in zwei unterschiedlichen Ländern.«

Zum ersten Mal seit ihrer Schimpftirade wurde Mackenzies Stimme sanfter. »Wenn sie dich wirklich geliebt hätte und wusste, dass du diese Stelle wolltest und was das Beste für dich ist, wäre sie, ohne nachzudenken, mit dir weggezogen. Ich bin mir sicher, dass es schwer ist, das zu hören, aber ich glaube das. Verdammt, obwohl du nicht verheiratet bist, bin ich trotzdem der Meinung, dass du die richtige Entscheidung getroffen hast. Was, wenn du sie geheiratet und versucht hättest, die Beziehung am Laufen zu halten, und sie später die gleiche Nummer abgezogen hätte? Dann würdest du jetzt in einem Job feststecken in dem Wissen, dass du einen besseren hättest haben können, und es bereuen, die Stelle in Austin nicht angenommen zu haben. Das würde dich innerlich auffressen und du wärst schlecht gelaunt. Deshalb, ja, es ist scheiße, aber ich glaube, so geht es dir besser.«

Mackenzie schaute erschrocken zu Daxton auf, weil der Wagen sich nicht mehr bewegte. Daxton war auf einen Parkplatz gefahren und hatte den Motor ausgeschaltet. Er sah sie mit einem seltsamen Gesichtsausdruck an.

»Mist, ich bin zu weit gegangen, nicht wahr? Verdammt, ich habe dir doch gesagt, dass ich so bin.«

»Nein Mack, du bist nicht zu weit gegangen. Du hast recht. Es war wahrscheinlich wirklich das Beste.«

»Ich wollte damit nicht andeuten, dass du sie nicht geliebt hast.«

»Ich weiß, dass du das nicht wolltest.«

Mackenzie schloss die Augen und legte die Stirn in ihre Handfläche. »Meine Familie sagt ebenfalls, ich hätte die Neigung, zu viel zu reden.«

»Du redest nicht zu viel, Mack. Ehrlich.« Dax beugte sich zu ihr und zog Mackenzie mit einer Hand im Nacken zu sich. Er küsste sie auf den Kopf und lehnte sich zurück. »Bist du bereit, etwas zu essen?«

»Ja bitte. Essen klingt gut. Im Grunde genommen klingt alles gut, außer mein pausenloses Geplapper über dein Liebesleben.«

»Dann komm. Ich hoffe, der Laden gefällt dir.« Dax hatte dann und wann schon einmal über all die Dinge nachgedacht, die Mack erwähnt hatte, aber die Tatsache, dass sie sofort dazu in der Lage gewesen war, alle Gründe zusammenzufassen, warum Kelly und er nicht mehr zusammen waren, war sehr aufschlussreich gewesen ... ganz besonders weil die beiden sich gerade erst kennengelernt hatten. Es war ein gutes Vorzeichen für ihre sich anbahnende Beziehung oder zumindest hoffte er, dass sich eine Beziehung anbahnen würde.

Mackenzie schaute auf und sah, dass sie an einem Restaurant auf der Südseite der Stadt waren, das sie noch nie besucht hatte. Mit besserer Laune, das Gespräch vollkommen vergessen, rief Mack: »Oh, hier wollte ich immer schon mal essen!«

»Gut. Heute bekommst du deine Chance.«

Dax stieg auf seiner Seite aus dem Wagen aus und ging herum, um Mack herauszuhelfen, aber sie kam bereits auf ihn zu, bevor er das Fahrzeug überhaupt zur Hälfte umrundet hatte.

»Ich weiß, ich hätte darauf warten sollen, dass du kommst und mir die Tür öffnest, nicht wahr? Das kann ich nicht. Tut mir leid, Daxton, aber ich verstehe das ehrlich gesagt nicht. Soll ich einfach mit den Händen im Schoß dasitzen und auf dich warten? Ich komme mir dumm vor, wenn ich wie eine hilflose kleine Frau im Wagen hocke. Ich habe zwei Hände. Ich kann die Tür wunderbar selbst öffnen.«

»Es ist das, was ein Gentleman tut.«

»Ich weiß, ich *weiß*, aber ich finde es trotzdem seltsam. Ich meine, ich weiß, dass du ein Gentleman bist. Verdammt, die gesamte peinliche Nummer vor meiner Wohnung hat mir das gezeigt.«

»Wie wäre es, wenn wir eine Abmachung treffen?«

»Welche Art von Abmachung?«

»Die Art von Abmachung, bei der du zustimmst, wenn ich dir sage, dass es wichtig für mich ist, um den Wagen herumzugehen und dir beim Aussteigen zu helfen, damit du nicht stolperst oder wenn ich ein Gentleman sein möchte. Und wenn ich es nicht erwähne, kannst du allein aussteigen und mich hier vor dem Wagen treffen, so wie du es heute getan hast.«

Mackenzie dachte einen Moment darüber nach

und lächelte. Es gefiel ihr, dass Daxton dachte, dass es zukünftig Gelegenheiten geben würde, bei denen sie zusammen irgendwohin fahren würden. Es gefiel ihr sehr. »Okay, abgemacht. Wenn es dir wichtig ist, dann sag es mir und ich werde warten. Wenn nicht, mache ich mein eigenes Ding.«

»Gut, gehen wir.« Dax ergriff Mackenzies Hand, verwob ihre Finger miteinander und mochte, wie ihre Hand sich in seiner anfühlte. In Bezug auf Mackenzie und das Abendessen hatte er ein gutes Gefühl. Er hoffte, dass dies der Anfang einer langen Beziehung sein würde.

KAPITEL SECHS

Nach dem Abendessen war es auf dem Weg zurück zu Mackenzies Wohnung still im Wagen. Dax hatte sich gut amüsiert, Mackenzie war urkomisch und er konnte sich nicht erinnern, jemals mehr Spaß bei einer Verabredung gehabt zu haben. Gut, er hatte in letzter Zeit zwar nicht viele Verabredungen gehabt, war aber trotzdem nicht der Meinung, dass irgendeine von ihnen so lustig gewesen war wie diese.

Das Lokal war eins von Dax' Lieblingsrestaurants. Es war eine Mischung aus einer Kneipe, einem Grill und einem Imbiss. Jeden Abend gegen zweiundzwanzig Uhr schloss die Küche und es zog eine Atmosphäre ein, die mehr einer Kneipe glich.

Dax und Mackenzie hatten gegessen und dann zusammengesessen und sich unterhalten, bis Mack vorschlug, Dart zu spielen. Das Lustigste daran war, dass sie noch nie in ihrem Leben einen Dartpfeil geworfen hatte. Sie war sehr schlecht darin, lachte aber jedes Mal über sich selbst, wenn sie die Mitte der Zielscheibe meterweit verfehlte.

Und Mackenzie war tatsächlich *tollpatschig*. Sie hatte nicht gelogen. An einem Punkt hatte sie den Arm über den Tisch ausgestreckt und sein Wasserglas umgestoßen. Sie hatte sich immer wieder entschuldigt, aber Dax hatte abgewinkt. Da der Sitzplatz auf seiner Seite der Bank nass gewesen war, hatte er dadurch eine Ausrede gehabt, sich zu ihr auf die andere Seite zu setzen, deshalb war alles sowieso zu seinem Vorteil gewesen.

Dann, als sie Dart spielten, ließ sie einen der Pfeile fallen, der ihren Fuß nur um ein Haar verfehlte. Ein Wurf ging ebenfalls viel zu weit nach außen, prallte aber glücklicherweise von der Wand ab und landete auf dem Boden anstatt etwa dreißig Zentimeter weiter links, wo ein Mann an der Wand lehnte und ein Bier trank. Danach beschloss Mackenzie, dass sie vom Dartspielen erst einmal genug hatte.

Während ihre Verabredung ihren Lauf nahm, hatten sie gelacht und Mack hatte gekichert. Sie war nicht sauer gewesen oder ausgerastet, als eine Frau, die mit ihren Freundinnen unterwegs war, zu ihm kam, ihm ihre Visitenkarte gab und sagte: »Ruf mich an.« Mackenzie hatte es stattdessen urkomisch gefunden.

Es war eine erfrischende Abwechslung von der

letzten Frau gewesen, mit der Dax zusammen war, die wütend geworden war, als eine andere Frau ihm einmal bei einer Verabredung ihre Telefonnummer zugeschoben hatte. Obwohl er nichts getan hatte, um die Kellnerin zu dieser Handlung zu ermutigen, war seine Verabredung sauer auf ihn geworden und hatte darauf beharrt, dass er irgendetwas getan haben müsse, um ihr das Gefühl zu geben, er sei an ihr interessiert. Danach war Dax nicht mehr mit ihr ausgegangen.

Jetzt brachte Dax Mackenzie zurück zu ihrer Wohnung. Er wollte nicht, dass der Abend vorbei wäre, aber es war schon spät und Mack gähnte auf dem Beifahrersitz neben ihm. Er fuhr auf den Parkplatz und schaltete den Motor aus. Dann wartete er, bis Mackenzie sich umdrehte, um ihn anzusehen.

»Warte, ich werde herumkommen.« Er hielt inne, bis Mack lächelte und ihm zunickte.

Dax ging um den Wagen herum, öffnete die Beifahrertür und streckte ihr die Hand hin. Mack legte ihre Hand in seine und gestattete es ihm, ihr beim Aussteigen zu helfen. Dax hielt Mack an sich gedrückt, als er sie aus dem Weg schob, damit er die Tür schließen konnte. Durch die leichte Jacke, die sie trug, konnte er ihre Hitze spüren.

»Danke, dass ich dir helfen durfte. Es ist dunkel. Ich fühle mich besser, deine Hand zu halten, wenn wir zu deiner Wohnung gehen, okay?«

»Ja, okay.«

»Komm, ich bringe dich rein.«

Mackenzie lächelte, als Daxton mit ihr über den Parkplatz zu ihrer Tür ging. Sie hatte einen tollen Abend gehabt. »Ich hätte dich beinahe versetzt, weißt du«, sagte sie ganz plötzlich zu Daxton.

Dax lächelte. »Ach ja?«

»Ja. Ich wollte dich anrufen und dir sagen, dass ich meine Meinung geändert habe. Aber ich hatte deine Nummer nicht, du hast sie beim Anruf unterdrückt.«

»Ja, ich mag es nicht, wenn meine Nummer angezeigt wird, ganz besonders wenn ich in irgendwelchen Fällen Spuren nachgehe.«

»Das verstehe ich. Wie dem auch sei, dann dachte ich mir, ich würde meine Wohnung verlassen und bis weit nach achtzehn Uhr warten und dann zurück nach Hause gehen, aber ich wusste, dass das unhöflich wäre, außerdem hätte Laine mir in den Hintern getreten. Also beschloss ich, dir einfach zu sagen, dass ich nicht ausgehen will, wenn du bei mir eintriffst, aber das konnte ich auch nicht tun. Also bin ich ein Risiko eingegangen. Ich hatte in meinem ganzen Leben erst ein anderes Blind Date und mich dabei relativ sicher gefühlt, weil Laine es organisiert hatte. Das einzige andere große Risiko in meinem Leben bin ich eingegangen, als ich hierher nach San Antonio zog. Ich habe in Houston gelebt und hier ein Jobangebot bekommen. Ich verdiene nicht gerade sehr viel Geld, aber ich wusste, dass ich dadurch näher bei meiner Familie wäre, also habe ich es gewagt. Am Anfang hatte ich schreckliche Angst, umziehen und neue Freunde finden zu müssen, aber am Ende ist alles gut ausgegangen. Und dann hat Laine glücklicherweise beschlossen, dass sie mich zu sehr vermisste, und ist ebenfalls hierhergezogen.«

Dax wusste, dass er von Macks Plapperei niemals genug bekommen würde. Sie war einfach unheimlich süß. Sie hatte keine Ahnung, wie viele Informationen er durch ihr scheinbar unzusammenhängendes Gerede bekam. Er liebte es. »Dann gehe ich also davon aus, dass es dir nicht leidtut, das Risiko mit mir eingegangen zu sein?«

»Äh, nein.« Mack sprach es aus, als wollte sie »du Dummkopf« sagen. »Ich war etwas aufgeregt, weil ich dich nicht einmal richtig kannte. Ich meine, ich bin dir bei der Wohltätigkeitsveranstaltung begegnet und dachte, du seist unheimlich scharf, aber ich *kannte* dich nicht. Ich hatte zuvor erst ein Blind Date und das war eine Katastrophe. Und weißt du, manche Polizisten sind Arschlöcher. Ich wäre so enttäuscht gewesen, wenn du dich als einer von ihnen entpuppt hättest, aber du warst cool. Ich mochte diese ganze Cowboyhut-Nummer noch nie so richtig. Ich meine, ein Cowboyhut sieht einfach nur lustig aus. Viele Männer können ihn nicht tragen, aber du? Ich werde einfach nur sagen, dass du ihn sehr gut tragen kannst.

Und du bist in Form. Ich bin mir sicher, dass du das weißt, ich meine, du siehst dich ständig nackt und ich habe das noch nicht getan, aber ernsthaft, ich sehe, dass du unheimlich muskulös bist und keinen Bierbauch hast. Warum nicht? Ich meine, du trinkst doch Bier, du hattest heute Abend eins, aber du bist überhaupt nicht fett.«

Dax' Lippen zuckten, als er versuchte, ein Lachen zu unterdrücken. Sie hatten Mackenzies Tür erreicht. Er drehte sie so, dass ihr Rücken zur Tür gewandt war und er sie überragte. Er fasste Macks Hände mit seiner und brachte sie an seine Brust, wo er ihre Handflächen an sein Hemd drückte und ihr damit andeutete, sie solle sie dort behalten. Dann nahm er ihr Gesicht in beide Hände und hob es an.

»Gefällt dir mein Körper, Mack?« Es amüsierte ihn, als ihm auffiel, dass sie zum ersten Mal heute Abend sprachlos war. »Denn deiner gefällt mir sehr.«

Als sie mit den Augen rollte, fuhr Dax fort.

»Du passt perfekt zu mir. Neben mir bist du ein winziges Ding und ich kann einzig daran denken, dich in meine Arme zu schließen und dich mir gefügig zu machen.« Er sah zu, wie Mack schluckte.

»Äh ...«

»Und deine Kurven machen mich schon den ganzen Abend verrückt. Es gibt nichts Attraktiveres als eine Frau mit Kurven. Du hast ja keine Ahnung, wie schwer es mir heute Abend gefallen ist, mich nicht an dich zu drücken und dir zu demonstrieren, welche Gefühle deine Hüften, Beine und Titten in mir erwecken, als ich heute Abend hinter dir stand und dir bei deiner Haltung geholfen habe, als du den verdammten Dartpfeil geworfen hast.«

»Äh, ernsthaft Daxton ...«

»Und dein Mund. Verdammt, Weib. Dir zuzusehen, wie du heute Abend mit mir gesprochen hast, dir zuzusehen, wie du dir über die Lippen geleckt hast, als sie trocken waren ... ich musste meine gesamte Willenskraft aufwenden, dich nicht über den Tisch auf meinen Schoß zu ziehen und dir selbst über die Lippen zu lecken.«

Dax hielt inne und genoss die Röte, die sich auf Macks Gesicht ausbreitete, sowie ihre nervösen Bewegungen an ihm, bevor er weitersprach.

»Ich hatte eine wunderbare Zeit. Ich mag nicht nur deinen köstlichen kleinen Körper, ich mag, was sich darin verbirgt. Es hat mir gefallen, mich mit dir zu unterhalten. Du bist erfrischend, ganz besonders im Vergleich zu meinen Freunden und den Verbrechern, mit denen ich tagein, tagaus spreche. Ändere dich bitte nie.«

»Äh. Okay.«

»Und ich will dich wiedersehen. Ich werde dir meine Nummer geben, damit du mich anrufen kannst – nicht um mir einen Korb zu geben, sondern weil du mit mir sprechen willst. Weil du wissen willst, wann ich das nächste Mal mit dir ausgehe. Weil es das ist, was du mit dem Mann tust, mit dem du zusammen bist. Bist du damit einverstanden?«

»Wir sind zusammen?«

»Ja, wir sind zusammen.«

»Oh, okay.«

»Gut. Also, das Wichtigste zuerst. Ich werde dich küssen. Ich werde diese Lippen erneut kosten. Dieses eine Mal, bevor wir gegangen sind, war nicht ausreichend und ich werde dafür sorgen, dass es der beste Kuss ist, den du jemals bekommen hast. Danach werde ich dich gehen lassen, denn ich weiß, wenn ich es nicht tue, werde ich dich in die Wohnung zerren und dich so lange in deinem Flur durchnehmen, bis ich in dir gekommen bin und nicht mehr aufrecht stehen kann. Bist du *damit* einverstanden?«

Mackenzie starrte fassungslos zu dem Mann auf, der vor ihr stand. Den ganzen Abend lang war er relativ unbeschwert gewesen. Er war definitiv ein Alphamann, hatte es aber bis jetzt nicht wirklich gezeigt. Mack beugte die Hände, bis ihre Fingernägel sich über seinem Hemd in seine steinharte Brust bohrten.

»Ich weiß nicht, warum du all das in mir siehst, aber ich wäre eine Idiotin, wenn ich dir widersprechen würde. Ich würde ebenfalls lügen, wenn ich sagte, dass ich nicht das Gleiche will. Bitte, Daxton. Küss mich, bevor ich dich zu Boden reißen und dich mir zu Willen machen muss.«

Dax lächelte. »Es ist dir gelungen, mich den ganzen Abend auf Trab zu halten, Mack. Halte dich an mir fest.«

Er beugte sich nach unten und bog Macks Kopf noch weiter nach hinten, während sie versuchte, Augenkontakt mit ihm zu halten. Sie war winzig im Vergleich zu ihm. Dax gefiel die Macht, die er einzig wegen seiner Größe über sie hatte, neigte den Kopf und vereinnahmte, ohne zu zögern, ihre Lippen mit seinen. Er stieß mit seiner Zunge in ihren Mund hinein und liebte es, als Mack seinen Stoß sofort mit ihrem eigenen konterte. Sie würde niemals einfach nur unter ihm liegen und das nehmen, was er ihr geben wollte. Sie würde darum kämpfen, es ihm direkt zurückzugeben.

Dax nahm eine Hand von ihrem Gesicht, brachte sie an ihr Kreuz und zog sie an sich, bis ihre Füße vom Boden abhoben und ihre Körper sich vom Schritt bis zum Oberkörper berührten. Er spürte, wie sie beide Arme um seinen Hals schlang, um sich festzuhalten. Sie neigte den Kopf zur Seite, um ihm besseren Zugang zu gewähren, während er seinen Ansturm auf ihren Mund fortsetzte.

Er saugte ihre Zunge in seinen Mund und biss sanft zu. Dax spürte, wie Mack sich unruhig an ihm bewegte und zögerlich eins ihrer Beine an seine Hüfte hob. Sie konnte es dort nicht halten, doch es verstärkte ihren Griff an seinem Hals.

Dax stieß seine Zunge zurück in Macks Mund und nahm sich Zeit, jede Kontur zu erforschen und sich einzuprägen, wie sie schmeckte und sich anfühlte. Als er wusste, dass er aufhören musste, weil er sonst nicht mehr dazu in der Lage wäre, zog Dax sich schließlich zurück und beugte sich nach vorn, um Mack wieder auf den Boden zu lassen. Er leckte ihr über den Mundwinkel, biss sie sanft ins Kinn und saugte an ihrem Ohrläppchen, bevor er sich nach unten zu ihrem empfindlichen Hals vorarbeitete. Dax spürte, wie sie eine Gänsehaut bekam, als er an einer empfindlichen Stelle leckte und hineinbiss.

»Äh, Daxton, ich hatte noch nie in meinem Leben einen One-Night-Stand. Ich bin einfach kein Mädchen, das sich etwas so Intimes mit jemandem vorstellen kann, den sie noch nicht einmal richtig kennt. Aber ich bin der Meinung, du solltest wissen, dass ich derzeit ernsthaft überdenke, was für ein Mädchen ich bin.« Von der Intensität ihrer Lust zitterte Mackenzies Stimme.

Dax lächelte an Mackenzies Haut und streichelte mit den Händen ihren Rücken hinauf und hinunter. Endlich hob er den Kopf, um Mack in die Augen zu blicken. »Wir werden nichts überstürzen, Mack. Es gibt keinen Grund für einen One-Night-Stand. Das hier wird sowieso viel länger als ein One-Night-Stand dauern. Lass mich los, damit ich dir meine Nummer geben kann.«

Mackenzie wurde klar, dass sie ihn nicht losgelassen hatte, seit er sie wieder auf den Boden gelassen hatte, und zwang widerwillig ihre Finger dazu, die Hinterseite seines Hemdes loszulassen und ihre Arme herunterzunehmen. Sie leckte sich über die Lippen und ihr gefiel, wie Daxtons Blicke ihren Bewegungen folgten.

»Gib mir dein Telefon, Mack.«

Mackenzie griff in ihre Handtasche und nahm ihr Handy heraus. Sie gab das Passwort ein und legte es in Daxtons Hand. Sie sah zu, wie er auf dem Bildschirm tippte, als er seine Kontaktinformationen eingab.

»Ich habe dir meine Handynummer, meine Arbeitsnummer und die Nummer bei Wache F eingespeichert, das ist meine Ranger-Kompanie. Wenn du mich nicht erreichen kannst, hinterlasse mir eine Nachricht. Wenn es sich um einen Notfall handelt, ruf bei der Kompanie an und sag ihnen, dass du es bist. Ich werde der Verwaltung mitteilen, dass du mit mir zusammen bist und sie mich unterbrechen können. Sie können mich immer erreichen, ganz egal, was ich gerade tue, okay?«

»Wow. Okay, aber ich bin keine Frau, die anrufen muss, wenn sie keine Milch mehr hat oder so, Daxton. Ich kann losfahren und mir die verdammte Milch selbst kaufen. Das sollte dir in Bezug auf mich klar sein.«

»Und ich bin kein Mann, der erwartet oder von dir will, dass du mich anrufst, wenn du deine Handtasche verloren hast. Aber ich erwarte dennoch, dass du mich anrufen wirst, wenn du mich *tatsächlich* brauchst. Ich werde nicht erfreut sein, wenn ich herausbekomme, dass du selbst in die Notaufnahme oder zum Arzt gefahren bist, wenn du hingefallen bist und dir irgendwas gebrochen hast.«

»Wirklich? Ausgerechnet dieses Beispiel musstest du anbringen?«

Dax mochte ihre freche Art. »Ja. Du warst diejenige, die mir erzählt hat, sie sei tollpatschig, erinnerst du dich?«

»Okay, okay, du hast recht.«

»Gut. Dann wirst du also anrufen?«

»Ja. Ich werde anrufen, wenn ich etwas brauche. Aber Daxton, du solltest etwas wissen.«

»Und das wäre?« Dax strich eine Haarsträhne hinter Macks Ohr, die sich aus ihrer Spange gelöst hatte und um ihr Gesicht herumwehte.

»Ich bin ein Mädchen, das sehr viele SMS schreibt. Ich habe das unbegrenzte Paket. Ich mag SMS, sie zu schreiben und sie zu bekommen. Ist das ein Problem?«

Dax lächelte, beugte sich nach unten und gab ihr einen festen und viel zu schnellen Kuss, bevor er sich wieder von ihr löste. »Das ist kein Problem. Ich werde mich daran gewöhnen.«

Das Lächeln, das er im Gegenzug erhielt, war seine Antwort wert gewesen. Dax wusste, er würde tun, was immer ihm möglich war, um es wieder und immer wieder zu sehen. »Okay, ich werde jetzt wirklich gehen. Verriegele deine Tür und pass auf dich auf.«

»Du wirst ...« Sie hielt inne, unsicher, ob sie vielleicht zu bedürftig klingen könnte, wenn sie darum bat, was ihr durch den Kopf ging.

»Was, Mack?«

»Du wirst anrufen? Wir werden noch einmal miteinander ausgehen?«

»Aber natürlich. Ich sagte doch, dass wir zusammen sind. Ich habe nicht gelogen. Wir werden wieder zusammen ausgehen.«

Als er nicht sagte wann, zuckte Mackenzie mental mit den Schultern. »Okay.«

»Okay. Geh rein. Verriegele die Tür.«

»Danke für diesen schönen Abend. Wir hören uns bald.«

»Ja, das werden wir. Gute Nacht, Mack.«

Das Letzte, was Mackenzie sah, als sie die Tür schloss, war Daxtons in die Höhe gerecktes Kinn, als er dastand und sie beobachtete, um sicherzugehen, dass sie sich in ihrer Wohnung verbarrikadierte. Sie rutschte mit dem Rücken an der Tür hinunter. Ihr

Hintern landete auf dem Boden und sie schlang die Arme um ihre angezogenen Knie. Sie lächelte. Heilige Scheiße, sie steckte in großen Schwierigkeiten.

KAPITEL SIEBEN

»Seien Sie nicht nervös, Ma'am. Erzählen Sie mir einfach, was Sie an jenem Nachmittag gesehen haben.« Dax versuchte, ruhig und ermutigend zu klingen. Die Zeugenvernehmung war ein schwieriger Balanceakt zwischen mitfühlend und drängend zu sein, wenn es darum ging, die richtige Informationen aus den Menschen herauszubekommen.

»Ich bin zum Friedhof gegangen, um auf dem Grab meines geliebten Harold Blumen niederzulegen, und habe gesehen, wie ein großer Traktor ein Loch in der hinteren Ecke des Friedhofs ausgehoben hat. Ich fand es seltsam, weil in diesem Teil des Friedhofs schon lange keine Beerdigung mehr stattgefunden hatte, aber was weiß ich schon darüber, wie Friedhöfe funktionieren? Vielleicht wollten sie eine neue Gräberreihe anfangen.«

»Welche Farbe hatte der Traktor?«

»Gelb.«

»Sah er alt aus? Neu? Haben Sie irgendjemanden gesehen?«

»Nun, ich kenne mich mit Traktoren nicht aus, aber er war blitzblank. Jemand saß im Führerhaus, aber ich konnte ihn nicht sehen. Die Fensterscheiben waren getönt und er war zu weit weg.«

»Um wie viel Uhr war das?«

»Etwa gegen drei Uhr nachmittags. Ich erinnere mich daran, weil ich um halb vier einen Frisörtermin hatte und nicht zu spät kommen wollte.«

»Vielen Dank, Mrs. Sutton. Sie waren eine große Hilfe.« Und das war sie wirklich gewesen. Sie wussten, dass der Mörder einen gelben Traktor benutzt hatte, und sie kannten die Uhrzeit, zu der er sein Opfer begraben hatte. Dax würde bei den Friedhofsmitarbeitern nachfragen, ob es ihr Traktor war. Wenn sie Glück hatten, war er es nicht, dann könnten sie bei der Kraftfahrzeugbehörde nachfragen, wer alles einen gelben Traktor besaß. Dax würde Cruz mitteilen, er solle die Mitarbeiter der örtlichen Friedhöfe benachrichtigen, damit sie in ihrer Umgebung nach ungewöhnlichen Aktivitäten die Augen offen halten konnten. Die örtlichen Polizeidienststellen konnten rund um die abgelegenen Friedhöfe ebenfalls die Streifen erhöhen. Es war zwar keine absolut sichere Vorgehensweise, schließlich war es ihnen noch nicht gelungen, den Kerl zu schnappen, aber es war immerhin etwas. Der Mörder hatte anscheinend erst eine Woche, nachdem er den Sarg im Boden vergraben hatte, angerufen, um mit seinem Opfer anzugeben. Die Zeitachse passte zu dem, was Conor über den Todeszeitpunkt gesagt hatte.

»Meinen Sie, Sie werden ihn schnappen? Was für ein schrecklicher Mann, der diese Dinge tut.«

»Ja, Ma'am. Wir werden ihn schnappen. Wir tun alles, was in unserer Macht steht, um ihn so schnell wie möglich zu verhaften.«

»Also, ich danke Ihnen für das, was Sie tun, junger Mann. Die Welt braucht mehr Menschen wie Sie.«

Dax half der Frau aus ihrem Stuhl und geleitete sie zur Tür. »Ich empfehle Ihnen, Ihre Besuche bei Harold auf ein Minimum zu beschränken, zumindest bis wir den Täter gefasst haben. Wenn Sie ihn besuchen müssen, gehen Sie nicht allein.«

»Das kann ich machen. Beim nächsten Mal werde ich meinen Sohn David bitten, mich zu begleiten.«

»Tun Sie das. Nochmals vielen Dank, Mrs. Sutton.«

Dax nickte der Frau zu, als sie sein Büro verließ. Er seufzte, setzte sich wieder auf seinen Stuhl und betrachtete die Fotos, die ausgebreitet vor ihm lagen. Dax hatte Nachricht von Cruz erhalten. Die Analysten des FBI hatten auf der Nachricht, die der Mörder geschickt hatte, nichts Brauchbares finden können. Es hatte keine Fingerabdrücke gegeben und das einzige

Spurenmaterial war ein einzelnes Haar gewesen, das anscheinend von einer Katze stammte.

Dax hatte sehr viele Informationen, aber sie waren alle zusammenhangslos. Ihr Mörder war ein Mann, der entweder eine Katze hatte oder mit einer Katze in Kontakt gekommen war. Er besaß einen gelben Traktor oder wusste, wie man einen kurzschließt. Die Särge waren eine Sackgasse, weil sie handgemacht waren. Sie konnten versuchen, die Geräte aufzuspüren, die zur Herstellung benutzt worden waren, aber das war weit hergeholt. Scheiße. Sie hatten Informationen, es fühlte sich aber trotzdem so an, als ständen sie weiterhin am Anfang.

Das Telefon auf seinem Schreibtisch klingelte, es war Quint von der Polizeiwache in San Antonio.

»Hey, Dax. Hast du heute Zeit zum Mittagessen?«

»Mack kommt heute für ein schnelles Mittagessen in mein Büro, willst du dich dazugesellen? Ich kann sie bitten, auf dem Weg hierher ein zusätzliches Sandwich zu kaufen.«

»Gern, wenn es dir nichts ausmacht.«

»Überhaupt nicht, ich wollte sie dir sowieso vorstellen. Ich weiß, es ist noch früh, aber ich mag sie wirklich.«

»Mit dieser Frau scheint es dir ernst zu sein. Wie lange seid ihr schon zusammen?«

»Es *ist* mir ernst mit ihr. Wir sind seit etwa zwei Wochen zusammen.«

»Wunderbar, um wie viel Uhr soll ich da sein?«

»Wie wäre es mit Viertel nach zwölf?«

»Bis dann.«

Dax legte den Hörer zurück auf die Gabel, verschränkte die Hände hinter dem Kopf und lehnte sich zurück. Er wusste, dass Quint vermutlich über die Reaper-Ermittlungen sprechen wollte, aber Dax brauchte etwas Zeit mit Mack, bevor er in der Lage wäre, wieder in diesen schrecklichen Fall einzutauchen. Frauen lebendig zu begraben war eine ziemlich kranke Scheiße und Mack half ihm dabei, einen nüchternen Blick zu behalten.

Die zwei Wochen ihres Zusammenseins waren toll gewesen. Sie hatten sich mehrere Male zum Abendessen getroffen und hatten ihre Küsse an der Tür zu Küssen in seinem Wagen und einmal sogar auf ihrem Sofa ausgeweitet, als sie zusammen einen Film geschaut hatten.

Dax versuchte, die Sache langsam angehen zu lassen, aber je mehr Zeit er mit Mack verbrachte, desto mehr sagte sein Bauchgefühl ihm, dass sie die Frau für ihn war. Er hatte sich sofort von ihr angezogen gefühlt, aber er begehrte sie nicht nur auf sexuelle Art. Sie war lustig. Sie war höflich. Sie wurde nicht sauer, wenn etwas schiefging, es prallte einfach an ihr ab. Während einem ihrer Abendessen stieß Mack an den Teller, den die Kellnerin gerade von ihrem Tisch abgeräumt hatte, und bekleckerte die gesamte Vorderseite ihres T-Shirts mit einem vollen Schälchen Ranchsoße. Sie hatte darüber bloß gelacht. Dax schüttelte den Kopf, als er sich daran erinnerte. Mack hatte sich vor Lachen über sich selbst und ihre Ungeschicktheit beinahe gekrümmt, als sie an ihrem T-Shirt herumwischte in dem Versuch, die Soße zu entfernen. Sie hatte sich mehr Sorgen um die Kellnerin gemacht, der das Ganze furchtbar peinlich gewesen war. Mack hatte gelächelt und der armen Kellnerin versichert, dass es sich um ein Missgeschick gehandelt habe und alles in Ordnung sei. Selbstverständlich hatten sie für ihr Essen nicht bezahlen müssen und hatten vom Restaurant ein T-Shirt geschenkt bekommen, aber Mack hatte sich davon nicht im Geringsten die Laune verderben lassen.

Mack scheute sich ebenfalls nicht davor zuzugeben, wenn sie einen Fehler gemacht hatte. Das war etwas, das Dax bei den Frauen, mit denen er zuvor zusammen gewesen war, nur selten erlebt hatte. Sie lachte über sich selbst, wenn sie stolperte oder etwas fallen ließ. Sie neigte wirklich zu Unfällen, aber das schien ihr nichts auszumachen. Es war erfrischend, mit einer Frau zusammen zu sein, die meistens das sagte, was sie dachte, sich aber trotzdem nicht so in ihrer eigenen Haut wohlfühlte, wie sie der Welt vielleicht versuchte vorzumachen. Es war diese Gegensätzlichkeit, die ihn zu ihr hinzog. Darüber hinaus schien sie nicht voller Drama zu sein wie die meisten Frauen heutzutage, was eine Erleichterung war.

Dax hatte schon viele Verabredungen gehabt und sogar ein- oder zweimal gedacht, eine Frau zu lieben, abgesehen von der Frau, die er damals in El Paso fast geheiratet hätte. Er hatte ebenfalls einige One-Night-Stands gehabt und sich danach für gewöhnlich benutzt gefühlt. Aber Mack war anders. Das spürte er bis in sein Knochenmark.

An dem ersten Abend, an dem sie zusammen ausgegangen waren, hatte Mackenzie nicht gelogen. Sie hatte tatsächlich die Angewohnheit zu versuchen, ihn herumzukommandieren und ihn dazu zu bringen, die Dinge so zu machen, wie sie sie haben wollte. Einmal hatten sie in ihrer Wohnung zu Abend gegessen und sie hatte zehn Minuten damit verbracht, ihm einen Vortrag darüber zu halten, wie man am besten das Geschirr abwäscht. Größtenteils hatte Dax mitgespielt, weil es ihm wirklich vollkommen egal war, ob er das Spülmittel auf den Schwamm oder den schmutzigen Teller gab, wenn er ihn abwusch, aber Mack war es anscheinend wichtig.

Bei einigen Dingen hatte er sich ihr jedoch widersetzt. Wenn er das tat, konnte Dax sehen, wie sie innehielt und tatsächlich darüber nachdachte, und die Male, sie sie nachgegeben hatte, schienen seine Gefühle für sie nur noch verstärkt zu haben. Mack war nicht unvernünftig, weil sie unvernünftig sein wollte.

Dax hoffte, die Tatsache, dass sie ab und zu ihren Wunsch, wie etwas zu tun sei, zurückstellte und es ihn tun ließ, wie er es wollte, bedeutete, dass sie ihn mochte und sich wirklich Mühe gab, eine funktionierende Beziehung zu haben.

Wie das eine Mal, als sie ihre Kreditkarte zückte, um für das Abendessen zu bezahlen. Dax hatte ihr gesagt, dass sie niemals bezahlen würde, wenn die beiden zusammen unterwegs waren, ganz egal, ob sie in einem Restaurant, einer Tankstelle oder einem Kaufhaus wären.

Mack hatte sich wie ein aggressiver Gockel aufgeplustert und beharrt und diskutiert und geschmollt, aber am Ende, nachdem er ihr erklärt hatte, dass es ihm das Gefühl gab, kein richtiger Mann zu sein, wenn sie zahlte, hatte sie nachgegeben. Selbstverständlich hatte sie ihm im späteren Verlauf des Abends unmissverständlich klargemacht, dass *sie* bezahlen würde, wenn er *nicht* bei ihr wäre und sie Lebensmittel oder was auch immer für sie beide kaufte. Dax hatte sie gnadenlos ausgekitzelt, bis er ihr schließlich das gegeben hatte, was sie brauchte ... seine Zustimmung. Kompromisse waren das Rückgrat einer jeden Beziehung und Dax fand es toll, dass Mack ehrlich versuchte, Kompromisse für ihn einzugehen.

Dax störte es nicht wirklich, dass Mack bezahlen wollte, es war tatsächlich erfrischend. Seine Beziehung mit Mack war das genaue Gegenteil von seiner Beziehung mit Kelly, der Frau, die sich geweigert hatte, mit ihm nach Austin zu ziehen. Sie hatte nie für irgendetwas bezahlt, hatte niemals überhaupt *angeboten*, für etwas zu bezahlen. Sie hatte immer erwartet, dass Dax die Kosten für alles übernimmt, angefangen bei der Miete und dem Strom bis hin zu den Kreditkarten, dessen Limit sie ausgeschöpft hatte. Rückblickend wusste Dax, dass er sich hatte ausnutzen lassen, aber er hatte ehrlich geglaubt, dass sie die Frau wäre, mit der er den Rest seines Lebens verbringen würde.

Dax schrieb Mack rasch eine SMS und teilte ihr mit, dass Quint mit ihnen zu Mittag essen würde, und bat sie, noch ein drittes Sandwich zu besorgen. Sofort schrieb sie zurück – eine weitere Sache, die Dax an Mack liebte, sie ließ ihn niemals warten und grübeln, ob sie seine Nachricht bekommen hatte – und stimmte ohne Aufhebens zu. Sie war süchtig nach SMS, wie sie ihn gewarnt hatte. Aber es sorgte für eine offene Kommunikation zwischen ihnen und selbst Dax musste zugeben, dass es ihm innerlich ein gutes Gefühl bereitete, zu wissen, dass sie an ihn dachte, wenn sie ihm zwischendurch immer wieder alberne SMS schrieb, bloß um Hallo zu sagen.

Eine Stunde später hörte Dax ein Klopfen an der Tür.

»Herein.«

Mack schlenderte mit einem Lächeln im Gesicht und zwei großen Tüten in der Hand in sein Büro.

»Hey, Daxton. Wie ist dein Tag?«

»Besser, jetzt, da du da bist. Komm her, Liebes.«

Mack stellte die Tüten auf dem kleinen Tisch rechts neben Dax' Schreibtisch ab, stellte sich neben ihn und kreischte auf, als er sie auf dem Stuhl in seine Arme zog.

Mackenzie setzte sich sofort rittlings auf Daxtons Schoß, wobei sie ihre Knie in die winzigen Lücken neben seinen Hüften zwängte.

»Wie kommt es, dass du nie einen Rock trägst?«

Mackenzie rümpfte angewidert die Nase. »Igitt. Ich hasse Röcke.«

»Warum?« Selbst als Dax die Frage stellte, wusste er bereits, dass er etwas zu hören kriegen würde. Manchmal fragte er sie absichtlich nach Sachen, von denen er wusste, dass sie einen Wortschwall ihrerseits nach sich ziehen würden, weil er es liebte, sie reden zu hören.

»Weil sie sexistisch sind. Ich meine wirklich. Damals im finsteren Mittelalter waren es die *Männer*, die Röcke getragen haben ... oder Togen oder Kilte oder wie auch immer sie genannt wurden. *Ihre* Beine haben herausgeschaut, ihre Knie wurden gezeigt und ihr Hintern wurde entblößt, wenn sie hinfielen. Irgendwann in den letzten tausend Jahren ist irgendein *Mann* zur Besinnung gekommen und hat beschlossen, er würde lieber die Knie und Hinterteile von Frauen sehen.«

»Danke für den Geschichtsunterricht, Mack. Und jetzt ... warum trägst du tatsächlich keine Röcke?«

Mackenzie grinste Daxton an. »Weißt du, ich mag diese Position wirklich. Ich kann dir in die Augen sehen und muss mir keine Sorgen machen, dass du dir den Rücken verrenkst, weil du dich zu mir hinunterbeugst, und auch nicht darüber, einen Krampf zu bekommen, weil ich zu dir aufsehe.«

Als er die Augenbrauen hochzog, seufzte Mackenzie, denn sie wusste, dass sie versucht hatte, seiner Frage auszuweichen. »Es gab dieses eine Mal, direkt nachdem ich meinen Collegeabschluss gemacht und meinen ersten Job bekommen hatte. Ich war überaus stolz auf mich und fühlte mich sehr professionell. Ich hatte mir einige neue Kostüme für die Arbeit gekauft und gedacht, ich sähe sehr stilvoll darin aus. An meinem ersten Arbeitstag waren da drei Männer, die mich von oben bis unten musterten, als sie mir begegneten, und dann mit dem Blick an meinen Beinen hängenblieben. Am zweiten Tag teilte eine Frau mir höflich mit, dass sie bereit wäre, mich ins Einkaufszentrum zu begleiten, um passendere Kleidung für mich auszusuchen, sollte ich dabei Hilfe benötigen. Am dritten Tag, als ich mein bevorzugtes der drei Kostüme trug, die ich mir speziell für den neuen Job zugelegt hatte, rutschte ich in der Eingangshalle aus. Meine Beine flogen unter mir weg und mein Rock rutschte bis zu den Hüften nach oben, als ich hinfiel und allen

Umstehenden einen Blick auf mein Pfläumchen gewährte. Ich habe gehört, dass der Sicherheitsdienst es auf der Überwachungskamera gesehen und allen im Unternehmen gezeigt hat. Das war das letzte Mal, dass ich bei der Arbeit einen Rock getragen habe.«

»Dieser Mist ist illegal.«

Nicht im Geringsten beunruhigt über die Geschichte oder Daxtons Zorn legte Mackenzie die Hand an seine Wange. »Ich weiß. Ich habe Beschwerde eingereicht und die Personalabteilung hat alle gefeuert, denen nachgewiesen werden konnte, dass sie das Video verbreitet haben.«

»Ich hätte wissen sollen, dass du das nicht auf dir sitzen lassen würdest.«

»Selbstverständlich nicht. Arschlöcher. Das war das letzte Mal, dass ich bei der Arbeit einen Rock anhatte. Ich bin einfach zu tollpatschig, um es noch einmal zu riskieren. Ganz zu schweigen davon, dass ich es nicht nötig habe, mich von irgendjemandem zur Zielscheibe des Spottes zu machen, weil er der Meinung ist, ich hätte nicht den richtigen Körper, um einen Rock zu tragen.«

»Falsch«, widersprach Dax sofort.

»Was?«

»Da liegst du falsch, Mack.« Dax schob die Hände, die er an ihrer Taille hatte, hinunter zu ihrem Po und zog sie näher an sich. Nahe genug, dass sie seine Erektion an ihrer Muschi spüren konnte. »Du hast den perfekten Körper, um einen Rock zu tragen. Stell dir mal vor, du würdest jetzt einen anhaben. Und dann denk darüber nach, was wir während unserer gemeinsamen Mittagspausen tun könnten, wenn du jeden Tag einen tragen würdest.«

Mackenzie zögerte nicht und schob die Hände seitlich an Daxtons Körper, bis sie sich über seinem Hemd unter den Armen befanden. Sie beugte sich nach vorn und flüsterte: »Daxton, glaubst du wirklich, dass eine Hose mich davon abhalten würde, dich in diesem Stuhl zu nehmen und so lange zu reiten, bis wir beide erschöpft zusammensacken, wenn ich es tatsächlich wollte?«

»Hallo!«

Dax und Mackenzie zuckten überrascht zusammen und drehten sich zur Tür um. Dort stand Quint, stützte sich mit einer Hand am Türrahmen ab und lächelte sie an.

Mackenzie lachte und zog die Hände unter Daxtons Armen hervor. Dax schob Mack widerwillig ein wenig nach hinten, damit sie nicht mehr an ihn gedrückt war, und nahm die Hände von ihrem Hintern. »Wir setzen diese Unterhaltung später fort«, flüsterte Dax, bevor er Quints Begrüßung erwiderte.

»Hey, Quint, schön, dich zu sehen.«

»Aha, natürlich.«

Dax lächelte seinen Freund an und half Mack beim Aufstehen, wobei er sie festhielt, als sie strauchelte.

»Komm her, damit ich dich Mack vorstellen kann, die sonst auch als Mackenzie bekannt ist.«

»Freut mich, dich kennenzulernen, Quint«, sagte Mackenzie höflich und streckte ihre Hand aus.

»Ich glaube, das Vergnügen ist ganz meinerseits.« Quint hob Mackenzies Hand an seinen Mund und küsste ihren Handrücken.

Daxton griff danach und löste Mackenzies Hand aus der von Quint. »Es reicht, Quint.«

Quint lachte. »Es ist zu einfach. Also dann ... wie habt ihr beide euch noch mal kennengelernt?«

Dax öffnete den Mund, um seinem Freund die Kurzversion zu erzählen, als Mackenzie sich zu Wort meldete.

»Nun, zum ersten Mal habe ich ihn vor etwas mehr als einem Monat bei dieser Wohltätigkeitsveranstaltung gesehen. Dort haben wir uns allerdings nicht getroffen, wir haben uns nur kurz unterhalten. Danach bin ich zu schnell gefahren, weil ich einen Scheißtag hatte, und bin von Daxtons Freund angehalten worden. Aber er war freundlich genug gewesen, diese Tatsache zu ignorieren, weil ich einen Scheißtag hatte und mir die Augen ausgeweint habe, und hat mir deshalb lediglich eine Verwarnung erteilt.«

»Ich weiß nicht, was diese Geschichte damit zu tun hat, Dax kennengelernt zu haben«, sagte Quint verwirrt.

»Oh, nun, anscheinend waren die beiden auf dem

Weg zum Abendessen, als ich an ihnen vorbeigebraust bin, und Daxton saß zusammen mit dem Autobahnpolizisten im Wagen und als er meinen Führerschein gesehen hat, wurde ihm klar, dass er mich bei dieser Wohltätigkeitsveranstaltung gesehen hatte. Er rief mich an, um sich zu erkundigen, ob ich in Ordnung sei, nachdem ich angehalten worden war, und bestand dann darauf, dass ich mit ihm zum Abendessen gehe. Er kam vorbei, ich machte mich wie immer lächerlich und wir gingen zusammen aus. Auf meiner Türschwelle hat er mich geküsst, bis mir die Luft weggeblieben ist, und jetzt sind wir hier.«

Quint lächelte amüsiert und schaute Dax an. »Wie kommt es, dass ich sie bei der Wohltätigkeitsveranstaltung nicht gesehen habe? Verdammt, ihr Ranger kriegt immer die Guten.«

Dax lachte, zog Mack an sich und gab ihr einen Kuss auf die Schläfe. Er weigerte sich, Quints Köder zu schlucken. »Hast du Hunger, Liebes?«

»Ich verhungere.«

Dax gefiel es, dass Mack kein Problem hatte zu zeigen, dass sie menschlich und hungrig war. Zu viele Frauen, mit denen er zusammen war, versuchten, so zu tun, als seien ein, zwei Salatblätter alle zwei Tage ausreichend, um zu überleben. »Was hast du uns mitgebracht?«

»Für dich habe ich ein Sandwich mit Truthahn und Käse mit allen Zusatzbelägen – ja, auch Jalapeños.

Ich weiß zwar immer noch nicht, wie du diese Dinger essen kannst, aber bitte. Für mich habe ich ein Sandwich mit Speck, Kopfsalat und Tomate, ohne Mayo, mit extra Tomaten und weniger Speck. Und da ich nicht wusste, was dein Freund essen will, habe ich sowohl ein Schinken-Käse-Sandwich mit den normalen Soßen besorgt und etwas unkonventionell gedacht, für den Fall, dass er so ist wie du, und ein Sandwich mit jedem verfügbaren Fleischbelag gekauft, den es gab. Dazu noch Pommes und Wasser für uns alle.«

»Willst du mich heiraten?«, fragte Quint lächelnd und legte die Hand auf sein Herz.

Mackenzie kicherte und rollte mit den Augen. »Wie du meinst.«

Das Trio nahm an dem kleinen Tisch Platz und Mackenzie verteilte die Sandwiches, wobei sie grinste, als Quint sich für das mit den Fleischbelägen entschied. Sie wusste, dass Dax sich später das Schinken-Käse-Sandwich einverleiben würde. Es schien, als hätte er einen unersättlichen Magen, er konnte immerzu essen.

Nachdem sie sich locker unterhalten hatten, unterbrach Quint die unbeschwerte Stimmung.

»Der Lone Star Reaper hat wieder zugeschlagen.«

Mackenzie schnappte erschrocken nach Luft und Dax legte abrupt sein Sandwich ab. »Was zur Hölle, Quint? Nicht vor Mack.«

Mackenzie legte ihre Hand auf die von Daxton. »Wirklich, es ist schon in Ordnung. Ich interessiere mich dafür.«

Dax sah Mack durchdringend an, erkannte, dass es ihr ernst war, und schien in keiner Weise besorgt zu sein. Er sah zurück zu Quinn und warnte: »Nichts Tiefgehendes, verstanden?«

»Ja.« Quint verstand, was Dax meinte. Er würde das Gespräch allgemein halten und keine der extremen Details verraten, bis er mit Dax allein sprechen konnte. »Er hat es wieder per Anruf mitgeteilt, er hat keine Nachricht geschrieben. Sie wurde auf der Nordseite der Stadt gefunden, wieder auf einem kleinen, abgelegenen Friedhof. Sie wurde wie üblich an der Seite begraben, nicht dort, wo sich der Hauptteil der Gräber befindet.«

Als Mackenzies Neugier ihre Zurückhaltung überwand, sich nicht in das Gespräch einzumischen, weil sie Quint nicht wirklich kannte, unterbrach sie die beiden. »Dieser Kerl entführt also Frauen und begräbt sie dann lebendig, richtig?«

»Richtig.«

»Wieso?« Ihre Frage war kurz und auf den Punkt.

»Was meinst du damit, wieso?«, fragte Quint ernst.

»Ich meine, was hat er davon? Werden die Frauen vergewaltigt?«

Wenn Quint von Mackenzies Frage überrascht war,

so zeigte er es nicht. »Nein, nicht soweit der Gerichts-mediziner es feststellen konnte.«

»Warum tut er es dann?«

»Nun, abgesehen davon, dass er ein Arschloch ist, sind wir uns nicht sicher, Mack«, antwortete Dax, nahm Mackenzies Hand und spielte gedankenverloren mit ihren Fingern. »Wir können zwischen den Frauen keinerlei Verbindung feststellen. Soweit wir wissen kannten die Opfer einander nicht. Sie haben nicht in demselben Stadtteil gewohnt. Sie hatten alle unter-schiedliche Jobs. Wir können keine Verbindung finden.«

»Okay, aber noch mal, ich glaube, ich bin verwirrt darüber, warum er es tut.«

»Wer weiß schon, warum irgendein Psycho solche Dinge tut?«, entgegnete Quint.

Mackenzie runzelte konzentriert die Stirn. »Aber es muss einen Grund geben. Niemand tut etwas, ohne einen Grund dafür zu haben. Ist er sauer auf die Regie-rung? Wurde er als Kind missbraucht? Hat er einen Mutterkomplex? Warum? Wenn er die Frauen nicht vergewaltigt, muss er etwas anderes davon haben. Ich erinnere mich, auf der Mittelschule gab es einen Jungen, der einen streunenden Hund getreten hat. Ich habe ihn deswegen konfrontiert und ihn gefragt, was der Hund ihm getan hätte, dass er es verdiente, getreten zu werden. Der Junge sagte, er sei als Kind von einem streunenden Hund gebissen worden und würde sie seitdem hassen. Also gut, mir hat seine Antwort nicht gefallen und ich habe ihm gesagt, er sei ein Idiot, aber ich will darauf hinaus, dass er einen Grund hatte, jeden streunenden Hund zu treten, den er gesehen hat. Ich weiß, dass es zu simpel ist, und ich will damit nicht sagen, dass jeder Kerl, der jemals von einer Frau verletzt oder verlassen wurde, zu einem Serienmörder wird, aber ich will trotzdem wissen, welchen Grund *dieser* Typ hat.«

»Verdammt, Dax. Wenn sie nicht schon zu dir gehören würde –«

»Das tut sie.« Dax schnitt Quint sofort das Wort ab und fuhr fort, als hätten er und Quint diese kurze, aber intensive Nebenkonversation nicht gehabt. »Wir wissen es nicht, Mack. Die Profiler haben einige Ideen, aber wir wissen tatsächlich nicht, warum er es tut. Wir versuchen herauszufinden, warum er die Frauen lebendig begräbt. Wenn uns das gelingt, können wir vielleicht die Datenbanken durchsuchen und heraus-bekommen, wer er ist.«

»Ich schätze, es ist schwer, wirklich dahinterzu-kommen, warum irgendwer heutzutage irgendwas tut. Ich meine, warum meckere ich Dax an, wenn er darauf besteht, die Messer mit der Klinge nach oben in die Spülmaschine zu stellen? Ich weiß, dass es besser ist, sie mit der Klinge nach unten in den Korb zu geben, damit man sich nicht schneidet, wenn man das dumme Ding ausräumt, aber Daxton scheint das einfach nicht zu kapieren. Ich meine, wirklich, wenn er riskieren will, sich jedes Mal zu stechen, wenn er etwas hineintut oder herausnimmt, dann ist das sein Ding, aber im Grunde genommen ist es keine große Sache, nicht wahr?«

Dax beugte sich zur Seite und küsste Mack auf die Schläfe, wie er es gewohnt war. »Stimmt, Liebes.« Er lehnte sich zurück und nahm den Rest seines Sandwiches wieder auf.

»Also, wenn du dir das erste Mal beim Ausräumen der Spülmaschine die Hand aufschlitzt, wirst du sehen, wovon ich spreche.«

Quint und Dax lachten über sie und aßen ihr Mittagessen auf.

Dax brachte Mack zur Tür und drehte sich zu Quint um, weil er genauso dringend allein mit ihm sprechen wollte, wie Quint es vermutlich ebenfalls wollte. »Ich bin gleich wieder zurück.«

»Ich weiß, dass du etwas Zeit brauchst, um ohne mich mit deinem Freund zu reden, Daxton. Tut mir leid, dass ich im Weg war«, sagte Mackenzie leise, als sie bei der Tür ankamen.

»Du warst nicht im Weg.«

»Nun, ich hoffe, du weißt, mir ist klar, dass deine Arbeit an erster Stelle steht. Wenn du mir also in letzter Minute eine SMS schreiben musst, um mir abzusagen, ist das in Ordnung. Selbst wenn ich das Mittagessen bereits besorgt habe, kann ich jemanden finden, der es essen will. Verdammt, ich schwöre, die Menschen, mit denen ich arbeite, sind professionelle Schnorrer. Ich lasse bei der Arbeit nichts mehr im Kühlschrank, weil es schneller verschwindet als Eiscreme am Vierten Juli. Ich will damit nur sagen, ich weiß, dass deine Arbeit wichtig ist und du über gewisse Teile davon nicht mit mir sprechen kannst, und das ist okay. Verdammt, ich *will* über die meisten Sachen, die du tust, gar keine Einzelheiten wissen, aber ich bin nun schon sehr lange allein und werde nicht verletzt sein, wenn du anderes zu tun hast, als mit mir zu Mittag zu essen.«

»Komm her, Mack.« Dax zog Mackenzie in seine Arme und beugte sich zu ihr hinunter. »Du bist toll.«

Mackenzie lächelte. »Nein, ich bin nur zu alt, um in diesen Dramamist hineingezogen zu werden, der immer dann passiert, wenn zwei Menschen einander nicht vertrauen. Ich vertraue darauf, dass du es mich wissen lassen wirst, wenn ich dich verrückt mache oder du mich nicht mehr sehen willst.«

Dax richtete sich auf und sah Mack in die Augen. »Das wird so bald nicht passieren.«

»Okay.«

»Okay. Pass heute auf dich auf. Wir sprechen uns später.«

»Ich hatte ein nettes Mittagessen. Ich mag deinen Freund.«

»Ich auch, Mack. Und solange du mich mehr magst

als ihn, bin ich damit einverstanden, dass du Quint magst.«

»Ich mag dich mehr als ihn«, versicherte Mackenzie ihm mit einem Lächeln.

Dax küsste Mack fest auf den Mund und schob sie von sich. »Geh zurück zur Arbeit, Liebes.«

Mackenzie winkte, als sie sich umdrehte – und stieß direkt mit einem der anderen Ranger zusammen, der durch die Tür treten wollte. Zum Glück hielt er sie am Arm fest, bevor sie hinfiel.

»Verzeihung! Mist, tut mir leid.« Sie grinste Dax verlegen an und war verschwunden.

Dax schüttelte bloß den Kopf, als ihm klar wurde, dass er bereitwillig den Rest seines Lebens damit verbringen würde, sie aufzufangen, wenn sie über ihre eigenen Füße oder die von jemand anderem stolperte, und ging dann zurück in sein Büro, um sich anzuhören, was Quint ihm über den Reaper-Fall zu erzählen hatte.

Quint verlor keine Zeit. »Bei diesem Opfer lag ein Walkie-Talkie im Sarg.«

»Was zur Hölle soll das?« Dax' gute Laune von der Zeit, die er mit Mack verbracht hatte, verschwand umgehend.

»Ja, die Batterien waren leer und als sie im Labor ausgetauscht wurden, war es auf keinen Kanal eingestellt, mit dem zu irgendjemandem Verbindung aufgenommen werden könnte. Das Beste, was uns einfällt, ist, dass der Reaper in der Lage sein wollte, mit ihr zu sprechen, oder dafür sorgen wollte, dass sie mit jemand anderem sprechen kann. Wir haben bislang allerdings keine Ahnung, ob es funktioniert hat.«

»Wurden die Angehörigen benachrichtigt?«

»Noch nicht, wir sind noch damit beschäftigt, das Opfer zu identifizieren.«

»Verdammte Scheiße. Er dreht durch. Er will seine Opfer foltern. Wenn er derjenige ist, der mit ihnen spricht, kann er ihnen jede Menge Mist erzählen, während sie sterben. Wenn er will, dass sie mit jemand anderem sprechen ... welche Absicht steckt dahinter?«

»Es ist so, wie es deine Mackenzie gesagt hat. Wir müssen herausfinden, warum er es tut und was der Auslöser für ihn ist.«

So sehr Dax die Worte »deine Mackenzie« auch gefielen, hing sein Verstand dennoch bei den neuesten Entwicklungen dieses Durchgeknallten fest, der es auf hilflose Frauen abgesehen hatte. »Ich kümmere mich darum. Ich werde noch einmal nachschauen und gucken, ob ich in den Akten der Jungs zwischen fünf und fünfzehn irgendetwas finden kann, das in der Vergangenheit vorgefallen ist und so etwas vielleicht ausgelöst haben könnte. Es ist allerdings sehr weit hergeholt und wir werden vermutlich mehr bekommen, wenn wir die Überwachungskameras der Friedhöfe ausgewertet haben, aber einen Versuch ist es wert. Ich werde mich mit Cruz in Verbindung setzen und nachfragen, ob er die Profiler etwas unter Druck setzen kann, damit sie uns mehr geben, mit dem wir arbeiten können.«

»Gute Idee. Wir werden ihn schnappen, Dax«, versuchte Quint seinen Freund zu ermutigen.

»Das hoffe ich doch stark. Dieser Fall könnte zunehmend hässlicher werden, wenn wir es nicht tun.«

»Ich mag Mack.« Quint wechselte so abrupt das Thema, dass Dax Schwierigkeiten hatte, ihm zu folgen.

»Ich mag sie auch.«

»Sie ist frech und eigenartig und bodenständig.«

»Ich weiß.«

»Du bist ein Glückspilz. Versau es nicht.«

Zum ersten Mal lächelte Dax. »Ich werde es versuchen.«

»Tu das. Isst du dieses Schinken-Käse-Sandwich oder kann ich es mitnehmen?«

»Wenn du es anfasst, bist du tot.«

Quint lachte bloß. »Okay.« Seine Stimme wurde ernst. »Lass mich wissen, was du findest. Ich habe bei dieser Sache kein besonders gutes Gefühl.«

»Werde ich tun. Ich auch nicht.«

KAPITEL ACHT

Der letzte Monat war ruhig verlaufen. Zumindest war der Lone Star Reaper unauffällig geblieben. Selbstverständlich hatten andere Fälle Vorrang bekommen, es war also nicht so, als würde Dax herumsitzen und den ganzen Tag lang nichts tun, aber es hatte keine weiteren toten Frauen mehr gegeben, die lebendig begraben in Särgen gefunden wurden, und der Reaper hatte mit niemandem kommuniziert.

Dax gefiel das Ganze nicht. Er zog Handlungen der Tatenlosigkeit vor. Sein Bauchgefühl sagte ihm, dass der Reaper weiterhin dort draußen war und tötete, und lediglich den richtigen Augenblick abwartete, bevor er damit prahlte.

Daxton und Quint hatten sich mit Cruz zusammengesetzt, der sie wiederum mit den Profilern im FBI-Büro von San Antonio in Verbindung gebracht hatte. Nach vielen Stunden der Recherche und Diskussion hatten sie endlich ein Profil erstellt.

Der Lone Star Reaper war höchstwahrscheinlich ein Mann Mitte dreißig, unverheiratet und Einzelgänger. Vermutlich war er hochintelligent, hatte jedoch keine hohe Schulbildung. Sehr wahrscheinlich hatte er als Kind irgendeine Art psychologischen Missbrauch erlitten. Es lag nahe, dass er eine Kopfverletzung hatte, als er jünger war, die seinen präfrontalen Kortex beeinträchtigt hatte, den Bereich des Gehirns, der das Urteilsvermögen steuert. Das Profil schloss ebenfalls darauf, dass er in San Antonio wohnte und arbeitete und im Laufe seines Lebens vermutlich zahlreiche Fabrikjobs ausgeübt hatte.

Weitere Analysen der Profiler enthüllten, dass der Reaper vermutlich eine dominante Mutter hatte, die sehr streng war, und dass sein Vater abwesend war. Höchstwahrscheinlich hatte er nie eine stabile Beziehung mit einer Frau gehabt und falls doch, war sie beinahe mit Sicherheit gestört.

Die Profiler warnten, dass er zweifellos eine abnormale Faszination vom Tod hatte, vielleicht sogar zu Beerdigungen und Totenwachen von Menschen ging, denen er nie begegnet war. Es war möglich, dass er keinen besonders großen Wert auf Körperpflege legte, und aus diesem Grund von den Begräbnissen Schmutz unter den Fingernägeln haben könnte. Es wäre eine Erinnerung an das, was er getan hatte, und ihm könnte

SUSAN STOKER

diese Erinnerung gefallen. Der Reaper würde sehr wahrscheinlich auch das sein, was die meisten Menschen als »seltsam« oder »merkwürdig« bezeichnen würden.

Die Kommunikationsbeauftragten des FBI und der Rangers hatten sich zusammengeschlossen, um das Profil bei den örtlichen Nachrichtensendern zu präsentieren. Seitdem war jede Polizeidienststelle im Großgebiet von San Antonio damit beschäftigt, Telefonhinweise über jeden Verrückten auszuwerten, von denen die Menschen glaubten, es könnte sich um den Mörder handeln. Verdammt, selbst die Autobahnpolizisten hielten nach Männern Ausschau, auf die das Profil passte, wenn sie während einer Fahrzeugkontrolle angehalten wurden.

Bis jetzt war noch nichts dabei herausgekommen und die Tatsache, dass es um den Lone Star Reaper still geworden war, gefiel Daxton, Quint, Cruz und jedem anderen Polizisten in der Stadt rein gar nicht. Alle hielten bloß den Atem an und warteten darauf, dass die nächste Leiche gefunden wurde. Es war kein gutes Gefühl zu wissen, dass jemand sterben musste, um weitere Hinweise auf die Identität des Mörders zu erhalten.

Das Beste, was in Dax' Leben derzeit passierte, war seine Beziehung mit Mackenzie. Er war mehr als bereit, den nächsten Schritt zu gehen. Die beiden verstanden sich prächtig, sie brachte ihn zum Lachen und jedes Mal, wenn sein Telefon einen Benachrichtigungston von sich gab und ihn wissen ließ, dass er eine SMS erhalten hatte, hoffte er, dass sie von Mack war. Sie hatte sich angewöhnt, ihm im Laufe des Tages immer wieder SMS zu schicken, um ihm vollkommen willkürliches Zeug zu erzählen. Er fand das toll.

Er nahm sein Telefon zur Hand, als er den Ton hörte, der ihn über eine eingehende SMS informierte.

Wäre es unpassend, wenn ich meiner Chefin eine reinhaue?

Dax lachte laut auf und war dankbar, dass niemand in der Nähe war, der ihn hören konnte. Er tippte rasch eine Antwort.

Ja, höchstwahrscheinlich schon. Und du solltest vermutlich nicht deinem Ranger-Freund davon berichten, dass du Gewaltanwendung und Körperverletzung planst.

Da er Macks Antwort sofort erwartete, war Dax erstaunt, dass es mehr als eine Stunde dauerte, bis er erneut von ihr hörte.

Okay, du kannst diesen Scheiß nicht mit mir abziehen, Daxton.

Besorgt schrieb Dax sofort zurück.

Welchen Scheiß?

Mir sagen, dass du mein fester Freund bist.

Dax lächelte und schrieb rasch eine Antwort. *Willst du fest mit mir zusammen sein?*

Sie antwortete mit: *Magst du mich? Kreuze an: Ja ___ oder Nein ___*

Dax liebte Macks Sinn für Humor. Sie überraschte ihn immer wieder.

Wo ist das Kästchen mit »Aber hallo«?

Nicht lange nach seiner letzten SMS klingelte Dax' Handy. »Hey, Mack.«

»Meinst du nicht, dass es zu früh ist?«

»Was ist zu früh?«

»Dass wir das, was wir miteinander haben, als fester Freund und feste Freundin bezeichnen.«

Dax wurde ernst. Er hatte sich schon gedacht, dass dieses Thema aufkommen würde. »Mack, seit wir uns kennengelernt haben, sind wir jedes Wochenende zusammen weggegangen. Ich kann die Anzahl unserer Verabredungen schon nicht mehr zählen, weil es zu viele waren. Eine von ihnen endete mit uns beiden auf dem Sofa. Ich hatte eine Hand in deiner Hose und die andere unter deinem BH. Jedes Mal wenn wir uns sehen, habe ich meine Zunge praktisch in deinem Rachen und du hast jeden Zentimeter meines freien Oberkörpers mit deinen Händen *und* deinem Mund erkundet. Hast du mich gerade ernsthaft gefragt, ob es für uns zu früh ist, einander als festen Freund und feste Freundin zu bezeichnen?«

»Daxton!«

Dax lächelte, denn er wusste, dass Mack errötete. »Mack!«

»Also gut, ja, du hast recht, aber ich wollte nur ... wir haben noch nicht ... ich weiß nicht, was es ist.«

»Du kommst heute Abend zu mir, nicht wahr?«

»Wenn du das noch willst.«

»Du kommst heute Abend zu mir. Bring eine Tasche mit. Du bleibst über Nacht.« Dax konnte sie atmen hören, sie sagte jedoch nichts. Er verlieh seiner Stimme einen unbeschwerteren Klang. »Mack, ich möchte, dass du über Nacht bleibst. Wenn du nicht zu mehr bereit bist als das, was wir bisher getan haben, kein Problem. Ich möchte dich in meinen Armen halten, während du heute Nacht schläfst, Liebes. Ich habe zu viele Tage in meiner Dusche verbracht und mir bei der Vorstellung von dir in meinem Bett einen runtergeholt. Tut mir leid, wenn das zu vulgär ist, aber es ist die Wahrheit. Ich will dich in meinen Armen halten. Es wird Zeit.«

»Ich schlafe nackt.« Mackenzie platzte mit der ersten Sache heraus, die ihr nach seinen Worten in den Sinn kam.

»Was?«

»Ich schlafe nackt. Das habe ich schon immer getan. Ich mag das Gefühl von einem Hemd oder einer Hose beim Schlafen nicht. Ich bin kein ruhiger Schläfer. Ich werfe mich von einer Seite auf die andere und meine Klamotten verwickeln sich immer um mich und dann fühle ich mich, als würde mich jemand strangulieren. Ich würde gern sagen, dass ich versuchen werde, mir etwas anzuziehen, etwas, das sexy ist und mit Spitze, aber ich kann nicht, es ist einfach unbequem. Tut mir leid. Ich weiß, es ist seltsam, aber ich war schon immer so.«

»Mack –«

»Und es ist merkwürdig, dass wir noch nicht einmal miteinander geschlafen haben und ich damit schon rausplatze, aber ich glaube nicht, dass ich bei dir übernachten kann. Es wäre komisch, wenn ich nicht bereit wäre und du wolltest, dass ich bei dir schlafe, und ich alle meine Klamotten ausziehe. Es wäre dir gegenüber nicht fair, ich würde dich scharf machen oder so, und das will ich nicht. Ich bin niemand, der einen Mann heißmacht und dann nicht will, und ich will nicht, dass du so von mir denkst.«

»Mack, ernsthaft, halt die Klappe, ich –«

»Und du hast mindestens vierzehn sichtbare Bauchmuskeln. Wirklich, du gehst jeden Morgen trainieren und ich will am Wochenende morgens bloß bis zehn Uhr im Bett liegen. Ich hasse es zu trainieren und ich weiß, dass ich es tun sollte, weil dann mein Hüftgold verschwinden würde, aber dann fange ich an zu schwitzen und fühle mich eklig, und dann tut mir alles weh und ich würde meinen Körper lieber so behalten, wie er ist – ein bisschen groß, aber okay –, als zu trainieren und jede Sekunde davon zu hassen.«

»Mack, ich schwöre bei Gott, halt endlich den Mund und hör mir zu.«

Dax' Worte schienen durch die Leitung zu hallen.

Mackenzie schluckte und biss sich auf die Lippe. »Tut mir leid, Daxton. Mist. Entschuldige ... sprich schon.«

»Nach allem, was du gesagt hast, bin ich mir nicht einmal sicher, wo ich anfangen soll, aber ich versuche es mal. Ich habe keinen Witz gemacht, als ich gesagt habe, dass ich mir zu der Vorstellung von dir einen runterhole. Das habe ich getan und tue es immer noch. Ich will dich seit der Sekunde, in der meine Zunge die deine an jenem ersten Tag in deiner Wohnung berührt hat. Deine Brustwarzen sind unter deinem T-Shirt hart geworden und ich habe auf deine Brüste hinuntergeblickt und eine Erektion bekommen. Ich bin sechsundvierzig, Mack, mein Schwanz wird nicht mehr spontan steif. Aber wenn ich dich ansehe? Wenn ich darüber nachdenke, wie ich in deine heiße Muschi hineingleite? Ja, ich habe in diesem Moment einen steifen Schwanz, da ich nur davon spreche. Mack, ich liebe deinen Körper. Er ist nicht perfekt, aber wessen Körper ist das schon? Weißt du was? Ich hasse meine Beine. Ernsthaft, meine Bauchmuskeln und Arme sind gut, aber meine Beine waren immer schon zu dünn. Ich kann dort keine Muskeln aufbauen, ganz egal, was ich auch tue. Ich erzähle dir das, damit du weißt, dass wir alle wegen unserer Körper Komplexe haben.«

Dax holte tief Luft und drückte fest gegen seine Erektion. Verdammt, er war so scharf wie schon lange nicht mehr.

»Ich wünschte, du könntest sehen, wie steif mein Schwanz ist, nachdem ich dir zugehört habe, wie du nackt schläfst. Verdammt, Weib. Die Vorstellung, wie du auf meinem Bett ausgebreitet liegst, nackt wie an dem Tag, an dem du geboren wurdest, du hast ja keine Ahnung, was dieses Bild mit mir macht. Ich schwöre bei Gott, wenn du noch nicht bereit bist, werde ich so brav wie ein Chorknabe sein. Du machst mich nicht heiß und lässt mich dann fallen. Du bist davon so weit entfernt wie keine andere Frau, die ich zuvor getroffen habe. Du sagst ständig ganz genau, was du denkst. Du machst aus nichts ein Geheimnis. Ich muss nie raten, was dir gerade durch den Kopf geht. Das mag ich am meisten an dir. Ernsthaft. Bitte komm heute Abend zu mir. Bleib über Nacht. Schlaf nackt in meinem Bett, in meinen Armen. Wenn wir Liebe machen, dann machen wir Liebe. Wenn nicht, ist es in Ordnung. Wir werden dorthin kommen, wenn wir beide bereit sind, und keinen Moment eher.«

Dax wartete kurz und als Mackenzie nicht antwortete, sagte er: »Mack?«

»Meine Familie will dich kennenlernen.«

Dax lachte erneut. »Siehst du? Du hältst nichts zurück. Und ich will sie auch kennenlernen, Liebes.«

»Aber es ist komisch. Meine Mutter hat gestern Abend angerufen und mich zwanzig Minuten lang tyrannisiert, bis ich zugestimmt habe, dich nächste Woche zum Abendessen mitzubringen.«

»Okay. Das klingt gut.« Dax ließ Mack reden und seine Worte in ihrem eigenen Tempo verarbeiten.

»Meine Mutter mag Blumen, du wirst ihr welche kaufen müssen. Lass dich von Mark und Matthew nicht drängen, etwas zu sagen, das du später bereuen wirst.«

»Niemand zwingt mich dazu, etwas zu sagen, das ich nicht so meine, Mack. Niemand.«

Endlich war sie so weit, dass sie auf das eingehen konnte, was er zuvor gesagt hatte. »Ich will, dass du mich berührst. Ich will dich in mir spüren, Daxton. Ich habe ebenfalls davon geträumt. Seit wir zusammengekommen sind, ist mein Vibrator öfter zum Einsatz gekommen als jemals zuvor ... und ich schäme mich nicht zuzugeben, dass das etwas heißen soll. Nachts liege ich nackt im Bett und wünsche mir, dass du neben mir wärst, aber ich weiß nicht, wie ich das anstellen soll. Wenn ich dich bitten würde zu bleiben, würde ich mich wie eine Schlampe fühlen. Verdammt, nicht wie eine Schlampe, es ist ja nicht so, dass ich einfach so mit jedem schlafe ... ganz und gar nicht ... doch es wäre seltsam. Aber ich schwöre, so ziemlich jede Nacht bringe ich mich zu dem Gedanken an dich zum Orgasmus.«

Dax seufzte erleichtert auf. Er hatte das bekommen, was er wollte. Er liebte die Vorstellung, dass sie sich befriedigt hatte, während sie an ihn dachte, aber weil er wusste, dass er während der Arbeit nicht weiter darüber sprechen konnte, wechselte er das Thema. »Soll ich dich heute Abend abholen oder kommst du zu mir?«

»Kannst du mich abholen?«

»Selbstverständlich. Ich bin gegen siebzehn Uhr dreißig da. Hast du damit genügend Zeit, um nach der Arbeit nach Hause zu fahren und dich fertig zu machen?«

»Ja.«

»Okay, dann sehen wir uns später. Und Mack ... kein Druck, okay?«

»Kein Druck. Bis später, Daxton.«

»Bis nachher, Liebes.« Dax beendete die Verbindung und lächelte, ohne zu wissen, wie er den restlichen Tag überstehen sollte. Es war schlimm genug, dass er jeden Morgen mit einer Erektion aufwachte, aber er wollte in seinem derzeitigen Zustand nicht auf der Ranger-Wache herumlaufen.

Dax lehnte den Kopf wieder zurück an die Rückenlehne seines Bürostuhls und versuchte, an etwas anderes als Mack nackt in seinem Bett zu denken.

KAPITEL NEUN

Mackenzie rutschte nervös auf ihrem Platz herum und wandte sich Daxton zu. »Danke für das Abendessen. Es war köstlich.«

»Gern geschehen. Es ist einfach, für dich zu kochen. Du isst alles, was ich mache, ganz egal, wie schlecht es ist.«

»Das stimmt nicht. Die Brötchen, die du neulich Abend gemacht hast, habe ich nicht gegessen.«

»Das lag daran, dass sie an der Unterseite völlig verkohlt waren und ich fast die Wohnung niedergebrannt hätte.«

Mackenzie lächelte Daxton an und wechselte plötzlich das Thema. »Ich bin nervös.«

Dax beugte sich herüber und zog Mackenzie an sich. Dann lehnte er sich auf dem Sofa zurück und wiegte sie in seinen Armen. »Ich weiß. Du hast keinen Grund dazu, aber ich weiß, dass du nervös bist.«

»Ich bin keine fünfzehn. Ich habe es schon mal gemacht. Ich weiß, wie es funktioniert, aber ich bin trotzdem nervös.«

»Es ist unser erstes Mal, Mack. Ich bin auch nervös.«

»Wirklich?«

»Ja.«

»Das solltest du nicht sein.«

Dax lächelte. Er wusste, dass sie das sagen würde. »Einmal, mit Anfang zwanzig, hielt ich mich für den absoluten Knaller. Ich schlenderte vollkommen nackt ins Schlafzimmer, um meine Freundin zu beeindrucken, doch sie warf nur einen Blick auf mich und fing hysterisch an zu lachen. Ich hatte keine Ahnung, worüber sie sich amüsierte. Sie konnte nicht einmal atmen, so sehr lachte sie. Ich verlor meine Erektion und ging beschämt zurück ins Badezimmer, um meine Hose wieder anzuziehen. Erst als ich das Kondom abstreifte, das ich zur Vorbereitung unserer gemeinsamen Nacht übergezogen hatte, fiel mir auf, dass es leuchtete. Ich hatte aus Versehen eins der neuen Kondome gegriffen, die ich einige Wochen zuvor in einer Kneipe mitgenommen hatte. Ich hatte mit der Absicht, sie zu beeindrucken, das Schlafzimmer betreten, und hatte dabei einen Leuchtstab an meinem Körper. Kein Wunder, dass sie gelacht hat.«

Mackenzie kicherte bei der Vorstellung, die Dax in ihrem Kopf hervorrief. »Es war aber trotzdem nicht nett von ihr, dich so auszulachen.«

»Ich hatte es verdient.«

»Trotzdem, ich würde dich nicht auslachen.«

Dax zog Mack näher an seinen Körper und beugte sich hinunter, um direkt in ihr Ohr zu sprechen. »Eine der Sachen, die ich an dir am meisten mag, Mack, ist deine Fähigkeit, über dich selbst zu lachen und über mich, wenn ich es verdiene. Ich habe nicht den fröhlichsten Job der Welt, aber ich ertappe mich öfter als je zuvor dabei, wie ich tagsüber zwischendurch mal lächele, wenn ich an etwas denke, das du gesagt oder getan hast. Deshalb lache über mich, lache über *uns*. Alles ist gut. Denn ich kenne dich. Ich weiß, dass du mich nicht *aus*lachst. Selbst wenn ich etwas Dummes mache, lachst du mich trotzdem nicht bösartig aus. Du lachst und dann erzählst du mir wieso, damit ich ebenfalls lachen kann.«

»Ein Kondom, das im Dunkeln leuchtet? Hast du noch mehr davon?«

»Tut mir leid, sie sind mir gerade ausgegangen ... aber ich habe ein paar der normalen.«

»Danke.«

»Wofür?«

»Dafür, dass du diese Sache nicht unangenehm machst. Dafür, dass du das Thema Kondome ansprichst, damit ich es nicht tun muss. Dafür, dass du mich begehrst. Einfach für alles.«

»Mack, wir sind keine Teenager mehr, Verhütung ist nichts, wofür man sich schämen muss. Ich weiß nicht, wie es dir geht, aber ich bin mir nicht sicher, ob ich so spät im Leben noch Kinder haben will. Ich bin nicht so weit, ›niemals‹ zu sagen, aber wir wissen beide, dass es zu früh ist, um diese Unterhaltung zu führen.«

»Ich nehme die Pille. Ich habe damit angefangen, als ich sechzehn war und meine Mutter mich zu ihrem Arzt gezerrt hat, um ihm zu sagen, er solle sie mir verschreiben. Es war für uns beide peinlich, aber es war das Richtige. Ich habe nie aufgehört, sie zu nehmen. Ich glaube, wir brauchen uns über Babys keine Sorgen zu machen.«

»Das ist gut, Liebes. Aber ich werde zur Sicherheit trotzdem verhüten.«

»Ich habe seit drei Jahren mit niemandem mehr geschlafen.«

Dax sah, wie Macks Röte von ihren Ohren in ihr T-Shirt wanderte. Er legte eine Hand auf ihren Bauch und schob sie unter ihr T-Shirt, bis sie auf ihrer nackten Haut lag.

»Drei Jahre?«

»Ja. Zuerst war ich bloß beschäftigt. Ich habe nicht viel darüber nachgedacht. Ich hatte meine ... Spielzeuge ... und sowieso nicht allzu viel Interesse an

Männern. Als ich dann wieder anfing, mich für sie zu interessieren, konnte ich niemanden finden, der zu mir passte. Ich meine, ich weiß, dass ich älter werde und meine beste Zeit vorbeigeht, aber ich konnte einfach nicht die benötigte Energie aufbringen, um sie in irgendeine Beziehung zu investieren. Alles schien sowieso sinnlos zu sein.«

»Dann hast du mich getroffen.«

»Dann habe ich dich getroffen«, stimmte Mackenzie leise zu.

Dax schob seine Hand unter ihrem T-Shirt weiter nach oben, bis sie direkt auf ihrer Brust ruhte. Er strich mit dem Daumen immer wieder rhythmisch über die Seite ihres weichen Hügels, bis er spürte, wie ihre Brustwarze unter seiner Hand zum Leben erwachte.

»Ich bin gesund, Daxton. Ich würde es dir sagen, wenn es nicht so wäre.«

»Das weiß ich, Mack. Ich bin auch gesund, aber bei mir ist es keine drei Jahre her. Ich werde warten, bis ich einen Arzttermin machen kann, um ganz sicher zu sein. Glaub mir, ich möchte nichts lieber tun, als ohne Kondom mit dir zu schlafen. Ich hatte nur ein paarmal Sex ohne Kondom, aber ich weiß irgendwie, dass es mit dir vollkommen anders sein wird als meine vorherigen Erfahrungen. Ich kann es nicht erwarten, dich mit meinem Sperma zu füllen und zuzusehen, wie es aus deinem Körper läuft, wenn ich meinen Schwanz rausziehe.«

Die beiden saßen einige Augenblicke schweigend da, bis Mackenzie die Stille unterbrach.

»Also gut, ich werde es einfach sagen und du kannst damit machen, was du willst ... ich bin nicht besonders gut im Bett.«

Dax hörte auf, mit der Hand über ihre Brust zu streicheln, und sie sprach schnell weiter. »Ich meine, die grundlegenden Sachen kann ich schon, aber ich bin noch nie besonders einfach oder schnell zum Orgasmus gekommen, was Männer in der Vergangenheit verärgert hat. Normalerweise sorge ich dafür, dass der Mann zum Höhepunkt kommt, und mache mir über mich später Gedanken. Oder ich war mit Männern zusammen, die dachten, sie könnten ›meine Probleme beheben‹, und sich sehr arrogant verhalten haben, weil sie der Meinung waren, sie könnten mich im Handumdrehen zum Orgasmus bringen. Wenn sich dann herausstellte, dass es nicht der Fall war, trug ich ganz plötzlich die Schuld daran. Als ich dir vorhin sagte, dass ich nervös sei, lag es nicht nur daran, dass es unser erstes Mal ist. Es liegt auch an meinem Wissen, nicht gut im Bett zu sein, aber ich will, dass du Spaß daran hast, Spaß *mit mir* hast, und ich will es mehr, als ich jemals irgendjemanden zuvor in meinem Leben zufriedenstellen wollte. Aber ich habe Angst, dass du enttäuscht sein wirst.«

Dax bewegte sich, bevor Mackenzie verstehen konnte, was er tat. Sie befand sich unter ihm auf dem

Rücken, als er seine Hüften an ihre presste. Sein Kopf war höher als ihrer, da ihre Hüften aneinander lagen, und Mackenzie musste den Kopf in den Nacken legen, um ihn sehen zu können.

»Ich habe keinen Zweifel daran, dass wir hierbei gut zusammen sein werden, Liebes. Kein Druck. Ernsthaft. Wenn du nicht mit mir zum Orgasmus kommen kannst, werden wir mit deinen Spielzeugen experimentieren. Wir werden zuerst dich zum Höhepunkt bringen und dann mich. Oder ich werde zuerst kommen und dann werde ich mich um dich kümmern. Das hier ist kein Wettbewerb. Ich hoffe sehr, dass ich zusehen kann, wie du in meinen Armen explodierst, aber wenn nicht, werden wir gemeinsam einen Weg finden. Worüber fantasierst du?«

»Hä?«

»Fantasieren, Mack. Welche Fantasien hast du? Woran denkst du, wenn du deinen Vibrator benutzt?«

Mackenzie sah überallhin, nur nicht zu Daxton. Es sollte ihr nicht peinlich sein. Sex war etwas ganz Normales, etwas Gesundes, aber es war trotzdem unangenehm.

Dax fasste Mack mit den Händen an der Taille, streichelte langsam nach oben und schob dabei ihr T-Shirt hoch. »Arme hoch.« Sofort bewegte sie sich und erlaubte es ihm, ihr das T-Shirt über den Kopf auszuziehen. Dax blickte nach unten und legte die Hände auf ihre Brüste, die er streichelte und drückte, als er weitersprach. »In welchen Stellungen hast du schon Liebe gemacht? Hat eine Stellung sich besser ange- fühlt als eine andere? Was hältst du von erotischen Schmerzen? Hat dir schon einmal jemand in die Brust- warzen gekniffen, während er dir Lust bereitet hat? Hast du Analspiele ausprobiert? Manche Menschen sind dort hinten empfindlicher als andere und wenn es richtig gemacht wird, kann es ein großer Lustgewinn sein. Sagst du deinem Liebhaber gern, was er tun soll, oder magst du es, wenn er dir sagt, was du tun sollst?«

»Wirst du mir Gelegenheit geben, irgendeine dieser Fragen zu beantworten, oder wirst du mich den ganzen Abend damit befeuern?«

»Tut mir leid«, sagte Dax und grinste verlegen. »Der bloße Gedanke daran, diese Dinge mit dir zu tun, hat mich kurz den Verstand verlieren lassen. Bitte, sprich weiter.«

»Wenn ich mich richtig an deine Fragen erinnern kann ... Hündchen- und Missionarsstellung, nein, weiß nicht, nein, nein und Letzteres, nicht Ersteres.«

Dax lächelte Mack an und zog ihren BH unter ihre Brüste. Ohne den Blick von ihrem Gesicht abzuwen- den, nahm er beide Brustwarzen in die Hände und kniff leicht hinein, bis Mack sich unter ihm wand. »Gefällt dir das, Liebes?« Als sie nickte, ließ Dax los und rieb mit den Handflächen über ihre Brustwarzen, bevor er sie erneut zwischen die Finger nahm und dieses Mal fester zukniff als vorher. Er tat es so lange, bis Mackenzie sich unter ihm aufbäumte, stöhnte und ihre Fingernägel in seine Oberarme bohrte. »Ich selbst stehe nicht auf Schmerzen, aber ein bisschen Unbehagen hat etwas für sich, weil du dich dadurch auf die Lust konzentrieren kannst.«

Mackenzie schob die Hände nach unten und packte Daxton bei den Handgelenken. Sie hielt ihn nicht auf, aber sie musste sich an etwas festhalten. »Daxton ...«

Zum ersten Mal wandte Dax den Blick von Mack ab und schaute hinunter auf seine Hände. »Ich liebe es, wie du meinen Namen sagst, und verdammt, wie hübsch du bist. Ernsthaft. Schau dir nur diese Schönheiten an. Deine Brustwarzen sind rot und steif, sie betteln darum, von mir berührt zu werden. Deine Brüste sind weich und fleischig und ich kann es nicht erwarten, sie zusammenzudrücken, wenn ich zwischen ihnen hindurchstoße. Ich spüre, wie du dich unter mir windest, bist du feucht, Mack? Fühlt sich das gut an?«

»Du weißt, dass es das tut.«

»Mit mir wirst du kein Problem haben, zum Höhepunkt zu kommen, Liebes. Ich bin nicht so arrogant wie die anderen Männer, mit denen du zusammen warst. Wenn ich dich einzig mit meinen Händen an deinen Brustwarzen dazu bringen kann, dich unter mir zu winden, dann kann ich dich auch zum Orgasmus bringen. Das verspreche ich dir.« Dax ließ ihre Brüste los und beließ den BH, der ihre Hügel nach oben drückte, dort, wo er war. Er stand auf und streckte ihr die Hand entgegen. »Komm mit. Es ist Zeit.«

Mackenzie schwang die Beine zur Seite und ließ sich von Dax aufhelfen.

»Komm hier hinauf.« Dax hielt Mack an der Taille fest und spornte sie an, ihn anzuspringen. Ohne zu zögern, hüpfte sie nach oben und schlang die Beine um seine Hüften. Ihre nackten Brüste waren empfindlich und sie erschauderte bei ihrer Reibung an seinem Hemd, als er aus dem Wohnzimmer ging.

Dax schritt mit einer Hand unter Mackenzies Hintern und der anderen an ihrem Kreuz voran. Als er in seinem Schlafzimmer ankam, legte er sie auf das Bett und sagte bloß: »Zieh dich aus.«

Dax konnte sehen, dass Mack unsicher war, aber sie brachte sofort die Hände hinter den Rücken, öffnete den Verschluss ihres BHs und ließ ihn zu Boden fallen. Dann ging sie zu ihrer Hose über, öffnete den Knopf und schob den Reißverschluss nach unten. Ohne den Blickkontakt zu Dax zu unterbrechen, schob sie sie hinunter, bis sie in einem Haufen auf dem Boden lag und sie hinausstieg. Als Mackenzie mit den Händen seitlich nach ihrem Slip griff, ging Dax einen Schritt auf sie zu.

»Lass mich das machen.«

Mackenzies Hände erstarrten und sie ließ sie von der Baumwolle an ihren Hüften sinken.

Dax legte seine Hände dorthin, wo ihre soeben noch gewesen waren, zögerte jedoch und sagte mit tiefer, ehrfürchtiger Stimme: »Scheiße, Liebes, du bist meine ideale Frau. Sieh dich nur an. Üppig und kurvig. Brüste, die aus meinen Händen quellen, wenn ich sie festhalte. Weiche Haut, die sich unter meiner Hand aufrichtet.« Dax streichelte seitlich an Mackenzies Körper hinauf und dann wieder hinunter und bewies, dass seine Worte wahr waren, als eine Gänsehaut überall dort erschien, wo er sie berührt hatte. »Ganz egal, was heute Abend geschieht, an diesen Moment werde ich mich immer erinnern. Du, wie du zum ersten Mal nackt neben meinem Bett stehst und dich mir so selbstlos hingibst, obwohl du unsicher bist.«

Dax schob die Hände seitlich unter den Baumwollstoff an ihren Hüften und zog ihren Slip langsam nach unten, ohne den Blick auch nur eine Sekunde von ihr abzuwenden. Ganz plötzlich kniete Dax sich vor sie hin und hielt sie mit einer Hand fest, während er mit der anderen ihren Slip zu Boden schob.

Mackenzie atmete tief ein. Normalerweise machte es ihr nichts aus, nackt zu sein, aber Daxtons Blick war durchdringend und sie spürte, wie sie feuchter wurde. Überrascht zuckte sie zusammen, als Daxton sich nach vorn beugte und seine Stirn gegen ihren Bauch drückte. Sie schaute nach unten. Mackenzie konnte Daxtons Oberkopf sehen. Seine Nase war ... genau dort. Sie wollte gerade einen Schritt zurücktreten, doch Daxton verstärkte mit den Händen den Griff an ihrer Taille.

»Nicht bewegen, Liebes«, murmelte er an ihrem Fleisch. »Ich genieße gerade diesen Moment.«

»Daxton –«

»Psssst.«

Mackenzie kicherte, sie konnte nichts dafür. »Okay, beachte mich gar nicht. Ich werde einfach warten, bis du fertig bist mit … genießen.«

Ihr Kichern wurde unterbrochen, als Mackenzie spürte, wie Daxton mit dem Finger über die Härchen zwischen ihren Beinen streichelte. »Heilige Mutter Go-«

»Du stutzt deine Schamhaare.«

Es war zwar keine Frage, doch Mackenzie antwortete trotzdem. »Ja.«

Er schob die Hand weiter nach unten.

»Und hier unten rasierst du dich. Ich kann spüren, wie feucht du bist. Du bedeckst meine Hand mit deinen Säften. Scheiße, Mack.« Dax hob den Kopf und sah zu Mackenzie auf. »Ich will dich berühren. Ich will, dass du für mich zum Höhepunkt kommst, aber selbst wenn du es nicht tust, kann ich dafür sorgen, dass es sich gut für dich anfühlt, du hast also keinen Druck. Ich will dich von innen nach außen kennenlernen. Dich berühren. Dich spüren. Dich kosten. Aber ich werde es nicht tun, wenn es sich nicht richtig anfühlt oder du es nicht willst. Dann werden wir einfach ins Bett klettern und uns die ganze Nacht gegenseitig festhalten. Du entscheidest, Mack.«

»Ich will dich.«

»Gut.«

»Kannst du dich jetzt bitte ausziehen?«

Dax lachte, stand langsam auf und strich dabei mit den Händen seitlich an ihrem Körper hinauf. Mackenzie spürte, wie ihre eigene Feuchte sich auf ihrer Haut ausbreitete, als seine Hände den Weg nach oben fanden. Es sollte seltsam sein, aber stattdessen war es unheimlich sexy. Sie *fühlte* sich unheimlich sexy.

»Leg dich ins Bett, Mack. Heute Abend werden wir es vermutlich einfach halten, aber ich habe vor, dir eine Reihe anderer Stellungen zu zeigen.«

Mackenzie lächelte, als sie sich auf die Matratze setzte und dann nach hinten rutschte, bis sie sich in der Bettmitte befand. Sie sah zu, wie Daxton sein Hemd auszog und nicht einmal versuchte, es hinauszuzögern oder seinen Striptease sexy aussehen zu lassen. Er öffnete seinen Gürtel und machte sich nicht die Mühe, ihn aus der Hose herauszuziehen. Er machte Knopf und Reißverschluss auf und stand mit einem Mal völlig nackt vor ihr, weil er seine Boxershorts zusammen mit der Hose nach unten geschoben hatte. Er trat aus seiner Kleidung heraus und hob, ohne den Blick von Mackenzie abzuwenden, ein Bein an und zog eine seiner Socken aus. Er tat das Gleiche mit dem anderen Fuß und befand sich plötzlich zusammen mit Mack auf dem Bett.

»Ich kann dir mit hundertprozentiger Ehrlichkeit sagen, dass ich in diesem Moment absolut kein Verlangen habe zu lachen.«

Dax lächelte und kroch an Macks Körper hinauf, bis er auf allen vieren über ihr war. »Gefällt dir, was du siehst, Liebes?«

»Ist der Papst katholisch?«

Dax entfuhr ein Lachen. »Verdammt, ich liebe es, dass du in dieser Situation einen Witz machen kannst. Leg dich hin. Lass mich dafür sorgen, dass du dich gut fühlst.«

Mackenzie tat, worum Daxton sie gebeten hatte. Sie legte sich hin und platzierte ein Kissen unter ihrem Kopf. Sie wusste, dass sie diesen Moment niemals vergessen würde. Sie wollte jede Sekunde davon sehen.

»Leg die Hände über den Kopf und bewege sie nicht. Das ist jetzt mein Job. Ich brauche keine Hilfe von dir. Du musst gar nichts tun und sollst einzig daran denken, welche Gefühle ich in dir hervorrufe. Entspann dich, Liebes.« Dax nickte zustimmend, als Mack langsam die Arme hob und sie über ihren Kopf legte. Er neigte den Kopf und biss Mack zärtlich seitlich in die Brust. Während er auf dem Weg nach unten mit seinen Händen über ihren Körper fuhr, sprach er weiter.

»Dein Körper wurde für meine Liebe geschaffen.«
Er drückte beide Brüste mit den Händen, als er an
ihrem Bauchnabel schnupperte. »Ich kann mich an dir
festhalten und *dich* spüren, ganz egal, was mein Mund
auch tun mag.« Dax schob die Hände zu ihrem Bauch,
den er streichelte und massierte. »Du bist nicht dürr,
du bist richtig so, aber das ist einfach so verdammt
sexy. Ich liebe deinen Körper. Du bist so weich.«

Und dann war Dax' Mund endlich an ihrer
Muschi.

Er bewegte die Hände nach unten und hielt mit
den Daumen ihre Schamlippen geöffnet. Er blies leicht
an ihre Haut. »Scheiße. Ernsthaft. Du bist so schön
hier. Deine Haut ist leuchtend rosa und ich kann
sehen, wie deine Säfte glänzen und mich locken. Du
bist feucht für mich, Mack. Für *mich*.« Dax senkte den
Kopf und schnupperte an der Innenseite ihres Oberschenkels. Mackenzie hörte, wie er laut einatmete.

»Und dein Duft. Einfach göttlich.« Er schob einen
Daumen nach oben, bis er damit über ihr Nervenbündel rieb.

»Oh mein Gott, Daxton. Was tust du ... ja ... genau
dort.«

»Hier, Mack? Genau hier?« Dax drückte fester zu
und lachte, als sie unter ihm zappelte. Dann führte er
einen Finger seiner anderen Hand in ihre enge Muschi
ein. »Oder hier?«

»Daxton!« Mackenzie bekam keine anderen Worte

heraus. Sie sog die Luft ein, als Daxton mit dem Finger in ihrem Inneren etwas berührte, das Schockwellen durch ihren Körper schickte. »Oh mein Gott.«

»Ja, Mack. Genau so. Entspann dich, fühle es. Genieße einfach meine Berührung.« Dax machte weiter, nahm sich Zeit, lernte Mackenzies Körper kennen. Er sorgte dafür, dass sie sich an ihn, an seine Berührungen gewöhnte. Er stimulierte ihre Klitoris, dann bewegte er die Hand und streichelte an der Innenseite ihres Oberschenkels entlang. Mit seinem Mund saugte und leckte er. Mackenzie wand sich unter ihm auf dem Bett und Dax hatte sich noch niemals zuvor so männlich gefühlt. Er war nicht ganz sicher gewesen, ob er dazu in der Lage wäre, sie zum Höhepunkt zu bringen. Verdammt, sie kannte ihren Körper besser als er, aber er hatte es gehofft. Doch jetzt, da er mit seinen Händen und seiner Zunge über ihre Schamlippen strich, wusste er, dass sie kurz davor stand, einen Monsterorgasmus zu erleben.

Dax schob den Finger erneut in ihre Muschi hinein und genoss, wie heiß und feucht sie war. Er beugte den Finger und fuhr an der vorderen Wand ihres Körpers entlang, wo er das Nervenbündel in ihrer Muschi streichelte und fingerte.

»Daxton ... Ich –«

»Genau so, Baby. Genau so. Lass es geschehen. Genau dort ... nur noch ein klein wenig mehr.«

Mackenzie hörte Daxton nicht mehr. Sie hörte

nur noch ein Klingeln in den Ohren. Sie drückte die Hüften hoch und runter und zuckte in Daxtons Haltegriff. Sie hatte keinerlei Kontrolle über ihren eigenen Körper. Mackenzie bemerkte nicht einmal, dass sie die Hände herunternahm und sich damit so sehr an Daxtons Schultern festhielt, dass sie mit ihren Fingernägeln zehn kleine Druckspuren hinterließ.

Gerade als Mackenzie dachte, sie würde es nicht schaffen, in den Abgrund zu stürzen, senkte Daxton den Kopf und sog ihre Klitoris in seinen Mund, während er mit seiner freien Hand gleichzeitig nach ihrer Brustwarze griff und fest hineinkniff. Sie war noch nie mit einem Mann zusammen gewesen, der sie so grob anfasste, wie Dax es tat, aber der leichte Schmerz in Kombination mit seiner schnell flatternden Zunge an ihrer Knospe und seinem Finger, mit dem er immer wieder in ihre Muschi hineinstieß, war alles, was sie brauchte.

»Oh mein Gott, Daxton! Ich komme!« Mackenzie schnappte vor Erstaunen nach Luft. Sie warf den Kopf zurück und wimmerte, als ihr erster durch einen Mann hervorgerufener Orgasmus ihren Körper erfasste. Sie stieß wieder und wieder nach oben und ihre Muschi zog sich um Dax' Finger zusammen, als sie in den Abgrund stürzte. Ihr Höhepunkt schien ewig zu dauern und Mackenzie hatte keine Kontrolle über ihren Körper, der mit Nachbeben erzitterte, als

Daxton seine Hand wegnahm und leicht über ihren Körper streichelte.

Als Mackenzie wieder zu sich kam, sah sie Daxtons Gesicht direkt neben ihrem. Er hatte sich aufgerichtet und stützte den Kopf auf seiner rechten Hand ab, während er mit der linken über ihren Körper strich.

»Willkommen zurück.«

Mackenzie spürte, wie sie errötete. »Hey.«

»Vergib mir, wenn ich mich nicht richtig erinnere, aber ich dachte, du hättest gesagt, nicht gut im Bett zu sein.« Dax lächelte, als er diese Worte aussprach.

Mackenzie streichelte über Daxtons Bauch und berührte seine harten Bauchmuskeln etwa so, wie er es bei ihrem Körper tat. »Das ist das erste Mal ... daserste-MaldasseinMannmichzumOrgasmusgebrachthat.« Sie sprach so schnell, dass die Worte zusammengeschoben wurden. Dann fuhr sie in einer normaleren Stimme fort, ohne Dax Zeit zu geben, irgendetwas zu sagen. »Ich weiß, es ist lächerlich, nicht wahr? Ich bin siebenunddreißig Jahre alt, man würde meinen, dass irgendwer in den letzten, ach, zwanzig Jahren oder so Glück gehabt und das Richtige getan hätte, die richtige Stelle zur richtigen Zeit berührt hätte, aber es ist nicht passiert. Versteh mich nicht falsch. Ich habe mich zum Orgasmus gebracht, während ich mich ... äh ... du weißt schon, aber ein Mann ... ganz allein? Nein. Ich hatte noch nie einen Orgasmus mit einem Mann, bei dem ich nicht mithelfen musste.«

Dax beugte sich zu ihr und flüsterte ihr ein klein wenig arrogant ins Ohr: »Das wird nicht der letzte gewesen sein.«

Mackenzie lächelte ihn an. »Darf ich dich berühren?«

»Nichts würde mir mehr Freude bereiten, Liebes.« Dax rollte sich auf den Rücken und verschränkte die Hände hinter dem Kopf, als würde er sich für ein Nickerchen hinlegen. Mackenzie setzte sich auf, kniete sich neben ihn und schaute ehrfürchtig auf ihn hinunter.

»Wow, Daxton. Ich weiß, ich habe so etwas schon einmal gesehen, aber es unter deiner Uniform zu verstecken muss ein Verbrechen sein. Du hast wirklich vierzehn sichtbare Bauchmuskeln. Wenn ich versuche, dich von deinem Training abzuhalten, ignorier mich einfach, okay?«

Daxton lachte leise. »Freut mich, dass es dir gefällt, Liebes.«

»Oh, und wie es mir gefällt.«

Mackenzie ließ den Blick über seinen Körper wandern und hielt bei seinen Oberarmen an. Mit einem Finger berührte sie die kleinen Kratzspuren an seinen Schultern. »War ich das?«

Dax nahm eine Hand unter dem Kopf weg und ergriff Mackenzies Hand damit. Er führte sie an den Mund, küsste ihre Handfläche und leckte danach mit der Zunge über die lange Linie. »Ja, und es hat sich toll

angefühlt. Erinnerst du dich daran, was ich über erotischen Schmerz gesagt habe? Ich habe nichts gespürt.
Ich war zu sehr damit beschäftigt zu genießen, dir
beim Kommen zuzusehen.«

Er schob die Hand wieder unter den Kopf und hob
das Kinn an. »Los, mach schon. Fühl dich ganz wie zu
Hause.«

Mackenzie tat, worum Daxton sie bat. Sie begann,
indem sie sich nach vorn beugte und über jede der
zehn kleinen Wunden leckte, die sie mit ihren Fingernägeln in seiner Haut hinterlassen hatte. Dann
bewegte sie den Kopf nach unten und saugte an
Daxtons Brustwarzen, während sie mit den Händen
über seinen Körper strich. Sie genoss, wie seine Bauchmuskeln sich unter ihren Berührungen anspannten,
und arbeitete sich langsam nach unten zu seiner Erektion vor. Sein Schwanz war lang und dick und
Mackenzie sah den Lusttropfen, der an der Spitze
glänzte.

Nachdem sie zwischen seine Beine geklettert war
und zustimmend gegrunzt hatte, als er sie öffnete,
damit sie sich dazwischen knien konnte, ergriff
Mackenzie seine Hoden mit einer Hand und streichelte mit der anderen seinen Schaft. Sie verteilte
seine Feuchte in ihrer Handfläche, um es einfacher zu
machen, an ihm auf und ab zu gleiten.

Weil sie sich nicht beherrschen konnte, beugte
Mackenzie sich nach vorn und leckte über seine

Schwanzspitze, um ihn zu kosten. Sie blickte zwischen Daxtons Beinen auf und sah, dass er mit einem durchdringenden Gesichtsausdruck auf sie hinunterstarrte.

»Ich will in dir sein, Mack. Ich kann nicht mehr länger warten.«

»Aber ich fange gerade erst an«, schmollte Mackenzie.

»Oh, du wirst deine Gelegenheit schon noch bekommen, nur eben nicht jetzt.«

»Kondom?«

Dax nickte zu dem Tisch neben dem Bett. »Dort.«

Mackenzie musste Daxton loslassen und dorthin klettern, wo er hingedeutet hatte. Als sie sich über ihn beugte, griff Daxton mit der Hand nach ihrer Brustwarze, führte sie in den Mund und saugte fest daran, was Mackenzie ein bedürftiges Wimmern entlockte.

»Lass los, Daxton. Ich brauche dich auch.«

Dax ließ Macks Brustwarze mit einem leisen Plopp-Geräusch aus dem Mund gleiten und gestattete es ihr, sich nach dem Kondom auf dem Nachttisch zu strecken.

Mit der Packung in der Hand richtete sie sich wieder auf.

»Zieh es mir über«, knurrte Dax.

Mackenzie nickte, brachte die Packung, ohne den Blickkontakt zu unterbrechen, an den Mund und riss die Folie mit den Zähnen auf. Schließlich musste sie nach unten sehen, damit sie erkennen konnte, was sie tat. Sie drückte die Spitze zusammen, stülpte das Kondom über Daxtons Erektion und rollte es nach unten ab.

Bevor Mackenzie darüber nachdenken konnte, was sie als Nächstes tun sollte, hatte Daxton sie bereits umgedreht, sodass sie auf dem Rücken lag und zu ihm aufblickte. Er wartete über ihr, sagte kein Wort und bewegte sich nicht, sah sie nur aufmerksam an.

»Bitte, Daxton.« Mack versuchte verzweifelt, ihn auf sich hinunterzuziehen und sich an ihm zu reiben. Sie wollte ihn in sich spüren. Jetzt.

Er bewegte sich langsam, nahm seinen Schwanz in die Hand und drückte sich gegen ihre feuchte Hitze, bevor er sich Zentimeter für Zentimeter in ihre enge Muschi schob. Er hörte erst auf, als er ganz in ihr versunken war, und legte sich dann so auf sie, dass sie sich von den Zehen bis zur Brust berührten. »Perfekt.«

Mackenzie schloss die Augen, weil sie einen kurzen Schmerz spürte, als Daxton in sie eindrang. Es war schon eine Weile her und ihr Körper musste sich daran gewöhnen, wieder einen Mann in sich zu haben. Als der Schmerz abebbte, öffnete sie die Augen und hielt sich an Daxtons Oberarmen fest, während er den Schwanz langsam aus ihrem Körper herauszog und ihn dann wieder hineinstieß. Er sah ihr während der gesamten Zeit in die Augen. Langsam erhöhte er das Tempo, als er sich in Macks Körper bewegte.

»Du fühlst dich gut an, Daxton. Ich liebe es, wie du mich ausfüllst. Schneller. Mach schneller.«

»Du nimmst es, wie ich es dir gebe, Mack. Gefällt dir das?«

»Ja.«

»Du fühlst dich heiß und glitschig an mir an. Ich spüre deine Hitze durch das Kondom. So sehr ich das Gefühl von dir genieße, kann ich es trotzdem nicht abwarten, in dich einzudringen, ohne etwas zwischen uns zu haben. Oh ... das gefällt dir, nicht wahr? Ich habe gespürt, wie deine Muschi sich um meinen Schwanz zusammengezogen hat.«

»Ja, ich will dich spüren. Nur dich.«

»Du wirst mich bekommen, Baby. Ich werde dich so vollpumpen, dass unsere Säfte aus dir herauslaufen werden, sobald ich meinen Schwanz aus deinem engen Körper ziehe. Wenn ich dich im Stehen durchnehme, wirst du uns spüren, wie wir an deinem Bein herunterlaufen.«

»Oh Gott, Daxton. Das ist so äh ... realistisch und ein bisschen eklig, aber ich kann es wirklich nicht erwarten.«

Dax erhöhte das Tempo seiner Stöße, bis er in sie hineinhämmerte.

Mackenzie sah zu, wie Daxton die Augen schloss und seine Muskeln sich anspannten. Er stand kurz davor, die Kontrolle zu verlieren. »Ja, genau so, Daxton, komm für mich. Warte nicht auf mich. Ich will dir zusehen, wie du kommst.« Mack spannte ihre inneren Muskeln so fest an, wie es ihr möglich war, und presste ihn aus. »Tu es. Fick mich. Du fühlst dich so gut an.«

Bei ihren Worten konnte Dax sich nicht mehr zurückhalten. Er hob Mackenzies Oberschenkel so weit an, dass er seine Ellbogen unter ihren Knien einhaken konnte. »Halt dich fest, Mack. Sag mir, wenn ich dir wehtue.«

»Du wirst mir nicht wehtun, Daxton. Tu es. Ich liebe es, wenn du in mich hineinstößt. Die Reibung von deiner Haut an meiner fühlt sich toll an.«

Dax verlor seine eisenharte Kontrolle und nutzte Mackenzies Einverständnis, um sie so durchzuficken, wie er es sich schon lange erträumt hatte. Er hämmerte in sie hinein und als er spürte, wie Mackenzie ihn in die Brustwarzen kniff, konnte er seinen Orgasmus nicht länger zurückhalten. Er presste sich soweit es ging in sie hinein und ließ los. Er kreiste mit den Hüften einmal, zweimal und ein drittes Mal an ihren. Er stöhnte laut und lange auf.

Als er sich endlich leer fühlte, legte er sich neben Mack und hielt sie an sich fest, damit sein Schwanz nicht aus ihr herausglitt. Er zog ihre Beine über seinen Schoß und behielt ihre Verbindung intakt. »Heilige Scheiße. Du hast mich umgebracht.«

Mackenzie kicherte und Dax liebte diesen Laut. »Ich glaube, das war mein Text.«

»Nein, das war definitiv meiner.« Dax hob den Kopf und schaute Mackenzie in die Augen. »Nur damit du es weißt. Ich werde es zu meiner Lebensaufgabe machen, dich dazu zu bringen, gemeinsam mit mir zu kommen.«

»Daxton, ich habe dir doch gesagt –«

Dax legte den Finger auf Macks Lippen, um ihren Redefluss zu stoppen. »Pst, ich weiß, was du gesagt hast, und ich glaube das keine einzige Sekunde. Jeder, der so heftig gekommen ist wie du, einzig durch meinen Finger und der leichten Berührung meines Mundes an deiner Klitoris, kann mittels Penetration zum Orgasmus kommen. Wir müssen nur weiter üben. Und in der Zwischenzeit werde ich diese Übungseinheiten sehr genießen.«

»Du bist verrückt. Wir sind zu alt für diesen Mist.«

»Nein, das sind wir nicht. Ich fühle mich nicht zu alt und ich bin neun Jahre älter als du. Wenn ich es also kann, dann kannst du es erst recht.«

»Wie du meinst.« Mackenzies Worte wurden von seiner Brust gedämpft.

»Lass mich dieses Kondom wegwerfen und dann können wir schlafen gehen.«

Mackenzie sah zu, wie Dax sich von ihr wegdrehte, aufstand und ins Badezimmer ging. Kurz darauf erschien er wieder.

»Musst du zur Toilette?«

»Nein, mit mir ist alles in Ordnung.«

»Okay, steh auf, damit ich dich zudecken kann.«

Mackenzie hob eine Pobacke weit genug an, damit Daxton die Decke unter ihr hervorziehen konnte. Er kletterte neben ihr darunter und zog sie in seine Arme.

»Du musst mich nicht –«

»Halt die Klappe. Ich will es. Ich werde vollkommen verrückt werden, wenn ich dich nicht in meinen Armen halten kann.«

Mackenzie sagte kein Wort, presste bloß den Kopf nach vorn und schob ihn unter Daxtons Kinn. Sie legte einen Arm um seine Brust, hob ein Bein und schlang es um seinen Oberschenkel.

»Bequem?«

Mackenzie konnte das Lachen in Daxtons Stimme hören, aber es war ihr egal.

»Ja, sehr sogar.«

»Schlaf jetzt, Liebes.«

»Ich muss morgen nicht früh aufstehen, oder? Es ist Samstag. Es geht gegen meinen Glauben, mich am Wochenende vor neun Uhr aus dem Bett zu bewegen.«

»Du brauchst nicht früh aufzustehen, Mack. Schlaf einfach.«

»Okay. Danke, dass du das hier einfach und nicht unangenehm machst.«

»Gern geschehen.«

Mackenzie schlief beinahe sofort ein. Dax blieb

noch etwas länger wach und genoss die weichen Atem-
geräusche, die Mack von sich gab, während sie schlief,
und fragte sich, wie zum Teufel er so viel Glück gehabt
hatte.

KAPITEL ZEHN

Zwei Wochen nachdem Mackenzie zum ersten Mal bei ihm übernachtet hatte, wusste Dax ganz sicher, dass sie die Frau für ihn war. Sie waren in eine regelmäßige Routine gefallen. Morgens verließen sie gemeinsam die Wohnung, um zur Arbeit zu gehen, und einigten sich im Laufe des Tages darauf, bei wem sie die Nacht verbringen würden, bevor sie sich nach der Arbeit dort trafen. Sie kochten zu Hause oder gingen essen, um danach zu Bett zu gehen und das meiste aus ihrer gemeinsamen Zeit zu machen.

Dax bewahrte mehrere Uniformen in Mackenzies Wohnung auf, genauso wie sie zahlreiche ihrer Arbeitsoutfits zur Auswahl bei ihm hatte. Keine Nacht war vergangen, die sie nicht zusammen verbracht hatten, und Dax hätte nicht glücklicher sein können.

Mackenzie war immer noch genauso niedlich, wie

Dax sie bei ihrer ersten Verabredung gefunden hatte, vielleicht sogar noch niedlicher. Sie war der Mensch, der sie war, und hatte ein vollkommen gutes Herz, was für Dax sehr erfrischend war.

Der Tag, an dem Mackenzie erneut auf TJ getroffen war, war einer von Dax' liebsten Erinnerungen. Er hatte Mack zum Abendessen ausgeführt, weil er wusste, dass TJ die beiden dort treffen würde. TJ war in die Sitznische ihnen gegenüber gerutscht und Dax hatte über Macks Gesichtsausdruck so lange gelacht, bis er Bauchschmerzen bekam. Sie war knallrot geworden und hatte angefangen zu stammeln, bis sie sich schließlich gefangen hatte.

»Daxton Chambers, ich kann nicht fassen, dass du mir verheimlicht hast, dass Officer Rockwell heute Abend hier ist!«

»TJ, Baby. Nenn mich TJ.«

»Dann eben TJ. Ist es mir erlaubt, dir dafür zu danken, mir keinen Strafzettel ausgestellt zu haben? Oder ist das schlechtes Polizistenkarma und wird darin resultieren, dass ich in den nächsten sechs Monaten sechs Strafzettel bekommen werde?«

TJ und Dax lachten. »Gern geschehen und solange du nicht beschließt, eine Raserin zu werden, oder anfängst, im Lebensmittelladen des Viertels Sachen mitgehen zu lassen, wird dir nichts passieren, glaube ich.«

»Bedeutet das, dass ich deinen Namen erwähnen

kann – deinen auch, Daxton –, damit ich um zukünftige Strafzettel herumkomme?«

»Mack, wie oft wurdest du kontrolliert, bevor wir dich angehalten haben? Oder seitdem? Ich glaube, du brauchst dir keine Sorgen zu machen. Für gewöhnlich fährst du wie eine alte Oma«, sagte Dax und neckte Mackenzie.

»Halt die Klappe. Vielleicht fange ich an, Straßenrennen zu fahren, weil ich jetzt einen Freund habe, der Texas Ranger ist, und ich nicht nur einen Polizeibeamten der SAPD kenne, sondern auch einen Autobahnpolizisten.«

»Das glaube ich nicht, Liebes. Wenn du angehalten wirst, wirst du genau die gleichen Risiken eingehen müssen wie alle anderen auch.«

»Habt ihr keinen geheimen Aufkleber, den ich an meinem Wagen anbringen kann, der wie eine Du-kommst-um-einen-Strafzettel-herum-Karte ist?«

»Tut mir leid, Mackenzie, so etwas gibt es nicht.« TJ grinste breit und stützte sich mit den Ellbogen auf dem Tisch ab.

»Wie doof. So etwas sollte es geben. Ich sollte *irgendetwas* davon haben, mit einem Polizisten zusammen zu sein.«

An jenem Abend hatte Dax Mack daran erinnert, was sie davon hatte, mit einem Polizisten zusammen zu sein ... ihn. Er hatte sie mehrere Male an den Rand eines Orgasmus gebracht und sich zurückgezogen, kurz bevor sie explodieren konnte. Am Tag zuvor hatte er die Testergebnisse von seinem Arzt erhalten und Dax konnte sie nicht allzu lange necken, bevor er in ihr sein musste. Weil er Mitleid mit ihr hatte, stieß er sie schließlich in den Abgrund und liebte es, wie sie in seinen Armen erschauderte und zitterte.

Nach ihrem Höhepunkt hatte Dax sie aus dem Bett gezogen und sie mit dem Gesicht nach vorn auf die Matratze gedrückt. Dann hatte er sie von hinten genommen, während sie gestöhnt und das Bett zerwühlt hatte. Obwohl sie es eigentlich schon einmal in der Hündchenstellung gemacht hatte, war dieser Sex vollkommen anders gewesen. Hinterher hatten die beiden gekuschelt und Dax glaubte, keiner von ihnen hatte während der ganzen Nacht auch nur einen Muskel bewegt.

Dax sah zu Mack, die in seiner Küche stand. Es war Freitagmorgen und sie waren kurz davor, zur Arbeit zu fahren. Mackenzie stützte sich vor seinem Toaster auf der Arbeitsplatte ab und sah den Bagel im Inneren an, als würde er schneller rösten, wenn sie ihn währenddessen bis zur Aufgabe anstarrte.

Dax trat von hinten an sie heran und zog sie an seinen Körper.

»Ich habe dieses Wochenende wieder Bereitschaftsdienst.«

SUSAN STOKER

Mackenzie drehte sich um und schlang die Arme so weit um ihn, wie sie reichten. »Okay. Willst du, dass ich hierbleibe, oder kommst du zu mir?«

Dax schüttelte den Kopf, denn er liebte es, dass Mack ihm keine Vorwürfe machte, weil er am Wochenende arbeiten musste. Als er noch bei der Polizei in El Paso arbeitete, hatte Kelly es gehasst, wenn er eine Nachtschicht gehabt hatte, und ihm jedes Mal das Leben schwer gemacht, wenn er von einer dieser Schichten nach Hause gekommen war.

»Was immer du willst, Mack.«

Sie dachte kurz darüber nach, dann sagte sie schließlich: »Okay, komm zu mir. Ich werde Abendessen machen und es in den Kühlschrank stellen, und falls du Hunger hast, wenn du nach Hause kommst, kannst du essen. Hast du Anziehsachen bei mir?«

»Ja, ich brauche nichts.«

»Also gut.«

»Also gut.«

»Nur damit du es weißt, solltest du es dich gefragt haben. Allein zu schlafen und darauf zu warten, dass du nach Hause kommst, ist scheiße. Ich beschwere mich nicht, ich sage es nur. Ich habe mich so sehr an deinen warmen Körper neben mir gewöhnt, dass mir in meinem Bett tatsächlich kalt ist, bis du nach Hause kommst. So habe ich mich noch nie gefühlt. Als du beim letzten Mal Spätschicht hattest, habe ich sogar in Erwägung gezogen, ein T-Shirt anzuziehen.«

»Du ziehst besser nichts an. Ich mag es, dich nackt und wartend vorzufinden, wenn ich zu dir komme.«

»Was, wenn jemand einbricht?«

»Niemand wird einbrechen. Sorge dafür, dass die Türen abgeschlossen sind, dann wird nichts passieren.«

Mackenzie lächelte Daxton an. Nachdem er das erste Mal bei ihr übernachtet hatte, war er gleich am nächsten Tag zum Eisenwarenladen gegangen und hatte neue Schlösser gekauft, um die zu verbessern, die sie bereits hatte. Ihr hatte es nichts ausgemacht, es war ihr immer lieber, auf der sicheren Seite zu sein, als es später zu bereuen.

»Okay, Daxton. Darf ich dich etwas fragen?«

»Selbstverständlich.«

Mackenzie ignorierte das Piepsen des Toasters, das darauf hinwies, dass der Bagel fertig war, und sprach weiter. »Ich weiß, du kannst über deine Fälle nicht sprechen, aber ich mache mir Sorgen um dich. Ich weiß, dass der Mist anstrengend ist, mit dem du dich herumschlagen musst, und ich will nicht, dass du denkst, ich wäre irgendein zartes Blümchen, das es nicht ertragen kann, ab und zu einmal schlimme Dinge von dir zu hören. Wenn du über einen Fall oder etwas, das passiert ist, reden musst, bin ich für dich da. Ich denke, wir sind über die Kennenlernphase hinweg, in der wir einzig über Herzen und Blumen sprechen.«

»Herzen und Blumen?« Dax lächelte Mack an, sie

war einfach so verdammt hinreißend. So dachte er ungefähr tausendmal pro Tag über sie.

»Ja, Herzen und Scheißblumen. Du weißt, was ich über meine Chefin denke. Sie ist ein Miststück. Sie interessiert sich für niemanden im Büro und lässt uns Überstunden machen, einfach nur, weil sie es kann. Neulich hat sie sich tatsächlich darüber beschwert, dass ich in einem der Berichte, die sie bereits durchgesehen hatte, einen Fehler gefunden habe. Sie zieht es vor, dass die Arbeit, die sie gemacht hat, falsch ist, nur damit sie vor ihren Vorgesetzten nicht ›schlecht aussieht‹. Es ist lächerlich. Und du weißt, wie sehr Mark und Matthew mich auf die Palme bringen. Du weißt eine Million anderer Dinge über mich, bei denen es sich um nichts handelt, was Menschen wissen, die versuchen, einander zu beeindrucken. Du sollst nur wissen, dass du mir ebenfalls alles erzählen kannst.«

Dax drehte sich mit Mack in seinen Armen um und setzte sie auf die Kücheninsel in der Mitte der Küche, sodass sie sich beide ansahen. Er trat an sie heran, spreizte ihre Beine und kam ihr ganz nahe. Dann zog er ihre Hüften an die Kante der Arbeitsplatte und hielt sie an sich gedrückt fest. »Ich weiß, dass ich mich dir anvertrauen kann, Mack. Ich habe es nicht deswegen nicht getan, weil ich dir nicht vertraue oder weil ich versuche, etwas zu verbergen ... gut, das ist vielleicht gelogen. Vieles von der Scheiße, die ich in meinem Job höre und sehe, *will* ich dir einfach nicht erzählen, weil ich dich so mag, wie du bist. Du hast einen einzigartigen Blick auf das Leben und ich will nicht sehen, wie dein Licht wegen dem Mist, der in der Welt passiert, schwächer wird. Mir gefällt, dass du in Bezug auf die schäbige Seite des Lebens und meiner Arbeit naiv bist.«

»Aber du musst darüber sprechen.«

»Und das tue ich auch. Ich spreche mit Quint und Cruz und TJ und anderen sehr guten Männern und Frauen im Gesetzesvollzug. Wir gehen zusammen Mittagessen. Wir sehen uns im Dienst und bei Einsatzgruppentreffen. Ich verspreche dir, Liebes, ich unterdrücke keinen Mist, der mich irgendwann dazu bringen wird, die Nerven zu verlieren. Ich bin sechsundvierzig Jahre alt und arbeite schon verdammt lange in diesem Job. Wenn ich vorher nicht gelernt hätte, damit umzugehen, hätte ich bereits einen Herzinfarkt gehabt, okay?«

Dax beobachtete, wie Mackenzie das verarbeitete, was er ihr soeben mitgeteilt hatte. Ihm gefiel, dass sie nie mit ihm stritt, nur damit er den Mund hielt. Sie war bekannt dafür, mit ihm stundenlang über etwas zu streiten, wenn sie wirklich davon überzeugt war, dass das, was sie sagte oder glaubte, das Richtige war.

Mackenzie legte die Hände an Daxtons Hals und

verschränkte die Finger in seinem Nacken. »Gut, ich glaube dir. Ich weiß nicht, was die Freundin eines Polizisten normalerweise wissen und nicht wissen darf. Ich würde aber nie wollen, dass du denkst, ich hätte kein Interesse an dem, womit du dein Geld verdienst.«

»Das weiß ich, Liebes, ehrlich.«

»Gut. Ich muss dir noch etwas anderes sagen, wo wir gerade schon dieses tiefgehende Gespräch führen.«

Dax lächelte. »Und das wäre?«

»Sonntag fahren wir zum Mittagessen zu meiner Mutter. Ich hoffe, das ist in Ordnung. Nachdem ich ihr erzählt habe, dass du ein großer, böser Texas Ranger bist, der die Welt retten muss, versteht sie, dass du zuvor beide Male absagen musstest, als wir versucht haben, uns zu treffen. Aber meine Mutter hat entschieden, dass es jetzt an der Zeit ist. Verdammt, sie alle haben schon vor etwa einem Monat entschieden, dass es an der Zeit ist, und sie werden uns nicht länger davonkommen lassen. Und ehrlich gesagt bin ich froh, dass wir es bisher noch nicht geschafft haben, dorthin zu fahren, weil ich wollte, dass du dich vorher so sehr in mich verknallst, dass es dir egal ist, was sie dir an den Kopf werfen, und du sie ignorierst und nicht mit mir Schluss machst.«

»Haben sie irgendwelche Leichen im Keller?«

»Daxton!«

Dax ignorierte Macks entrüsteten Tonfall und

sprach lächelnd weiter. »Nein? Dann entspann dich, Mack. Ich weiß, wie Familien sind. Alles wird gut werden. Du brauchst dich definitiv nicht noch mehr anzustrengen, damit ich mich in dich verknalle, denn das bin ich bereits.«

Mack ignorierte seine Worte, die ihr Inneres zum Kribbeln brachten, und gab zurück: »Nun, das weiß ich zu schätzen, aber du hast meine Familie noch nicht getroffen und ich will nicht, dass du nach heute Abend beschließt, dass ich eine Verrückte bin, und es vorziehst, deinen Namen zu ändern und den Bundesstaat zu wechseln, anstatt dich nach der Trennung von mir mit meiner durchgeknallten Familie herumzuschlagen.«

Daxton lachte und sie erzählte ihm, dass sie es nur halb scherzhaft meinte. »Daxton, du hast keine Ahnung. Ich bin das einzige Mädchen in unserer Familie. Jetzt, da Dad nicht mehr da ist, wird es Mark und Matthew nicht im Geringsten interessieren, dass du sechsundvierzig bist und ich auf Ende dreißig zugehe. Vermutlich werden sie dich zur Seite nehmen und mit dir eine Unterhaltung über Bienchen und Blümchen führen. Und meine Mutter wird wahrscheinlich den Pastor eingeladen haben, der bereit ist, bei Tee und Kräckern eine Hochzeitszeremonie durchzuführen. Du weißt ja nicht, wie gestört sie sind. Ich wollte dich nur vorwarnen.«

Dax beugte sich zu ihr und brachte eine Hand von

Mackenzies Hüfte zu ihrem Rücken, wo er bis zu ihrem Nacken hinaufstrich. Er hielt sie in seinen Armen und verstärkte den Griff. Mit leiser, ernster Stimme, in der keinerlei Belustigung zu hören war, sagte er zu ihr: »Ich wäre einer Hochzeit nicht abgeneigt.«

»Heilige Scheiße, das hast du gerade eben nicht gesagt.« Mackenzie spürte, wie ihr Herz mit tausend Stundenkilometern schlug. Sie beugte die Finger und bohrte unbewusst ihre stumpfen Fingernägel in die Haut an Daxtons Nacken.

»Ich habe es gesagt. Ich mache dir keinen Heirats-antrag, Mack. Nicht jetzt. Aber ich kann dich mit abso-luter Sicherheit in meiner Zukunft sehen. Ich mag dich in meinem Leben, in meinem Bett, in meiner Wohnung. Ich mag es sogar sehr. Du bist unfassbar süß, im Bett harmonieren wir fantastisch miteinander und wir wohnen praktisch schon zusammen. Dieses Wochenende werde ich deine Familie kennenlernen und ich werde sie mögen. Ich bin mir nicht sicher, ob irgendeiner von uns schon bereit ist, ›Ich liebe dich‹ zu sagen, aber es wird kommen, Liebes.«

»Daxton.«

Dax wartete, dass Mack etwas entgegnete. Als sie es nicht tat, lächelte er sie an. »Mackenzie.«

»Ich ... verdammt. Ich will nicht zur Arbeit fahren und mich mit der bescheuerten Kuh herumschlagen, für die ich arbeite. Ich will nicht, dass du wegfährst und mit Arschlöchern sprichst. Ich will mich am liebsten mit dir in deinem Schlafzimmer verbarrikadieren und für den Rest unseres Lebens nicht mehr rauskommen.«

»Ich glaube, irgendwann würden wir Hunger bekommen.«

Mack lächelte, denn sie war froh, dass der extreme Gefühlsaustausch anscheinend vorbei war. »Und wir würden stinken.«

»Und irgendwann würden wir rausgeschmissen werden, weil wir die Miete nicht mehr zahlen könnten.«

»Und meine Familie würde vorbeikommen und sich fragen, wo wir sind.«

»Du wirst mir heute Abend fehlen, Liebes. Pass gut auf dich auf. Ich werde zu dir kommen, sobald ich kann.«

Es sah so aus, als sei der emotionale Teil des Morgens noch nicht ganz vorüber. »Ich vermisse dich auch immer, Daxton.«

»Gut, ich werde jetzt gehen. Wir sehen uns heute Abend. Ich würde gern eine neue Stellung mit dir ausprobieren. Ich glaube, sie wird dir gefallen. Ich habe einmal in einem Buch darüber gelesen und ich glaube, du bist dafür flexibel genug. Sonntag fahren wir zu deiner Mutter. Schreib mir nachher und erzähl mir, wie dein Tag läuft.«

Mackenzie erzitterte bei dem lustvollen Blick aus

seinen Augen und sagte bloß: »Das werde ich. Tschüss Daxton.«

»Tschüss Mack.«

Dax gab Mackenzie rasch einen Kuss, denn er wusste, wenn er zu lange machte, würde er die Zeit vergessen und sie beide, wie von ihr vorgeschlagen, in seinem Schlafzimmer einsperren. Er trat zurück von der Versuchung, die sie ausstrahlte, und verließ die Wohnung.

Mackenzie hüpfte ohne ein Lächeln von der Kücheninsel und ging zum Toaster. Wenn sie sich nicht irrte, hatte Daxton ihr soeben gesagt, dass er sie liebte ... nicht mit genau diesen Worten, aber das hätte er auch genauso gut tun können.

Schließlich lächelte sie, als sie den Frischkäse aus dem Kühlschrank nahm. Daxton liebte sie. Heilige Scheiße. Der Tag würde gut werden.

Dax bewegte den Kopf hin und her und versuchte, die Verspannung in seinem Nacken zu lösen. Trotz seines morgendlichen Gesprächs mit Mack hatte sein Tag nicht besonders gut angefangen. Als er bei der Arbeit eintraf, hatte er drei an ihn adressierte Briefe auf seinem Schreibtisch gefunden, zusammen mit einer Notiz der Verwaltungsassistentin. Sie hatte sich entschuldigt und gesagt, es hätte eine Verzögerung gegeben, ihm die Briefe zuzustellen. Sie war anderthalb Wochen im Urlaub gewesen und während ihrer Abwesenheit hatte sich niemand darum gekümmert, den entsprechenden Rangern die Post zu übergeben.

Er hatte den ersten Brief geöffnet und ihn sofort fallen gelassen, als er sah, wer ihn geschickt hatte. Ohne das Papier noch mehr zu berühren, als er es ohnehin schon getan hatte, hatte Dax sich über den Schreibtisch gebeugt, die extrem beunruhigenden Worte gelesen und den Major verständigt. Er stammte vom Lone Star Reaper. Dieses Mal war der Brief explizit an Dax adressiert worden. Der Gedanke daran bescherte ihm kein warmes, wohliges Gefühl. Dax wusste zwar nicht, ob die anderen beiden Briefe ebenfalls vom Reaper stammten, hatte aber kein Risiko eingehen wollen.

Drei Stunden später hatte er einen Anruf von Quint erhalten, der ihn bat, zu einem gemeinsamen Einsatzgruppentreffen zu erscheinen. Dax stählte sich innerlich, denn er wusste, dass ihm nicht gefallen würde, was man ihm dort mitzuteilen hätte.

Bei der Besprechung waren der Polizeichef der SAPD, Quint, Cruz, der Major seiner Ranger-Kompanie und einige weitere hochrangige Officer anwesend.

»Dax, danke, dass Sie gekommen sind, und danke für das schnelle Handeln mit den Briefen. Sie werden derzeit untersucht und nach vorläufiger Einschätzung haben wir auf einem von ihnen dieses Mal vielleicht einen teilweisen Fingerabdruck«, sagte der Major.

»Dann waren also alle drei vom Reaper?«, fragte Dax.

»Ja.«

Im Zimmer wurde es still und Dax wusste, dass sie ihm etwas Wichtiges vorenthielten. »Was stand in den anderen Briefen? Hat er die Stellen von weiteren Opfern preisgegeben?«

»Ja, wir haben drei separate Teams losgeschickt, die die Friedhöfe überprüfen, die er in den Briefen genannt hat.«

»Warum hat er jetzt seine Vorgehensweise geändert?«, dachte Dax laut nach. »Vorher hat er angerufen, um uns über den Fundort der Leichen zu unterrichten, aber jetzt schreibt er mir, als sei er mein verdammter Brieffreund?«

»Der Reaper intensiviert sein Spiel und hat mittendrin die Regeln geändert«, sagte der Polizeichef unnötigerweise.

»Ja«, stimmte Dax angespannt zu. »Er hat es jetzt weitaus persönlicher gemacht. Er hat diese Briefe explizit an mich gesendet«, sagte er und sprach aus, was alle bereits wussten.

Cruz rieb mit der Hand über sein Gesicht und fuhr sich dann durch sein kurz geschorenes schwarzes Haar. »Es ist ernster als das.« Cruz durchwühlte die Stapel mit zahlreichen Berichten und Beweisaufnahmen, die vor ihm lagen, und schob ihm drei fotokopierte Seiten zu. »Tut mir leid, Dax.«

Dax knirschte mit den Zähnen. Scheiße. Er zog die Kopien zu sich und las die Nachrichten, die der Reaper hinterlassen hatte. Die erste hatte er bereits gelesen, aber die anderen waren ebenso entsetzlich.

Daxton Chambers, du bist vielleicht ein knallharter Ranger, aber ich würde zu gern sehen, wie du mich schnappst. Ich habe dir ein Geschenk hinterlassen, das du auf dem Johnson-Friedhof finden kannst. Ich denke, sie wird dir gefallen. Eins zweiundsechzig, kurvig und brünett. Klingt ganz nach deinem Typ.

Du hast dich also entschieden, meinen letzten Brief zu ignorieren. Na schön. Vielleicht wirst du diesen nicht ignorieren. Sieh dir meine neueste Schönheit auf dem White-Oak-Friedhof an. Sie hat tapfer gekämpft, war am Ende aber wie alle anderen unterlegen. Ich habe ihr den Spitznamen M&M gegeben.

Der letzte Brief war am furchterregendsten.

. . .

Fick dich, Chambers. Glaubst du, ich mache Witze? Glaubst du, sie ist in Sicherheit? Das ist sie nicht. Ich hoffe, du genießt es, deine neue Freundin zu ficken. Vor dem Reaper ist niemand sicher. Weißt du, wo Mackenzie sich genau in diesem Moment befindet? Ich frage mich, wie lange sie in einem meiner Särge wohl überleben würde. Ich bin mir sehr sicher, dass sie bislang mein Lieblingsopfer wäre. Ich habe große Pläne für deine kleine Süße. Sieh in der Zwischenzeit auf dem Shadows-End-Friedhof nach, um zu erfahren, wie es dieser Mackenzie ergangen ist.

Dax stand so plötzlich auf, dass der Stuhl, auf dem er gesessen hatte, polternd nach hinten umkippte. Er ging mit langen Schritten zum anderen Ende des Raumes und schlug gegen die Wand. Ohne dem Schmerz in seiner Faust Beachtung zu schenken, beugte er sich nach vorn, stützte sich mit beiden Händen auf der Fensterbank ab und keuchte in dem Versuch, das Verlangen zu kontrollieren, irgendjemanden verprügeln zu müssen.

Der Wichser wusste von Mackenzie. Er hatte sie bedroht. Er wählte Frauen aus, die wie Mack aussahen, die sogar Mackenzie hießen. Dax wurde übel. Da er wusste, dass ihm das Frühstück wieder hochkommen würde, ging er zum Mülleimer in der Ecke des Raumes und übergab sich darin. Mit den Händen auf den Oberschenkeln blieb er vornübergebeugt vor dem

Plastikbehälter stehen und wandte alles an, was er während seiner Ausbildung gelernt hatte, um seinen Atem zu regulieren und sein Gleichgewicht wiederzuerlangen.

Er war ein Texas Ranger. Er verhielt sich nicht so. Aber dann wiederum war die Frau, die er liebte, noch nie von einem psychotischen Serienmörder bedroht und ins Visier genommen worden.

Er liebte Mack. Er war sich seiner Gefühle zuvor schon ziemlich sicher gewesen, aber die Vorstellung, dass dieser Geisteskranke sie in die Finger bekommen könnte, bestärkte es nur noch mehr.

»Wann wurden die Briefe geschickt?« Dax' Stimme war leise und rau. Er war stolz, dass ihm nur einmal die Stimme versagte. Er richtete sich auf, wischte sich das Gesicht ab und drehte sich zu den anderen Beamten im Raum um, ohne sich im Geringsten für seinen kurzen Kontrollverlust zu schämen. Er wusste, dass alle es verstanden. Er ging zum Konferenztisch, nahm eine Flasche Wasser und trank die Hälfte davon aus, während er auf Quints Antwort wartete.

»Der letzte wurde vor fünf Tagen abgestempelt.«

»Herrgott noch mal.« Dax sprach diese Worte leise aus und zog sein Telefon hervor. Er musste Mack sofort anrufen. Er konnte nicht warten, bis die Besprechung vorüber war. Er musste sich vergewissern, dass sie bei der Arbeit war und dass es ihr gut ging. Er schaute auf sein Handy und wollte wegen der albernen, kleinen SMS, die sie ihm während der letzten zwei Stunden geschrieben hatte, am liebsten weinen.

Können wir zurückspulen und eine andere Entscheidung treffen? Die bescheuerte Kuh ist heute ganz besonders bescheuert.

Ist es zu spät für mich, den Beruf zu wechseln und Polizistin zu werden?

Bist du dir sicher, dass es wirklich keine geheimen Aufkleber gibt, die mich vor einer Strafe bewahren?

Ich wollte dir nur sagen, dass ich an dich denke. Ich vermisse dich.

Dax tippte auf Mackenzies Namen, hielt sich das Telefon ans Ohr und wartete darauf, dass sie ranging. Er drehte dem Raum den Rücken zu und stellte sich neben die Wand, wo er auf seine Füße starrte.

»Hey Daxton! Was gibt's?«

»Ich wollte nur anrufen und hören, wie es dir geht.«

»Mir geht es gut, mit Ausnahme von du-weiß-schon-wem. Aber das ist ja nichts Neues.«

»Ich habe eine Planänderung für heute Abend, Liebes.«

»Jaaaa?«

So wie Mackenzie das Wort in die Länge zog, wusste er, dass sie sexy Gedanken im Sinn hatte, aber er konnte sich nicht dazu bringen, so unbeschwert mit ihr zu plaudern, wie er es sonst getan hätte.

»Ja. Ich muss zwar immer noch bis spät arbeiten, aber TJ wird dich von der Arbeit abholen und zu mir nach Hause bringen. Er wird dort bei dir bleiben, bis ich eintreffe.« Dax hatte TJ noch nicht gefragt, aber er wusste, dass er Mackenzie beschützen würde, bis Dax zurückkommen konnte, ohne Fragen zu stellen.

»Ist alles in Ordnung?« Mackenzies Stimme war ernst und der verspielte Klang war verschwunden. Sie hatte offensichtlich bemerkt, dass irgendetwas ganz und gar nicht stimmte.

»Nein. Aber das wird schon wieder. Vertrau mir, Liebes, okay?«

»Mit meinem Leben, Daxton. Was ist mit meinem Wagen?«

»Lass ihn stehen. Mit ihm wird nichts passieren. Wenn er später weggefahren werden muss, werde ich einen der anderen Ranger bitten, ihn für dich abzuholen.«

»Bist du in Ordnung?«

Dax senkte die Stimme. »Es geht mir gut, Mack.«

»Schwörst du?«

»Ich bin okay.«

»Du hast nicht geschworen.«

»Mackenzie –«

»Okay. Ich höre schon auf. Pass einfach nur auf dich auf, in Ordnung? Ich kann dich nicht verlieren.«

»Du verlierst mich nicht.« Dax wusste nicht, was er ihr noch sagen sollte, um sie zu beruhigen. Er wusste, dass sie verängstigt war. Sie plapperte nicht so unbeschwert vor sich hin, wie sie es sonst tat. Dax wusste, dass es seine Schuld war. »Bei der Arbeit passiert gerade einige Scheiße und leider könnte es negative Auswirkungen auf dich und mich haben. Wir haben es unter Kontrolle, aber in der Zwischenzeit will ich, dass du klug bist und in Sicherheit bleibst. In Ordnung, Mack? Sei nicht eine dieser ›lebensdoofen‹ Frauen aus den Liebesromanen, die du liest und über die du dich ständig aufregst. Pass auf dich auf. Sei wachsam. Verlasse die Arbeit nicht, um Mittagessen zu gehen oder Pause zu machen. Warte in deinem Büro, bis TJ kommt und dich abholt. Alles klar? Kannst du das für mich tun?«

»Ja.« Mackenzies Antwort erklang sofort und mit kräftiger Stimme. »Negative Auswirkungen?«

»Ich erkläre es dir heute Abend.«

»In Ordnung, Daxton. Ich ... Scheiße ... okay, hör zu.

Bist du so weit? Ichliebedich.« Sie sprach die Worte schnell und überhastet aus. »Ich habe zuvor erst einen anderen Freund in meinem Leben geliebt und da war ich acht Jahre alt. Er hat mich über den Spielpatz gejagt, mich in eine Ecke gedrängt und mich geküsst. Dann ist er wieder weggelaufen. Er hat mir Kaugummis geschenkt und mir sogar einmal seine Kekse mit Cremefüllung von seinem Mittagessen überlassen. Ich habe ihm gesagt, dass ich ihn liebe, und er ist durchgedreht. Er hat mich nie wieder gejagt und hat sich danach immer demonstrativ auf die andere Seite des Speisesaals gesetzt. Im Jahr darauf ist er weggezogen und ich habe ihn nie wiedergesehen, aber seitdem habe ich keinem anderen Typen gesagt, dass ich ihn liebe.

Ich weiß nicht, was bei dir los ist, aber ich will es dir jetzt sagen. Ich würde es mir nicht verzeihen, wenn dir etwas zustößt und ich es dir nicht sagen könnte, okay? Du musst es nicht zurücksagen, weil ich weiß, dass du gestresst bist, das höre ich an deiner Stimme und du bist vermutlich von hundert anderen Polizisten umgeben und sie starren dich vermutlich alle an und du kannst sowieso nichts sagen, weil du dann wie ein Weichei wirken würdest. Deshalb ist es schon in Ordnung, aber pass auf *dich* auf. Mach keine verrückten Sachen, zieh deine kugelsichere Weste an, auch wenn es heiß ist und du es nicht magst, wenn du dich nicht gut bewegen kannst, wenn du sie trägst. Ich werde auf TJ warten und keine Dummheiten machen, ich schwöre.«

Dax schloss die Augen. Verdammt, er liebte diese Frau. Ihm war es ein Rätsel, wie um alles in der Welt es ihr gelungen war, ihn zum Lächeln zu bringen, wo es doch *rein gar nichts* zu lächeln gab. »Ich liebe dich auch, Mack.«

»Du hast es gesagt.« Ihre Worte waren geflüstert. »Bist du allein?«

»Nein.« Dax drehte sich um und schaute auf die Männer am Tisch, die ihn allesamt neugierig beobachteten. Keiner von ihnen verbarg, dass er ihm lauschte. »Hier sitzen acht Kerle aus vier verschiedenen Behörden und starren mich an.«

»Daxton –«

»Ich muss auflegen, Liebes.«

»Okay.« Mackenzie flüsterte noch immer.

»Es wird heute Abend zwar spät werden, aber ich werde nach Hause kommen. In meiner obersten Schublade liegt ein Ersatz-T-Shirt.«

Dax lächelte, als Mack kicherte. »Ich schätze, dann schlafe ich heute Nacht wohl nicht nackt?«

»Nicht, solange TJ da ist.«

»Okay, Daxton. Ich liebe dich. Pass auf dich auf.«

»Ich liebe dich auch. Bis später. Tschüss.« Die Worte fühlten sich natürlich und richtig an.

Dax beendete das Gespräch und steckte das Handy zurück in seine Tasche. Er ging zum Tisch, hob seinen

Stuhl auf und stellte ihn wieder hin. Nachdem er Platz genommen hatte, schaute er sich im Raum um und fragte missmutig: »Was zur Hölle werden wir unternehmen, um dieses Arschloch zu schnappen?«

Die Männer am Tisch fingen an, eine Strategie zu entwickeln. Auf gar keinen Fall würden sie es zulassen, dass der Reaper Dax' Frau in die Finger bekam. Sie war nun eine von ihnen. Punkt.

KAPITEL ELF

Mackenzie lag hellwach im Bett. Etwa fünfzehn Minuten vor ihrem Feierabend war TJ gekommen, um sie abzuholen. Er hatte nicht viel gesagt, nur in ihrem Büro gesessen und darauf gewartet, dass sie ihre Arbeit beendete. Mackenzie hatte sich beeilt und kein Theater gemacht, als TJ den Arm um ihre Taille legte und sie zu seinem Streifenwagen brachte.

Es war offensichtlich, dass etwas ganz und gar nicht stimmte, und da Mackenzie nicht wusste, was sie tun oder sagen sollte, tat sie, worum TJ sie bat, und ging, ohne zu zögern, neben ihm zu seinem Wagen. Als sie in Daxtons Wohnung angekommen waren, verlor TJ keine Zeit und begleitete sie zur Tür. Er sagte ihr, sie solle im Eingangsbereich der Wohnung warten, während er hineinging und dafür sorgte, dass alles sicher war, bevor er ihr gestattete, vollständig einzutreten.

Mackenzie kochte Spaghetti zum Abendessen. Das war einfach und ging schnell. TJ dankte ihr und sie saßen mehr oder weniger schweigend beieinander. Sie wollte *wirklich* wissen, was los war, aber Mackenzie dachte sich, dass TJ es ihr vermutlich nicht erzählen würde.

Um sich die Zeit zu vertreiben, schauten sie eine alberne Realityshow aus Australien, bei der viele gehässige und zickige Frauen um einen Mann kämpften. Mackenzie hatte einmal gefragt, ob sie zu den Nachrichten umschalten könnten, und als TJ sich geweigert hatte, wusste sie, dass die örtlichen Nachrichtensender vermutlich über das sprachen, was passiert war. Schließlich ließ sie es gut sein, denn sie zog es vor, direkt von Daxton zu erfahren, was vor sich ging.

Gegen einundzwanzig Uhr teilte Mackenzie TJ mit, sie würde ins Bett gehen. Er sagte nichts weiter außer: »Schlaf gut.« Von wegen.

Wie von ihm gewünscht zog Mackenzie eins von Daxtons Ranger-T-Shirts an, wohl wissend, dass sie wahrscheinlich so lange nicht mehr nackt schlafen könnte, bis das, was vor sich ging, vorüber war, und kuschelte sich unter die Decke, während sie darauf wartete, dass Daxton nach Hause kam. Sie drehte sich auf die Seite und drückte sich das Kissen, auf dem er normalerweise schlief, an die Brust, vergrub die Nase darin und atmete Daxtons beruhigenden Geruch ein.

Zwei Stunden später war Mackenzie immer noch hellwach und zuckte bei jedem Geräusch zusammen, das sie draußen vernahm, als sie hörte, wie TJ und Daxton sich im Nebenzimmer miteinander unterhielten. Sie lag regungslos da und wartete darauf, dass Daxton zu ihr kam.

Mackenzie sah zu, wie die Schlafzimmertür leise geöffnet wurde und Daxton den Raum betrat. Ohne zu zögern, ging er direkt zum Bett, als wüsste er, dass sie wach war. Er legte sich auf die Bettdecke und zog Mackenzie mitsamt des Kissens in die Arme.

Mit einer Hand an ihrem Nacken und der anderen um ihre Taille schlang Dax die Arme um Mack. Er neigte den Kopf und drückte seine Nase in ihre Halsbeuge. Als er spürte, wie sie die Arme zwischen ihnen beiden nach oben ausstreckte und um seine Schultern legte, seufzte er. Die beiden waren sich so nahe, wie sie nur sein konnten, dabei waren sie weiterhin vollständig bekleidet.

»Es tut mir leid, Mack.«

»Nein.«

»Aber –«

»Nein. Dich trifft keine Schuld. Ich weiß noch nicht, wessen Schuld es ist, aber ich weiß, dass du nichts damit zu tun hast. Bitte also nicht um Verzeihung für etwas, das uns jemand anderes antut ... worum auch immer es sich handelt.«

»Wenn ich kein Ranger wäre –«

Mackenzie hob den Kopf und versuchte, ihn in der Dunkelheit anzusehen. »Ernsthaft, Daxton. Hör auf. Du *bist* ein Ranger. Du bist ein verdammt großartiger Ranger. Ich liebe dich für den Mann, der du bist. Wenn du kein Ranger wärst, wären wir vielleicht nicht zusammen. Ich weiß zwar noch nicht, was los ist, aber ich sehe es so, dass du dein ganzes Leben lang gearbeitet hast, um an diesen Punkt zu gelangen. Du hast gelernt, was du lernen musstest, und du weißt, was du wissen musst, um das zu unterbinden, was passiert. Ich glaube an dich. Ich liebe dich.«

»Verdammt, Liebes.« Dax sagte nichts weiter, hielt bloß das Wichtigste in seinem Leben fest in seinen Armen. »Ich liebe dich auch.« Dax' Worte waren zärtlich und aufrichtig.

Mackenzie lehnte sich zurück. »Ist TJ weg?«

»Ja.«

Sie drückte Daxton von sich. »Hast du Hunger?«

»Nein.«

»In Ordnung. Mach dich fertig zum Schlafen, ich werde hier auf dich warten. Wenn du zurück bist, kannst du mir alles erzählen, was du willst oder musst.«

Dax atmete tief ein und inhalierte den einzigartigen Duft, den Mack immer mit sich herumzutragen schien. Er war süß. Eine Art Zuckerduft. Vanille? Er wusste es nicht, aber er liebte, wie er sich mit dem natürlichen Aroma ihrer Haut vermischte. Er zwang sich, den Griff seiner Arme zu lösen und vom Bett aufzustehen. Er machte sich im Badezimmer rasch fertig und zog auf dem Weg zurück zum Bett Hose und T-Shirt aus.

Zum ersten Mal, seit sie angefangen hatten, miteinander zu schlafen, behielt Dax seine Boxershorts an. Ihm fiel auf, dass Mack wie gewünscht sein T-Shirt trug, dachte aber bei sich, dass sie sich splitternackt so verwundbar wie er fühlen müsste ... und dabei wusste sie nicht einmal, was los war.

Er schlüpfte unter die Decke und zog das Kissen aus Macks Armen. Er drehte sie auf den Rücken und stützte sich neben ihr auf. Mit einer Hand hielt er seinen Kopf, die andere schob er unter das T-Shirt, das sie trug, und ließ sie auf ihrem Bauch ruhen. Er kam sofort zur Sache.

»Der Lone Star Reaper hat wieder zugeschlagen. Heute wurden drei weitere Leichen gefunden.«

»Oh, Daxton. Das ist furchtbar.«

»Ja. Er hat mir die Nachrichten geschickt und mir gesagt, wo sie zu finden sind.«

»Was?«

Dax fuhr fort, denn er wollte das Schlimmste hinter sich bringen, damit sie besprechen konnten, wie ihre nächsten Schritte aussehen würden.

»Er hat diese Nachrichten persönlich an mich adressiert. Er hat angedeutet, dass er mich beobachtet. Er weiß von dir, Mack. Er hat dich in den Nachrichten namentlich erwähnt.«

»Oh mein Gott.«

»Es wird noch schlimmer. Kannst du es verkraften oder willst du etwas warten?«

»Schlimmer?« Mackenzies Stimme war leise. Dax hörte, wie sie tief einatmete. »Ich kann es verkraften. Erzähl mir alles, wir werden es zusammen durchstehen.«

»Seine letzten beiden Opfer sahen so aus wie du und die letzte Frau hieß Mackenzie.« Dax machte keine Pause, damit sie diese Worte verarbeiten konnte, er sprach einfach weiter. »Er hat jedoch einen Fehler gemacht, Mack. Dieses Mal haben wir Fingerabdrücke gefunden. Wir werden ihn schnappen. Er wird dich nicht anrühren.« Dax wusste, dass er es mit der Wahrheit nicht ganz so genau nahm. Selbst die Fingerabdrücke dieses Kerls würden nichts nützen, wenn er nicht zuvor bereits verhaftet worden war und seine Fingerabdrücke sich im System befanden, aber momentan würde er so gut wie alles sagen, um Mack zu beruhigen.

»O-o-okay, Daxton. Okay.«

»Du musst jedoch wachsam sein, Liebes. Ich fürchte, wir können am Sonntag nicht zu deiner Mutter fahren. Ich weiß nicht, ob er über deine Familie

Bescheid weiß, aber es wäre mir lieber, sie zu diesem Zeitpunkt nicht zu involvieren oder dorthin zu fahren und zu riskieren, dass er sie auf irgendeine Weise gegen dich verwendet. Ich hätte gern, dass du eine Zeit lang von zu Hause arbeitest, aber ich weiß nicht, ob das möglich ist. Wenn nicht, in Ordnung, aber du wirst einige grundlegende Dinge für mich tun müssen, okay? Kannst du das machen?«

»Ich kann nicht zu Hause bleiben. Uns stehen drei große Projekte bevor. Nancy würde ausrasten, wenn ich nicht da wäre, um sie für sie umzusetzen, damit sie es sich als Verdienst anrechnen kann.«

»In Ordnung. Kannst du dir dann bitte anhören, was du tun sollst, damit du in Sicherheit bleibst?«

»Natürlich. Ich will nicht lebendig begraben werden, Daxton. Ich werde alles tun, was du mir sagst.«

Dax hielt lange genug inne, um sich zu ihr zu beugen und Mackenzie einen Kuss auf die Schläfe zu geben, bevor er sich zurücklehnte. »Ich werde dich jeden Morgen bei der Arbeit absetzen und einer der Jungs wird dich abends abholen. Ich weiß, du hast bislang nur TJ und Quint kennengelernt, aber ich schwöre dir, dass du Cruz, Conor und Hayden und selbst den anderen Rangers genauso vertrauen kannst wie mir. Ich werde dich ihnen vorstellen, damit du dich in ihrer Gegenwart wohler fühlst. Verlasse nicht das Büro, nicht einmal, um schnell irgendetwas zu erledigen. Das wird nervig werden, ich weiß, aber es ist wichtig. Ich will nicht, dass er dich entführt, während du im Supermarkt bist oder so.«

»Kein Problem, das kriege ich hin.«

»Du wirst nie allein zu Hause sein. Ich will, dass du hierbleibst. Meine Wohnung ist sicherer als deine. Ich gehe davon aus, dass er weiß, wo ich wohne, er weiß jedoch definitiv über dich Bescheid. Wir müssen einen Plan entwickeln für den Fall, dass er irgendetwas Verrücktes tut, wie ein Feuer zu legen oder so was.«

»Ein Feuer? Heilige Scheiße. Daxton –«

»Ja, ich weiß, hör mir zu, Baby ...« Dax spürte, wie entsetzt Mack war, weil sie sich so sehr an seinem Oberarm festkrallte, dass er wusste, dass sie Spuren hinterlassen würde.

»Okay. Okay, sprich weiter.«

»Wenn etwas passiert und wir wegen einer Krisensituation die Wohnung verlassen müssen, verfalle nicht in Panik. Bleib dicht bei mir oder bei demjenigen, der hier ist, um auf dich aufzupassen. Weiche mir nicht von der Seite. Wenn dich jemand anruft und dir erzählt, ich sei verletzt oder getötet worden, laufe *nicht* allein los. Es wäre nur ein Trick, um dich von dem Schutz wegzulocken, den du hast. Du schreibst mir jede Stunde eine SMS und teilst mir mit, dass es dir gut geht. Auch wenn ich dir nicht antworte, kannst du dich darauf verlassen, dass ich aufmerksam bin und auf deine SMS warte.«

»Ich bin beunruhigt. Nein, ich habe furchtbare Angst.«

»Ich weiß, und es tut mir so unglaublich leid. Weißt du, was ich getan habe, als ich seine Nachrichten gelesen habe, in denen er dich bedroht hat?«

»Was?«

»Ich habe gekotzt. Im wahrsten Sinn des Wortes. Ich habe mir in einem Zimmer voller Polizisten die Seele aus dem Leib gereihert. Ich habe Angst um uns beide, Liebes.«

»Oh, Daxton.« Mackenzie holte tief Luft. Sie musste sich zusammenreißen. Es war offensichtlich, dass Daxton viel darüber nachgedacht hatte, wie er dafür sorgen konnte, dass ihr nichts passierte, und sich sehr angestrengt hatte, um alles zu arrangieren. »Ich schwöre, ich werde nicht dumm sein. Du hast gesagt, dass ihr seine Fingerabdrücke habt. Warum könnt ihr ihn nicht einfach verhaften, wenn ihr wisst, wer er ist?«

»Die Forensik funktioniert im echten Leben nicht so wie im Fernsehen. Es dauert leider nicht nur ein, zwei Stunden, um Ergebnisse zu bekommen. Es kann sich wochenlang hinziehen. Dieser Fall hat Vorrang, deshalb wird es hoffentlich nicht allzu lange dauern, aber wir müssen warten. Bei Fingerabdrücken dauert es meist nicht so lange wie bei DNA-Spuren, aber die schlechte Nachricht ist, dass seine Abdrücke eventuell nicht im System sind. Wenn er nie zuvor verhaftet wurde oder seine Fingerabdrücke für einen Job genommen und ins System eingepflegt wurden, werden wir nicht wissen, wer er ist.«

»Wie lange glaubst du, wird diese Sache andauern?«

»Ich weiß es nicht, Mack. Ich weiß es einfach nicht.«

»Soll ich die Stadt verlassen? Ich meine, ich kann irgendwo einen verlängerten Urlaub machen. Oder irgendwas anderes. Ich weiß, ich habe gesagt, dass ich bei der Arbeit gebraucht werde, aber scheiß drauf. Ich würde lieber meinen Job verlieren und lebendig sein, als von diesem Kerl geschnappt zu werden.«

»Ich liebe dich, Mack. Ich liebe es, dass du so pragmatisch bist und wegen deines Jobs oder der unerwarteten Wendung in dieser Sache keinen Wutanfall bekommen hast. Der Mann in mir möchte dir zustimmen und dich in eine entlegene, abgeschiedene Hütte im Wald bringen, wo du in Sicherheit bist, aber der Ranger in mir weiß, dass es vermutlich nichts nützen würde. Der Kerl ist durchgeknallt. Er könnte dir einfach folgen und dich schnappen, ganz egal, wohin du gehen würdest. Mir ist es lieber, wenn du hier bei mir bleibst, damit ich dich beschützen kann, anstatt dich allein wegzuschicken, wo er dich vielleicht aufspüren kann. Darüber hinaus gibt es mir die Möglichkeit, dich jede Nacht in meinen Armen zu halten.«

»Ich würde auch lieber jede Nacht in deinen Armen liegen.«

»Gut, da ist noch eine Sache.«

»Oh Gott, noch etwas?« Mackenzie holte tief Luft. »Tut mir leid, tut mir leid ... in Ordnung, sag schon.«

»Scheiße.« Dax' Stimme war leise und gequält, aber er sprach weiter. »Wir brauchen ein Codewort. Etwas, das uns darauf hinweisen wird, dass etwas nicht in Ordnung ist, wenn es über SMS geschrieben oder am Telefon gesagt wird. Wie wäre es hiermit. Wenn du zu mir sagst: ›Ich bin so tollpatschig‹, dann weiß ich, dass du in Schwierigkeiten bist, und werde alles in meiner Macht Stehende unternehmen, um zu dir zu gelangen. Wenn du hörst, wie ich sage: ›Ich bin beschäftigt‹, weißt du, dass bei mir etwas nicht stimmt und du dich in Sicherheit bringen musst, ganz egal, was das beinhalten mag. Du weißt, dass ich für dich nie zu beschäftigt bin, Mack, wenn ich es also sage oder schreibe, weißt du, dass es unser Codewort ist, okay?«

»Okay.«

Dax neigte den Kopf und lehnte seine Stirn an die von Mackenzie. »Wir werden es überstehen. Es kann nicht sein, dass ich dich nach all diesen Jahren getroffen habe, nur um dich jetzt zu verlieren.«

»Da hast du verdammt recht.«

Dax lächelte, obwohl er sich nicht danach fühlte.

»Du hast dich wirklich vor allen deinen Freunden übergeben?«

»Ja, Mack. Ich konnte nicht damit umgehen, dass er dich bedroht hat, mir ist dabei körperlich übel geworden.«

»Mir ist noch nie passiert, dass jemand sich meinetwegen übergeben hat. Ich meine, nicht weil jemand sich um mich gesorgt hat. Es hat sich aber schon einmal jemand *auf* mir übergeben. Ich war auf dem College bei einer Party und saß neben diesem Typen, den ich gar nicht beachtet habe. Plötzlich beugte er sich, ohne ein Wort zu sagen, zu mir herüber und kotzte mir sein Abendessen und den Großteil des Alkohols, den er in der Stunde zuvor getrunken hatte, auf den Schoß. Ernsthaft, es war ekelhaft und er kannte mich nicht einmal. Meine Brüder hatten sich vorher schon Sorgen um mich gemacht. Einmal habe ich mit einigen Freunden einen Ausflug zum nationalen Erholungsgebiet Amistad westlich von San Antonio gemacht. Die Gruppe beschloss, zum Einkaufen nach Acuña in Mexiko zu fahren, und meine Brüder sind vollkommen durchgedreht. Sie haben mich angerufen und mir SMS geschrieben, aber ich hatte mein Telefon ausgeschaltet, denn hallo, ich war in Mexiko und internationale Tarife sind extrem teuer, und als ich endlich wieder die Grenze überquert hatte, musste ich mir stundenlang ihr Geschrei anhören ... gut, es hat sich

angefühlt, als hätten sie mich stundenlang angeschrien. Aber kein einziges Mal in meinem gesamten
Leben war irgendjemand so besorgt um mich, dass er
sich tatsächlich übergeben hat.«

Dax holte tief Luft, um zu antworten, doch
Mackenzie legte den Finger auf seine Lippen.

»So sehr ich es auch schätze, dass du meinetwegen
dein Mittagessen rückwärts gegessen hast, gefällt es
mir dennoch nicht. Mach das nicht noch mal, Daxton.«

Dax liebte es, dass Mack, wenngleich sie erschrocken und verängstigt war, weiterhin in eine ihrer
unheimlich niedlichen Plappereien verfallen konnte,
obwohl sie das Ganze eigentlich mit einem oder zwei
Sätzen hätte sagen können. »Ich kann ebenfalls nicht
behaupten, dass es mir gefällt, Liebes. Aber ich sage
dir eins: Ich werde mir immerzu Sorgen um dich
machen. Ich sorge mich in jedem Augenblick, den du
nicht in meinen Armen verbringst. Ich werde mich
sorgen, wenn du kurz einkaufen oder schnell zum
Briefkasten gehst, weil ich in meinem Leben schon zu
viel Mist gesehen habe. Ich werde versuchen, mich
zurückzuhalten, aber du solltest wissen, dass ich über-
fürsorglich sein werde. Vermutlich bis zu dem Punkt,
an dem es dir auf die Nerven geht.«

»Weißt du was? Vor heute *wäre* es mir wahrscheinlich auf die Nerven gegangen. Aber jetzt tut es das
nicht. Ich weiß, dass du Gründe dafür hast. Deswegen
werde ich es aushalten.«

»Ich liebe dich, Mack.«

»Ich liebe dich auch.«

»Ganz egal, was passiert, du sollst wissen, dass ich tun werde, was immer ich tun muss, damit dir nichts zustößt.«

»Ich weiß.«

Als der Abend fortschritt, hielten sie einander ganz fest. Einige Stunden später schlief Mackenzie endlich ein. Erst als die Morgensonne anfing, den Himmel zu erhellen, fand auch Dax in den Schlaf.

KAPITEL ZWÖLF

Mackenzie fiel es schwer, sich auf die Tabelle vor sich zu konzentrieren. Lange anderthalb Wochen waren vergangen, seit der Lone Star Reaper sie im Grunde genommen zu seinem nächsten Opfer erklärt hatte. Die meiste Zeit hatte sie in Todesangst verbracht, aber versucht, es sich nicht anmerken zu lassen. Daxton hatte schon genug Stress, deshalb versuchte sie, ihre Ängste so gut wie möglich zu verbergen. Mackenzie ging davon aus, dass er von ihrer Angst wusste, ihr aber gestattete, sich einzubilden, dass sie es vor ihm versteckte.

Er hatte genau das getan, was er gesagt hatte. Er hatte sie jeden Morgen zur Arbeit gefahren und dann hatten er oder einer seiner Polizeifreunde sie jeden Abend abgeholt. Laine war durchgedreht, als

Mackenzie ihr erzählt hatte, was los war. Sie hatte Daxton einige Male getroffen, machte Mack aber unmissverständlich klar, was sie davon hielt, dass ihre Freundin wegen Dax' Job ins Visier eines Serienmörders geraten war.

Mackenzie konnte nicht sauer auf Laine sein. Wenn Laine sie angerufen hätte, um ihr zu erzählen, dass der Job ihres neuen Freundes gefährlich sei und jemand ihr Leben bedrohte, hätte sie sich ebenfalls fürchterliche Sorgen um Laine gemacht, dessen war sie sich sicher. Mack konnte einzig versuchen, ihre Freundin zu beruhigen, indem sie ihr sagte, dass sie vorsichtig war und keinerlei Risiken einging.

Mackenzie hatte die Nachrichten geschaut ... einmal. Es hatte ausgereicht, um sie mitten in der Nacht von einem schrecklichen Albtraum aufwachen zu lassen. Danach hatte sie die Nachrichten nicht noch mal gesehen und Dax auch keine Fragen mehr zu dem Fall gestellt. Mackenzie wusste, dass er ihr sagen würde, wenn die Gefahr vorbei wäre oder wenn die Situation sich verschlimmert hätte.

Der Nachrichtensprecher hatte langatmig von dem Profil erzählt, das das FBI entworfen hatte, und die Zuschauer gewarnt, vorsichtig zu sein und auf sich aufzupassen. Dann waren in der Sendung ganz plötzlich Aufnahmen der Opfer gezeigt worden. Drei Frauen, die alle klein und übergewichtig waren und braune Haare hatten. Doch ihre Namen hatten Mackenzie am meisten zugesetzt. Der Name der zweiten Frau lautete Monica Miller. Ihr Vor- und Nachname fingen mit einem M an, genau wie bei ihr. Es war jedoch der Name der letzten Frau, der ihr einen Schauer über den Rücken gejagt hatte, denn der lautete Mackenzie McMillian.

Mack war erst dann richtig klar geworden, dass ein Serienmörder es auf sie abgesehen hatte und sie tatsächlich in großer Gefahr sein könnte, als sie diese Namen auf dem Bildschirm gesehen hatte, die neben Bildern der Frauen eingeblendet wurden, die die gleiche Körperform hatten und so ähnlich aussahen wie sie. Sie hatte Daxton geglaubt, aber zu hören, wie er es sagte, und es zu sehen, waren zwei vollkommen verschiedene Dinge.

Nachdem sie zitternd und weinend und völlig verstört aufgewacht war, hatte Daxton sie gebeten, keine Nachrichten mehr zu schauen, solange er nicht entweder bei ihr war oder der Fall erledigt wäre. Mackenzie hatte kein Problem damit gehabt, dem sofort zuzustimmen. Die Sache war für sie nun ein wenig zu real geworden und sie wusste nicht, ob sie jemals wieder die Lokalnachrichten würde schauen wollen.

Mackenzie nahm ihr Telefon zur Hand und schickte eine kurze SMS an Daxton, um ihn wissen zu lassen, dass alles in Ordnung war. Sie hatte sich ganz genau daran gehalten, worum er sie gebeten hatte. Sie war nirgendwo anders gewesen, außer bei der Arbeit und in Daxtons Wohnung. Als sie Lebensmittel gebraucht hatten, hatte Daxton eines Abends auf dem Nachhauseweg von der Arbeit am Supermarkt angehalten. Mackenzie wusste, dass sie sich erdrückt fühlen sollte, aber wenn sie ehrlich zu sich selbst war, war das nicht der Fall.

Als das Telefon auf ihrem Schreibtisch klingelte, hob Mackenzie nach nur einem Läuten ab.

»Hallo?«

»Hey, Mack, ich bin's.«

»Hey, Daxton. Wie geht es dir?« Diese simple Frage hatte eine vollkommen neue Bedeutung bekommen und Mackenzie wusste, dass sie sie nie wieder als selbstverständlich erachten würde.

»Gut. Alles ist in Ordnung. Wie geht es dir?«

»Genauso. Nichts Neues?«

»Nichts Neues zu dem Fall, tut mir leid. Aber ich habe einige Neuigkeiten, von denen ich glaube, dass sie dir gefallen werden.«

»Ich könnte ein paar gute Neuigkeiten gebrauchen, Daxton. Schieß los.«

»Ich mache heute früher Feierabend. Ich dachte, vielleicht hast du Lust, mit mir einen Kurzurlaub zu machen.«

»Ja.«

»Du weißt doch gar nicht, wohin wir fahren.«

»Mir ist egal wohin, solange du bei mir bist.«

Dax' Stimme wurde sanfter. »Verdammt, Weib. Wie konnte ich nur so viel Glück haben?«

»Wohin bringst du mich, Daxton? Tahiti? Fidschi? Die Schweizer Alpen?«

»Nichts so Tolles, fürchte ich, aber ich werde diese Orte auf unsere Liste schreiben. Was hältst du von Austin?«

»Austin? Was ist in Austin?«

»Ich dachte, wir könnten uns ein langes Wochenende nehmen und ein paar Tage von hier verschwinden. Ich habe uns eine Suite im Hotel Ella reserviert. Das ist ein Fünf-Sterne-Hotel nicht weit vom Campus der Universität von Texas entfernt. Wir können uns dort das ganze Wochenende verstecken und brauchen uns über nichts von dem, was passiert ist, Sorgen zu machen.«

»Das klingt großartig, aber wenn ich in der Lage sein will, mir einen Tag freizunehmen, muss ich heute Nachmittag einen Haufen Arbeit schaffen. Ich weiß nicht, ob ich dich noch mal anrufen oder dir schreiben kann ... meinst du, das ist okay?«

Dax dachte kurz darüber nach, dann stimmte er zu. »In Ordnung, aber verlasse nicht dein Gebäude. Oder noch besser, bleib den ganzen Nachmittag in deinem Büro.«

»Aber Dax«, protestierte Mackenzie, »ich kann nicht noch weitere vier Stunden hier sitzen. Was, wenn ich zur Toilette muss? Was, wenn ich Durst kriege?«

»Dann verlasse nicht dein Stockwerk. Es ist wichtig, Mack.«

»Das kann ich tun. Ich kann das Wochenende kaum erwarten. Ich vermisse dich.«

»Ich weiß, Liebes. Ich vermisse dich auch. Ich will nichts mehr, als alles beiseitezuschieben und mich wieder auf dich zu konzentrieren.« Dax' Stimme wurde neckend. »Es gibt da drei neue Stellungen, die ich dir zeigen will, und auch ein paar Spielzeuge.«

»Daxton! Du kannst so etwas nicht sagen, wenn ich bei der Arbeit bin!«

»Es gefällt dir doch.«

»Kann schon sein, aber trotzdem.«

Dax lachte leise. »Okay, ich werde dich gegen siebzehn Uhr abholen und wir werden direkt nach Austin fahren.«

»Aber ich habe keine meiner Sachen hier.«

»Wir werden an einem Geschäft anhalten und Toilettenartikel kaufen. Du wirst keine Kleidung brauchen, Mack. Mein Plan sieht vor, dass du während des gesamten Wochenendes nackt bist.«

»Okay. Der Plan gefällt mir.«

»Ich liebe dich, Mack.«

»Ich liebe dich auch. Wir sehen uns in ein paar Stunden.«

»In Ordnung, Baby. Tschüss.«

»Tschüss.«

Mackenzie legte auf und lächelte. Sie konnte es nicht erwarten, San Antonio mit ihrem Mann zu verlassen. Sie hatte nicht gelogen. Es war schon zu lange her, seit sie sich im Bett miteinander Zeit gelassen hatten. Sie hatten miteinander geschlafen, aber es war gehetzt gewesen, weil sie sich beide wegen der Bedrohung, die über ihnen hing, verletzlich fühlten. Sie konnte nicht erwarten, mit Daxton zusammen zu sein, ohne dass andere Sorgen zwischen ihnen standen als die, dem anderen Lust zu bereiten.

Dax betrat Macks Bürogebäude mit langen Schritten. Er hatte seit zwei Stunden nichts mehr von ihr gehört, was aber nicht allzu beunruhigend war, da sie ihm mittags gesagt hatte, dass sie sehr viel Arbeit hätte, bevor sie wegfahren könnten. Er wollte keine voreiligen Schlüsse ziehen, aber nachdem anderthalb Wochen lang nichts annähernd Besorgniserregendes passiert war, hatte er sich eingeredet, dass Mack auf der Arbeit in Sicherheit sei. Er hatte einmal versucht anzurufen, aber sein Anruf war sofort von der Mailbox angenommen worden. Dax versuchte, es zu begründen, indem er sich sagte, sie arbeite extrahart, damit sie in der Lage wäre, für dieses lange Wochenende wegzufahren. Aber als er jetzt ihr Gebäude betrat, fühlte er sich sehr unbehaglich mit seiner Entscheidung, sich nicht vorher nach ihr erkundigt zu haben.

Die anderen Mitarbeiter wussten mittlerweile, wer er war, und grüßten ihn freundlich, als er das Büro durchquerte. Dax konnte Macks Chefin nirgends sehen. Er hielt an Macks Büro an und schaute hinein. Leer. Er drehte sich um und ging zu der Verwaltungsassistentin, die einige Arbeitsplätze weiter saß.

»Hey, Sandra, haben Sie Mack gesehen?«

»Nein, das habe ich nicht. Sie hat mir gesagt, sie würde eine kurze Pause einlegen und ist dann nicht zurückgekommen. Ich dachte mir, sie hätte Sie angerufen und beschlossen, früher zu gehen. Wir haben alle von dem tollen Wochenende gehört, das Sie geplant haben. Mackenzie hat uns alles darüber erzählt.«

Dax runzelte die Stirn. »Wann hat sie die Pause gemacht?«

Sandra schaute auf ihre Armbanduhr. »Ungefähr vor zwei Stunden, schätze ich.«

Scheiße. Zwei Stunden. Dax drehte sich um und ging rasch zurück zu Mackenzies Büro. Er umrundete ihren Schreibtisch und öffnete die Schublade, in die er sie ihre Handtasche hatte verstauen sehen. Sie war noch dort. Er sah sich auf ihrem Schreibtisch um. Macks Handy lag neben ihrer Tastatur. Er bewegte die Maus, der Monitor schaltete sich ein und Dax konnte sehen, dass Mackenzie gemäß der Bürovorschriften ihren Computer gesperrt hatte. Es sah so aus, als hätte sie ihr Büro einfach für eine kurze Pause verlassen, genau wie sie es Sandra gesagt hatte.

Dax bekam ein mulmiges Gefühl in der Magengegend. Er versuchte, sich zusammenzureißen. Nein, das hier war nichts. Mackenzie wusste, wie man vorsichtig war. Es ging ihr gut. Dax steckte ihr Handy in die Tasche und ging zurück zu Sandras Schreibtisch.

»Wo würde sie hingehen, wenn sie eine Pause macht?«

Sandra stand sofort auf. »Ich werde es Ihnen zeigen, das geht schneller.«

Dax nickte und folgte Sandra, als sie durch einen Flur vorausging und einen kleinen Pausenraum betrat, der sich am Ende des Gebäudes befand. Dax schaute sich um. In dem Raum gab es kleine Tische, an denen jeweils vier Stühle standen. An der Wand waren zwei Getränkeautomaten und ein Süßigkeitenautomat aufgestellt. An der Wand neben den Automaten gab es eine Spüle, Schränke, einen Wasserspender und einen Plastikbehälter, in dem sich Plastikbesteck und Servietten befanden. Neben der Spüle stand ein halb voller Mülleimer. Nichts wirkte ungewöhnlich.

Dax verließ den Raum und sah sich um. Zu seiner Rechten war ein Flur, der zu einem weiteren Großraumbüro führte. Zu seiner Linken befanden sich zwei Türen. Er trat an die erste heran und öffnete sie vorsichtig. Es war eine Besenkammer. Im Inneren standen ein Eimer mit einem Mopp sowie ein Putzwagen. Der Raum war sauber und aufgeräumt. Dax schloss die Tür und ging zu der anderen.

Diese führte in ein Treppenhaus.

Das unangenehme Gefühl, das Dax verspürte, wurde stärker, bis es ihm in die Kehle stieg. In der Eingangshalle, die sich im Erdgeschoss des Gebäudes befand, gab es zwar Wachmänner, aber Dax war es nicht möglich gewesen, eine Rund-um-die-Uhr-Bewachung für Mack zu bekommen. Er war arrogant gewesen und hatte gedacht, wenn er dafür sorgt, dass Haupteingang und Ausgang bewacht werden, würde ihr schon nichts passieren. Er war dumm gewesen. Dax drehte sich zu Sandra um. »Sie müssen für mich *irgendjemanden* ausfindig machen, der Mackenzie heute Nachmittag gesehen hat. Ich muss wissen, um welche Uhrzeit sie zum letzten Mal gesehen wurde und was sie gemacht hat.«

»Ja, Sir.« Sandra spürte offensichtlich die Gefahr, die Daxton ausstrahlte, nachdem er vollständig in den Ranger-Modus umgeschaltet hatte. Sie machte sofort auf dem Absatz kehrt, um das zu tun, was er ihr aufgetragen hatte.

Dax nahm sein Telefon, schaltete es mit einem Wisch ein und tippte auf Cruz' Namen. Sobald Cruz abgenommen hatte, begann Dax zu sprechen.

»Er hat Mack. Ich weiß noch nicht, wie es ihm gelungen ist, aber verdammt, Cruz, ich brauche dich.«

»Wo bist du?« Cruz verschwendete keine Zeit damit zu fragen, woher er wusste, dass Mackenzie entführt worden war. Er kam direkt zur Sache.

»Ich bin in ihrem Büro. Während der letzten zwei Stunden hat niemand sie gesehen. Die Sekretärin hat gesagt, Mack hätte ihr mitgeteilt, sie würde eine Pause machen. Der Pausenraum befindet sich neben dem Treppenhaus.«

»Ich bin auf dem Weg. Sorge dafür, dass niemand irgendwas anfasst. Wenn der Reaper zu ihr gelangt ist, ist ihr Arbeitsplatz nun ein Tatort.«

»Scheiße.«

»Bleib bei mir, Dax.«

»Dieser Wichser hat sie.«

»Dax.« Cruz sagte seinen Namen als Warnung.

Dax atmete tief durch, denn er wusste, dass er seine Emotionen unter Kontrolle halten musste. »Es geht mir gut. Komm einfach her.«

»Ich bin auf dem Weg.«

Die Verbindung wurde beendet. Dax wusste, dass Cruz Quint anrufen und es nicht lange dauern würde, bis das gesamte Gebäude voller Menschen wäre. Weil ihm klar war, dass er die Nerven verlieren würde, wenn er aufhörte, so viel nachzudenken, kehrte Dax zu Sandra zurück.

Sie hatte getan, worum er sie gebeten hatte. Um

ihren Schreibtisch war eine große Menschentraube versammelt.

Eine der Frauen sprach mit nasaler Stimme: »Hören Sie, es tut mir leid, dass Mack Sie versetzt hat, aber meine Mitarbeiter haben zu tun. Sie können nicht einfach alles stehen und liegen lassen, nur weil Sie es ihnen befohlen haben.«

Da Dax wusste, dass diese Frau Macks Chefin war, von der er schon so viel gehört hatte, sagte er knapp: »Nancy, nicht wahr?« Als sie nickte, fuhr er mit wütender Stimme fort: »Mackenzie ist verschwunden. Es tut mir sehr leid, wenn Ihre erste Sorge nicht ihr, sondern der Arbeit gilt. Verdammt, Weib, Sie arbeiten in einer gemeinnützigen Organisation, die den Menschen helfen soll. Halten Sie die Klappe und helfen Sie mir, Mack zu helfen. Wenn Sie sie nicht gesehen haben, gut, aber dann verschwinden Sie gefälligst und lassen Sie mich mit allen anderen sprechen. Nachdem ich mich mit ihnen unterhalten habe, werden sie sich wieder an die ach so wichtige Arbeit machen können, für die Sie das Lob einstreichen. Darf ich jetzt weitermachen oder wollen Sie mich noch weiter verärgern, während Mack sich in den Fängen eines durchgeknallten Serienmörders befinden könnte?«

Im Raum war es still. Niemand sagte ein Wort, als sie beobachteten, wie Nancy versuchte, etwas zu sagen, um einzulenken. Schließlich presste sie leise heraus:

»Bitte fahren Sie fort«, bevor sie sich mit wehendem Haar umdrehte, zurück in ihr Büro ging und die Tür hinter sich schloss. Dax hielt nicht inne, um sich vorzustellen, wie sehr Mack es genossen hätte, ihre Chefin dabei zu sehen, wie sie Kreide fressen muss, sondern wandte sich an die Mitarbeiter.

»Bitte hören Sie mir gut zu. Erstens, berühren Sie nichts, was Sie nicht berühren müssen. Halten Sie sich vom Pausenraum fern. Das FBI und die Polizei von San Antonio sind auf dem Weg hierher. Ich bin mir sicher, dass die Beamten Sie verhören werden, aber ich bitte Sie, denken Sie scharf nach. Wann haben Sie Mackenzie heute zum letzten Mal gesehen? Ist irgendjemandem von Ihnen etwas aufgefallen, das ungewöhnlich schien?«

Dax sah zu, wie alle Mitarbeiter mit den Schultern zuckten und die Köpfe schüttelten. Soweit er verstand war Mack an jenem Nachmittag zum letzten Mal gegen fünfzehn Uhr gesehen worden. Jetzt war es nach sechzehn Uhr dreißig.

Fast zwei verdammte Stunden. Dieser Dreckskerl hatte sie seit fast zwei Stunden. Das war ausreichend Zeit für ihn, um mit ihr aus der Umgebung zu verschwinden.

Das Telefon vibrierte in Dax' Vordertasche. Es war Mackenzies Handy, nicht seins.

Dax zog es zähneknirschend heraus, während er ein schlechtes Gefühl in der Magengegend bekam. Er wischte über den Bildschirm und brauchte kein Passwort, um die SMS zu lesen, die soeben geschickt worden war. Die vier Wörter ätzten sich in sein Gehirn und Dax konnte ein leises Wimmern nicht unterdrücken.

Das Spiel beginnt, Ranger.

KAPITEL DREIZEHN

Zwei Uhr morgens

Dax ging nervös in dem Büro der Ranger-Wache auf und ab und riss sich zusammen. Rund elf Stunden waren vergangen, seit der Reaper Mackenzie entführt hatte. Quint, Cruz und TJ sowie Hayden, die für das Büro des Sheriffs von Bexar County arbeitete, waren mit ihm dort. Conor, ein Wildhüter und Mitglied des SCOUT-Teams, hatte von Mackenzies Verschwinden erfahren und war ebenfalls hinzugestoßen. Darüber hinaus waren noch fünf weitere Mitarbeiter des FBI-Büros und der SAPD anwesend. Papiere lagen auf dem großen Konferenztisch verteilt, die Stimmen waren leise und gemurmelt, als die Männer und Frauen aufgeregt versuchten, irgendetwas zu finden, das sie zuvor übersehen hatten und das sie zu dem Mörder und dem Mann führen könnte, der eine Frau aus ihrem Kreis entführt hatte.

Dax hielt vor dem großen Panoramafenster an, durch das man auf den Parkplatz sehen konnte. Er stützte sich mit den Händen auf der Fensterbank ab, beugte sich nach vorn und starrte in die Nacht hinaus, sah aber nichts. Das Einzige, was er sehen konnte, war Macks Lächeln. Bilder erschienen vor seinem inneren Auge, als schaute er einen Film.

Mack im Bett, wie sie zu ihm auflächelte. Mack in seinem Wagen, wie sie seine Hand hielt, während sie mit der anderen wie wild gestikulierte und ohne Punkt und Komma über irgendetwas sprach. Mack in seiner Dusche. Mack an seinem Küchentisch. Mack. Scheiße.

Dax zuckte zusammen, als TJ ihm die Hand auf die Schulter legte. Aufgeregt drehte er sich zu seinem Freund um. »Habt ihr irgendwas gefunden?«

TJ schüttelte bloß den Kopf. »Nichts anderes als das, was wir schon vor ein paar Stunden hatten.«

Dax drehte sich wieder zum Fenster um. »Ich hätte nie gedacht, die Frau zu finden, die für mich bestimmt ist, TJ. Ich hatte mich damit abgefunden, allein zu sein. Mack ist mit ihrem komischen Charme und ihrem seltsamen Sinn für Humor in mein Leben gestürmt und seitdem bin ich nicht mehr der Gleiche. Ich habe sie verloren.«

»Nein! Das darfst du verdammt noch mal nicht

sagen, Dax. Du hast sie nicht verloren. Gib jetzt nicht auf. Herrgott noch mal, Mann, Mackenzie *braucht* dich. Du darfst sie nicht aufgeben.«

Dax drehte sich frustriert um und deutete aufgeregt zu dem Tisch und all den Menschen. »Wir sitzen schon seit Stunden hier und wir haben nichts. *Nichts.* Wie um alles in der Welt sollen wir diesen Kerl schnappen, wenn wir rein gar nichts über ihn wissen? Er ist uns die ganze Zeit zwei Schritte voraus. Elf Stunden sind vergangen, TJ. Elf. Verdammte. Stunden. Sie könnte mittlerweile anderthalb Meter unter der Erde begraben sein. Wir werden sie niemals finden, es sei denn, er will sich mit mir anlegen.«

Ausnahmsweise hatte TJ keine tröstenden Worte für seinen Freund. »Komm zurück an den Tisch. Lass uns noch einmal die Friedhöfe ansehen, wo die anderen Frauen gefunden wurden. Wir müssen irgendein Muster übersehen haben.«

TJ sah zu, wie Dax nickte und sich erneut abwandte, aber nicht, bevor TJ die Träne bemerkt hatte, die Dax über die Wange lief. Er drückte die Schulter seines Freundes, ging zurück zum Tisch und ließ Dax allein, damit dieser seine Trauer unter Kontrolle bringen konnte.

Sieben Uhr dreißig

. . .

Verschlafen starrte Dax auf die Protokolle der Hinweise vor sich, die bei den zahlreichen Polizeirevieren per Telefon eingegangen waren. Die Sonne war am Horizont zu sehen und es versprach ein wunderschöner Sonnenaufgang zu werden. Durch das Fenster konnte Dax die Hitze auf seinem Gesicht spüren, er machte sich jedoch nicht die Mühe aufzublicken. Er dachte derzeit einzig an Mackenzie. Er aß nicht, er schlief nicht und er schaute sich auch keinen beschissenen Sonnenaufgang an.

Quint und Cruz schnarchten auf den Stühlen neben ihm. Quint war gegen halb fünf eingeschlafen, Cruz nicht viel später. Sie waren die Einzigen, die in dem großen Konferenzraum der Ranger-Wache F zurückgeblieben waren. Dax wusste, dass seine Ranger-Kollegen schon bald eintreffen und für ihn, für Mack, ihre anderen Fälle auf Eis legen würden, doch ihm lief ein Schauer über den Rücken. Er stand kurz davor, etwas zu begreifen, doch er verstand noch nicht genau, was es war. Es war da. Er hatte etwas in den Hunderten von Seiten der protokollierten Telefonanrufe mit Hinweisen gelesen, die eingegangen waren, nachdem die Profiler des FBI das Profil des Lone Star Reapers in den Medien veröffentlicht hatten.

Dax blätterte die Seiten durch und überflog die Informationen, die er aus getrübten Augen sah. Er brauchte Kaffee, aber das würde warten müssen. Weil er dieses Gefühl erst seit Kurzem hatte, blätterte er noch mal zurück und las sich erneut die letzten Hinweise durch.

Mein Nachbar muss der Lone Star Reaper sein, denn er ist extrem unheimlich. Ich wünschte, er würde wegziehen.

Ich sehe diesen Kerl öfter im Supermarkt und er scheint auf das Profil zu passen, über das der Typ im Fernsehen gesprochen hat. Er ist mittleren Alters und er kauft immer Oliven. Ich meine, er kauft dosenweise Oliven. Das ist verrückt! Ich wette, er ist der Mörder.

Ich habe mit einem Typen gearbeitet, der einfach einen seltsamen Eindruck gemacht hat. Wir waren die nächtlichen Reinigungskräfte in diesem riesigen Gebäude und obwohl wir ständig mit Putzmitteln hantierten, waren seine Hände immer schmutzig. Er hat nie mit irgendeinem von uns anderen Zeit verbracht. Es war merkwürdig.

Ich habe Angst, mein Mann könnte der Reaper sein. Er arbeitet jedes Wochenende bis spät nachts, erhält aber zu seltsamen Uhrzeiten SMS und will sie mir nicht zeigen. Er riecht außerdem nach Parfüm. Ich wette, es ist das Parfüm dieser vermissten Frauen.

. . .

Dax schlug die Mappe zu und schleuderte sie über den Tisch. Er sah zu, wie sie auf der anderen Seite liegen blieb, kurz bevor sie über die Kante rutschen und runterfallen konnte. Er schloss die Augen und lehnte sich auf seinem Stuhl zurück. Das Leder quietschte unter ihm, als der Stuhl sich wegen seines Körpergewichts nach hinten neigte. Er drückte seine Handballen in die Augen und rieb sie.

Die Menschen kapierten es einfach nicht. Sie hielten Mackenzies Leben in ihren Händen und berichteten über untreue Ehemänner und unheimliche Arbeitskollegen, die sie für den Reaper hielten. Es war zum Verrücktwerden. Moment mal ...

Plötzlich schoss Dax auf seinem Stuhl nach vorn und schlug mit den Handflächen laut auf die Tischplatte, wodurch Cruz und Quint aufgeweckt wurden. Dax stand schnell von seinem Stuhl auf, streckte sich über den Tisch und griff nach der Mappe, die er soeben weggeworfen hatte.

»Oh mein Gott. Das muss ein Hinweis sein.«

»Was? Dax? Wie spät ist es?«

Dax ignorierte Quints verschlafenes Murmeln und blätterte aufgeregt die Protokolle durch in dem Versuch, den Hinweis zu finden, den er suchte.

Als er ihn fand, hielt er inne und reichte Cruz die Mappe. »Lies das.«

Ohne zu zögern, richtete Cruz sich auf und schien sofort hellwach zu sein. Er beugte sich nach vorn und las den Hinweis, auf den Dax sich bezogen hatte. Er sah auf. »Vielleicht.«

Dax erhob sich und ging erneut auf und ab. »Ich weiß, du denkst, ich bin verzweifelt und sehe Hinweise, wo keine sind. Aber das scheint vielversprechend zu sein. Er hat nachts gearbeitet. Er war Hausmeister. Er hatte Zeit, sich diesen Frauen tagsüber anzunähern, wenn er nicht gearbeitet hat. Wir müssen alles noch einmal durchgehen und herausfinden, ob wir die Opfer diesem Typen zuordnen können. Und Mack. Niemandem fällt in solchen Gebäuden die Putzkolonne auf. Was, wenn er gestern dort war? Mack ist zu jedem freundlich. Sie hätte sich die Zeit genommen, mit diesem Kerl zu sprechen, hätte versucht, sich mit ihm anzufreunden. Er hätte etwas getan haben können und sie durch das Treppenhaus neben dem Pausenraum aus dem Gebäude gebracht haben. Verdammt, vermutlich hat er einen Lieferwagen oder ein anderes Fahrzeug, das ebenfalls nicht ungewöhnlich aussieht.«

Cruz zog die Mappe mit den Hinweisen näher zu sich und dachte laut nach. »Seine schmutzigen Hände könnten von der Erde und dem Vergraben der Särge stammen, und es passt zum Profil.« Er erhob sich und nahm die Mappe mit. »Ich werde sofort denjenigen anrufen, der uns diesen Hinweis gegeben hat. Wir brauchen weitere Informationen. Wir müssen wissen, wie dieser Kerl heißt.«

»Wenn du den Namen hast, kann ich die Kriminaltechniker bitten nachzuforschen, wo er ebenfalls gearbeitet haben könnte. Das könnte zu einem Muster führen, das uns Aufschluss darüber gibt, wo er seine Opfer gefunden hat«, fügte Quint hinzu und stand nun ebenfalls auf. Alle Anzeichen des Verschlafenseins waren aus seinem Gesicht verschwunden. »Es könnte eine Weile dauern, aber ich werde sehen, was ich tun kann, damit sie sich beeilen.«

Dax holte tief Luft, bevor er seinen Freunden folgte. Möglich, dass es nichts war, aber es war mehr, als sie noch vor einer Stunde hatten. Er schob die Hand in die Tasche und nahm Macks Handy heraus. Gedankenverloren tippte er auf den Bildschirm und starrte die Worte an, die immer noch auf dem Sperrbildschirm zu lesen waren. Er kannte Macks Passwort, konnte sich aber nicht dazu überwinden, es zu benutzen.

Das Spiel beginnt, Ranger.

Die Worte auf dem Bildschirm verhöhnten Dax.

Worauf wartete dieser Scheißkerl? Warum hatte er ihn nicht kontaktiert? Dax ging davon aus, dass der Reaper wusste, wo er war, und vermutlich alle seine persönlichen Kontaktinformationen besaß. Wenn er mit Macks Leben ein verdammtes Spielchen spielen wollte, warum hatte er noch nicht damit angefangen?

SUSAN STOKER

Dax steckte das Telefon zurück in seine Tasche und verließ das Zimmer. Er hatte einiges zu recherchieren. Er würde diesen Wichser schnappen, und wenn es das Letzte war, was er tat. Wenn er Mackenzie tötete, was an diesem Punkt ein wahrscheinliches Ende zu der ganzen durchgeknallten Scheiße wäre, würde Dax den Reaper dafür bezahlen lassen, dessen war er sich sicher. Der Reaper würde sich wünschen, Dax oder Mackenzie niemals ins Visier genommen zu haben.

Das würde sie nicht zurückbringen, aber Dax würde sich dann besser fühlen ... vielleicht.

Zehn Uhr

Quint stürmte mit einem Zettel in der Hand in Dax' Büro. »Jordan Charles Staal. Neununddreißig Jahre alt. Hat einen Highschool-Abschluss. War zwei Jahre lang mit seiner Großcousine verheiratet. Sie ist verschwunden und ihre Informationen liegen weiterhin bei den ungeklärten Kriminalfällen. Was willst du wetten, dass er sie umgebracht hat? Wir sind immer noch dabei, etwas über seine Kindheit herauszufinden, und suchen nach Anzeichen von Missbrauch oder einem Jugendvorstrafenregister.«

Dax setzte sich auf seinem Stuhl kerzengerade hin

und durchbohrte Quint mit seinem Blick. »Jobs?«, fragte er ungehalten.

Quint saß auf der Kante des Holzstuhls vor Dax' Schreibtisch und fuhr fort: »In den letzten acht Jahren hatte er sechs verschiedene Jobs als Reinigungskraft. Bei allen hat er in der Nachtschicht gearbeitet, wie der Hinweisgeber berichtet hatte. Wir überprüfen nun die Opfer, aber aus dem Kopf fällt mir mindestens ein Gebäude ein, in dem das vierte Opfer gearbeitet hat.« Quint blickte auf. »Verdammt, Dax, wir haben ihn.«

»Es scheint zu einfach zu sein.«

»So darfst du nicht denken. Wir werden ihn schnappen und Mackenzie befreien.«

Vierzehn Uhr

Das Spezialeinsatzkommando der Rangers verteilte sich um das baufällige Haus im Westen von San Antonio. Das Viertel machte den Eindruck, als sei es einst hübsch gewesen, doch nun schienen die Häuser verlassen zu sein und fast alle benötigten größere Reparaturarbeiten.

Dax sah davon nichts. Er war auf die Tür vor sich konzentriert. Mithilfe von Staals Arbeitsunterlagen hatten sie seine Adresse herausgefunden und sobald das Spezialeinsatzkommando bereit war, hatten sie sich auf den Weg gemacht.

Dax hatte zugestimmt, beim Ansturm auf das Haus nicht in der ersten Reihe zu sein, da er persönlich zu sehr in den Fall involviert war. Er sah zu, wie die Tür durchbrochen wurde und das Team in das Haus eindrang. Er folgte ihnen mit gezogener Waffe und hielt an der unwirklichen Hoffnung fest, dass sie Staal zusammengekauert in einem Hinterzimmer finden und er ihnen sagen würde, was er mit Mack gemacht hatte.

Es wurde schnell klar, dass in diesem Haus schon sehr lange niemand mehr gewohnt hatte. Es roch muffig und überall waren Spinnweben. Irgendwann einmal waren Jugendliche eingebrochen und hatten eine Party dort gefeiert, da überall auf dem Boden Bierdosen herumlagen.

Die Adresse, die Staal seinen Arbeitgebern mitgeteilt hatte, war falsch gewesen. Hier war niemand. Weder Staal noch Mackenzie.

Dax bekam ein mulmiges Gefühl in der Magengegend. Mack war nicht hier und er hatte keine Ahnung, wo sie sich aufhielt. Er war sich nicht sicher, ob er Mack jemals lebendig wiedersehen würde. Er hatte versprochen, sie zu beschützen, und sie im Stich gelassen.

. . .

Sechzehn Uhr dreißig

Dax hörte zu, wie der Nachrichtensprecher die Fakten des Reaper-Falls leidenschaftslos vortrug.

Und jetzt Neues zu dem Mörder, dem die Presse den Namen Lone Star Reaper gegeben hat. Es wird berichtet, dass eine weitere Frau vermisst wird. Mackenzie Morgan, siebenunddreißig Jahre alt, verschwand gestern Nachmittag von ihrem Arbeitsplatz. Die Polizei in San Antonio, die Texas Rangers und das FBI arbeiten gemeinsam daran, allen Hinweisen nachzugehen.

Uns wurde mitgeteilt, dass es in dem Fall einen Verdächtigen gibt. Jordan Charles Staal. Falls Sie irgendwelche Informationen über Mr. Staals Aufenthaltsort haben oder Hinweise, die zu seinem Auffinden führen können, damit er verhört werden kann, rufen Sie bitte das Hinweistelefon der Polizeidienstelle unter der Nummer ...

Dax schaltete den Fernseher aus, denn er konnte den Anblick von Staals Gesicht nicht ertragen. Von dem dritten Ort, an dem der Mann gearbeitet hatte, hatten sie ein Bild aus der Mitarbeiterdatenbank bekommen. Er war wirklich ein unheimlich aussehender Mann. Er hatte schwarzes Haar, das zu lang war. Sein Kiefer war angespannt und auf dem Foto lächelte er nicht. An seiner rechten Gesichtsseite verlief eine Narbe, die an seinem Mundwinkel begann und sich nach oben zog, wo sie an seinem Haaransatz verschwand.

Dax schloss die Augen. Er war so müde, wusste aber nicht, ob er schlafen konnte. Ihm war klar, dass er nicht zurück in seine Wohnung fahren konnte. Dort würde er Macks Sachen sehen und die Kuhle im Kissen, auf dem sie zuletzt gelegen hatte. Er würde ihr Parfüm und ihre Seife im Badezimmer riechen, ihren Vanilleduft in der gesamten Wohnung. Nein, er müsste stattdessen versuchen, hier an seinem Schreibtisch einige Stunden zu schlafen.

Obwohl es noch nicht einmal siebzehn Uhr war, verschränkte Dax die Arme und legte sie auf die Tischplatte. Er legte den Kopf darauf, schloss die Augen und unterdrückte die Tränen. Er wusste nicht, ob er in der Lage wäre, mit Weinen aufzuhören, wenn er sie jetzt herausließe.

Achtzehn Uhr dreißig

Dax schreckte aus seiner unbequemem Position auf und schaute sich verwirrt um. Er hatte nicht gut geschlafen. Bilder von Mackenzie, die in einem dunklen Zimmer saß und nach ihm schrie, hatten ihn verfolgt. Er konnte sie nicht finden und sie brauchte ihn. Er rieb sich mit den Händen die Augen und versuchte, sich zu orientieren.

Das Handy in seiner Gesäßtasche vibrierte erneut. Dax zog es heraus und sah, dass es eine unterdrückte Nummer war. Normalerweise würde er den Anruf von der Mailbox annehmen lassen, aber solange Mackenzie vermisst wurde, wollte er keinerlei Risiken eingehen.

»Chambers.«

»Daxton?«

Dax richtete sich kerzengerade auf, dann stand er ganz plötzlich auf und verließ sein Büro. Er musste jemanden holen ... egal wen. Heilige Scheiße. Mack war am Telefon.

»Mack? Wo bist du, Liebes? Ich bin schon auf dem Weg zu dir, sag mir einfach, wo du bist, und ich werde kommen und dich holen.«

Ihre Stimme war leise und angestrengt und die Verbindung war schlecht. Es knackte und die Leitung wurde immer wieder unterbrochen, als sie die Worte aussprach, von denen Dax aus irgendeinem Grund mit jeder Faser seines Körpers wusste, dass sie kommen würden.

»Ich weiß es nicht. Ich bin lebendig begraben.«

KAPITEL VIERZEHN

Dax war bereits unterwegs gewesen, bevor Mackenzie etwas gesagt hatte, doch er hielt kurz an und stützte sich im Flur seines Bürogebäudes mit einer Hand an der Wand ab. Verzweifelt senkte er den Kopf. Dann atmete er tief ein und ging entschlossenen Schrittes den Flur entlang. Es war vielleicht Abend, aber das Gebäude war nie leer. Er beendete das Gespräch mit Mackenzie nicht, um zu versuchen, jemanden zu finden. Er würde einfach mehrere Dinge gleichzeitig tun müssen.

»Mack ...« Dax hielt an. Er wusste nicht so recht, was er sagen sollte. Was zur Hölle sagte man auch zu jemandem in ihrer Situation? Er versuchte nachzudenken. Er musste sich zusammenreißen und *nachdenken*.

»Ich liebe dich.« Das Wichtigste zuerst. Er musste Mack sagen, wie viel sie ihm bedeutete.

»Ich liebe dich auch, Daxton. Ich ... nicht, wie es passiert ist ... getrunken ... wieder aufgewacht.«

»Ich verstehe dich nur ganz abgehackt, Baby. Versuch's noch einmal.«

Dax stürmte in das Büro des Majors und bedeckte den Lautsprecher des Telefons mit seiner Hand. »Mack ist am Telefon. Sie ist irgendwo vergraben. Holen Sie Cruz und Quint an den Apparat, sofort.«

Der Major zögerte keine Sekunde. Sofort nahm er den Hörer des Telefons auf seinem Schreibtisch ab und wählte.

Mackenzies Stimme klang winzig und instabil in Dax' Ohr. Er hatte sie noch nie so unsicher gehört. »Ich weiß, wie er mich gekriegt hat. Ich war ... Arbeit, der Hausmeister ... ein Glas Wasser geholt und ich ... im Dunkeln aufgewacht. Es ist so dunkel, Daxton.«

Dax trat vom Schreibtisch des Majors zurück und drehte sich zum Fenster. Er sah einzig Mackenzies Gesicht und versuchte, sie zu beruhigen. »Es ist nicht deine Schuld. Es ist meine. Ich hätte dich nicht arbeiten lassen dürfen. Ich hätte dort sein sollen.«

»Nein, Daxton. Tu das nicht. Du konntest es nicht wissen, du konntest nicht ... dass es passieren würde.«

»Da liegst du falsch, Mack. Er wusste von dir. Ich hätte dich besser beschützen sollen.«

»Ich weiß, du hast mir gesagt, ich solle niemals zu jemandem in den Wagen steigen, der ... aber zählt es, wenn ich nicht ... was passiert ist?«

Die Verbindung war schlecht, aber Dax konnte das Wesentliche von dem, was Mack sagte, verstehen. »Ich denke, du brauchst dir keine Gedanken zu machen, Baby. Er hat dir wahrscheinlich Drogen ins Wasser getan.«

»Ja, das habe ich mir auch gedacht ... schien so nett zu sein. Ich hatte ihn zuvor noch nicht gesehen ... aber er machte sich selbst eine Tasse ... er mir auch eine anbot, stimmte ich zu. Es tut mir leid, Daxton, es tut mir so schrecklich leid.«

»Es ist okay. Es ist okay. Ich werde dich finden. Wir kennen seinen Namen. Hörst du mich? Wir wissen, wer er ist.«

»Gut. Wirst du mich finden?«

Dax hörte, wie Macks Stimme brüchig wurde. Er hielt sein Telefon so fest, dass er dachte, er könnte es zerbrechen. Er atmete durch die Nase ein in dem Versuch, seine Fassung wiederzuerlangen. »Ich werde dich finden, Baby. Ganz egal, was passiert. Ich werde dich finden und nach Hause bringen.«

Dax schaute hinüber zum Major. Er deutete zu der Tür seines Büros. Dax folgte ihm nach draußen und zurück zum Konferenzraum.

»Sieh dir das Telefon in deiner Hand an, Mack. Nimm es eine Sekunde vom Ohr und sag mir, ob du eine Telefonnummer darauf erkennen kannst. Die Nummer wurde mir als unterdrückt angezeigt, ich kann dich also nicht zurückrufen, wenn unsere Verbindung abbricht.«

»Leg nicht auf, Daxton! Oh Gott, bitte ... leg nicht –«

»Mackenzie!« Dax' Tonfall war barsch. Sie drehte durch und er wollte, dass sie sich konzentrierte, damit sie ihm helfen konnte, sie zu finden. »Hör mir zu. Bist du da? Hörst du zu?«

»Ich bin hier.«

»Atme tief durch, Liebes. Keine Panik. Wenn du Panik bekommst, wirst du zu viel Sauerstoff verbrauchen, verstehst du? Du musst so ruhig bleiben, wie es dir möglich ist. Dreh nicht durch, wenn die Verbindung abbricht. Du hast mich angerufen, nicht wahr? Du brauchst mich nur zurückzurufen. Ich bin hier.«

»Ja, okay, du hast recht. Ich ... bleibe dran und lass mich ... ob ich die Nummer sehen kann.«

Es entstand eine Pause und Dax nahm an, dass Mack die Vorderseite des Telefons betrachtete. Er wandte sich an den Major. »Was ist ihre voraussichtliche Ankunftszeit?«

»Sie sind mit Blaulicht und Sirenen auf dem Weg und das Spezialeinsatzkommando steht auf Abruf bereit. Sobald wir *irgendwelche* Informationen bekommen, sind wir bereit loszulegen.«

Mackenzies Stimme drang wieder durch das Telefon. »Ich sehe die Nummer nicht. Ich habe auf Tasten gedrückt ... Licht. Es ist so dunkel. Ich ... nicht finden ... Ich kann sie nicht finden.«

»Okay. Mach dir darum keine Gedanken. Wenn die Verbindung abbricht, kannst du mich einfach zurückrufen. Ich werde nicht auflegen. Es kann sein, dass du hörst, wie ich im Hintergrund mit anderen spreche, aber ich bin weiterhin hier, okay?«

»Okay.«

»Ich werde dich dort rausholen, Mack. Du musst mir alles erzählen, woran du dich erinnerst und was du um dich herum siehst, riechst, hörst und fühlst. Alles, Mack. Ganz egal, wie winzig es deiner Meinung nach ist. Wie unwichtig. Jede einzelne Sache wird mir helfen, zu dir zu gelangen.«

Mackenzies Beschreibung ihrer Umgebung war herzzerreißend und Dax konnte die Tränen nicht länger zurückhalten, die an der Hinterseite seiner Kehle gedrückt hatten, seit er den Anruf angenommen und Macks Stimme gehört hatte. Sie versuchte, so tapfer zu sein, und er konnte es einfach nicht ertragen.

»Ich ... ziemlich sicher ... in einem Sarg. Es gibt keinen Stoff, nur Holz, aber ... nur ein paar Zentimeter über ... Kopf, aber es scheint, als ... Platz an meinen Füßen. Zum ersten Mal ... froh, klein zu sein.«

Dax nahm ein Taschentuch aus der Schachtel in der Mitte des Konferenztisches und drehte dem Major den Rücken zu. Er drückte das Taschentuch gegen die

Augen und zwang sich, still zu bleiben. Mackenzie brauchte nicht zu hören, wie er die Nerven verlor.

»Es ist unverarbeitetes ... glaube ich. Es gibt keinen Stoff ... ich gebe zu, dass ich durchgedreht bin, als ... und an einigen Stellen ... Nägel. Ich habe dieses Telefon gefunden und ... als ... es ... später.«

Dax räusperte sich. »Mack, sag das noch einmal. Der letzte Teil war abgehackt.« Er war stolz darauf, wie normal seine Stimme klang.

»Das Telefon war hier und zwei Flaschen Wasser. Ich dachte, ich hebe sie mir für später auf.«

»Gut mitgedacht, Mack. Was hörst du?«

Mackenzie senkte die Stimme. »Nichts. Gar nichts. Es ist so still, dass ich einzig das Rauschen in meinen Ohren hören kann.«

»Was ist mit Gerüchen? Was riechst du?« Dax wusste, dass selbst die unbedeutendste Sache den Unterschied ausmachen konnte, ob sie Staal und damit Mack fanden ... oder keinen von beiden.

»Erde. Daxton, ich rieche Erde. Ich habe solche Angst ... ich dachte, ich würde tapfer sein, aber ich kann nicht ...«

Dax' Herz fühlte sich an, als würde es ihm aus dem Körper gerissen, so schlimm schmerzte es. Zu hören, wie Mackenzie anfing zu schluchzen, war absolut herzzerreißend.

»Pst, Baby. Atme tief ein und aus. Ich weiß, dass du Angst hast. Mir geht es genauso. Ich tue alles, was ich kann, um dich zu finden. Hörst du mich? Verliere nicht den Glauben an mich.«

Als Mackenzie versuchte, ihr Schluchzen zu kontrollieren, hörte Dax, wie die Tür geöffnet wurde. Mit wahnsinnigen Blicken in den Augen betraten Quint und Cruz den Raum.

»Ist sie das?«, fragte Quint.

Dax nickte.

»Ist das dein Handy? Die Jungs überprüfen, ob sie den Anruf zurückverfolgen können«, erklärte Cruz Dax nüchtern.

Dax nickte erneut und war sehr erleichtert, dass seine Freunde dort waren.

»Hat sie dir schon irgendwas sagen können?«

Dax hob einen Finger, um Quint zu signalisieren, er solle kurz warten. Er sprach wieder ins Telefon. »Mack? Quint und Cruz sind hier. Kannst du mir einen Moment geben, um mit ihnen zu reden?«

»Ja. Ich bin okay. Rede ... ihnen.« Mackenzies Stimme klang dieses Mal etwas kräftiger.

»Ich bin so verdammt stolz auf dich, Liebes. Ich kann dich weiterhin hören, aber ich werde mich einen Moment lang stummschalten. Ich lege nicht auf, okay? Bleib dran.«

Dax hielt sich das Telefon weiterhin ans Ohr, weil er keine Sekunde lang außer Hörweite von Mackenzie sein wollte, für den Fall, dass sie ihn brauchte.

»Sie ist in einer handgefertigten Holzkiste,

scheinbar wie die anderen, zwei Wasserflaschen, Handy. Sie kann nichts hören, aber Erde riechen. Der Mistkerl muss sie unter Drogen gesetzt haben. Sie hat ihn im Pausenraum gesehen und er hat ihr ein Glas Wasser gebracht. Das ist so ziemlich das Letzte, woran sie sich erinnert. Ich glaube nicht, dass sie in der Lage sein wird, uns irgendwelche Informationen zu geben.« Dax schwieg und sah seinen Freunden in die Augen. »Helft mir. Um Gottes willen, helft mir doch.«

»Nach den heutigen Abendnachrichten sind weitere Hinweise eingegangen. Wir gehen ihnen derzeit nach.«

»Es muss schneller gehen, Quint.«

Quint nickte bloß, ging zum Tisch, nahm sein Telefon aus der Tasche und tippte einige Male darauf herum.

Dax konnte nicht sehen, was Cruz tat, richtete seine Aufmerksamkeit aber wieder auf Mack und schaltete die Stummschaltung aus, damit sie ihn wieder hören konnte. »Ich bin wieder da, Liebes.«

»Daxton?«

»Ja, Mack. Ich bin hier.«

»Weiß meine Familie Bescheid?«

»Ja, sie weiß es.« Vor seinem kurzen Nickerchen hatte Dax einen Anruf von ihrem Bruder Mark abgefangen. Er war außer sich vor Wut gewesen, und das zu Recht, und Dax hatte ihm versprochen, dass sie alles taten, was ihnen möglich war, um seine Schwester zu finden. Dax wusste, dass seine Worte in keiner Weise tröstend für den Mann waren, weil sie es für seine eigenen Ohren ebenfalls nicht waren.

»Zeig ihnen keine Fotos ... Tatort. Ich will nicht ... mich so sehen.«

»Scheiße, Baby.«

»Versprich es«, forderte sie.

»Ich verspreche es.«

»Erinnerst du dich ... ersten Kuss?«

»Wie könnte ich das vergessen?«

»Du hast mich gegen die Wand gedrückt ... versucht, mir Angst zu machen. Ich habe dir gesagt, dass ich keine Angst ... habe und du hast dich runtergebeugt ... mich geküsst. Ich habe dir nicht erzählt ... hättest du gefragt, hätte ich ... durch den Flur geschleift ... und zu meinem ... und hätte dort mit dir Liebe gemacht. Du riechst fantastisch. ... ich dir das jemals gesagt? Also ... tust du. Ich liebe es ... riechst. Männlich und ... du solltest diesen Mist in Flaschen abfüllen, du ... eine Menge Geld verdienen. Aber ich ... für mich behalten. Ich würde alles geben ... dich jetzt ... riechen.«

Dax schloss die Augen. Er liebte es, wie Mack plappern konnte, selbst wenn sie Todesangst hatte und unter der Erde begraben war. »Ich erinnere mich an den Abend. Ich hätte mich nicht zurückhalten können, dich zu küssen, selbst wenn mein Job davon abgehangen hätte. Du warst so süß und hattest überhaupt keine Angst vor mir. Und Mack, du denkst vielleicht, dass ich gut rieche, aber du ... du bist darin die Marktführerin. Jeden Morgen, bevor ich aufstehe, beuge ich mich zu dir und vergrabe meine Nase in deinem Haar. Es riecht nach Vanille oder so was. Ich weiß nicht genau, was es ist, aber es ist dein Geruch. Und ich liebe ihn.«

»Wirklich?«

»Wirklich.«

Dax fiel auf, dass Cruz ihm wie wild vom Tisch aus zuwinkte.

»Bleib dran, Mack, okay? Ich muss mit Cruz sprechen.«

»Okay. Es ist ja nicht so, als ... irgendwo hingehen.«

Dax lachte, obwohl es nichts zu lachen gab, und ging die vier Schritte zu Cruz hinüber. Er bedeckte den Lautsprecher des Telefons mit seiner Hand.

»Was hast du?«

»Einer der Hinweise stammt von einem Bestattungsunternehmer. Er hat die Nachrichten gesehen und Staal erkannt. Er sagte, er hätte ihn einige Male bei zahlreichen Aufbahrungen gesehen, um ›seine letzte Ehre zu erweisen‹. Ich schätze, Staal kennt die Verstorbenen nicht einmal, er geht einfach nur dorthin, weil es ihn anmacht, die Leichen in den geöffneten Särgen zu sehen.«

Dax verstand, worauf Cruz hinauswollte. »Dann

SUSAN STOKER

haben wir soeben das Gebiet eingegrenzt, in dem er wohnen könnte.«

»Genau.«

Quint sprach in sein Handy und befahl der Person, die sich am anderen Ende befand, sich »gefälligst zu beeilen«.

»Daxton?«

Dax wandte die Aufmerksamkeit von seinen Freunden ab und richtete sie sofort wieder auf Mackenzie. »Ja, Liebes?«

Ihre Worte waren nun gekeucht. Dax versuchte, nicht in Panik zu verfallen. Ihm lief die Zeit davon, verdammt.

»Ich bereue es nicht, dich getroffen zu haben.«

»Baby –«

»Nein, wirklich. Selbst wenn ich bei unserem ersten Treffen gewusst hätte, wie es enden würde, wäre ich trotzdem ... dir ausgegangen. In den letzten ... Monaten war ich glücklicher als ... meinem Leben. Ich weiß, ich bin nicht perfekt, verdammt ... eine Nervensäge. Ich habe niemanden getroffen ... der ... ertragen hat. Aber du, du hast einfach ignoriert ... ich gemeckert habe und mich angegrinst. Am Anfang war ... nervig, aber du hast mich wirklich zum Nachdenken gebracht. Es ist mir ... egal, ob du die ... mit der Klinge zuerst reintust. Es ist dämlich, über ... zu streiten. Du sollst wissen, dass ich ... nicht bereue, dich ... zu haben. Ich weiß jetzt, was Liebe ist, und ... in Ehren halten.«

»Mack.«

»Nein, ich bin noch nicht fertig.«

Wieder lächelte Dax traurig und senkte den Kopf. Verdammt. Sie brachte ihn um.

»Lass dich von dieser Sache nicht ... es erneut zu versuchen. Du hast die Liebe einmal gefunden, du wirst ... finden. Und sag mir nicht ... zu alt bist. Das ist dummes Zeug. Du solltest ... Risiko eingehen. Hör nicht auf zu leben, weil ich es getan habe.«

»Scheiße!« Das Wort brach aus Dax' Mund heraus und er ertrug es nicht länger. Er ging einen Schritt auf den Tisch zu, gab Cruz sein Handy und verließ den Konferenzraum.

KAPITEL FÜNFZEHN

Mackenzie versuchte, ihr Schluchzen zurückzuhalten, doch es gelang ihr nicht. Sie hatte jedes Wort, das sie zu Daxton gesagt hatte, ernst gemeint. Sie bereute keine Sekunde ihrer Beziehung, obwohl sie dazu geführt hatte, dass sie lebendig begraben worden war. Es war nicht Daxtons Schuld und sie hätte das Gefühl, geliebt zu werden und im Gegenzug zu lieben, für nichts in der Welt aufgegeben.

Es war nicht ihre Absicht gewesen, Daxton traurig zu machen, aber sie wusste, dass sie diese Worte aussprechen musste. Sie hoffte, er würde ihr vergeben.

Mackenzie fühlte sich unwohl. Sie lag schon viel zu lange in der gleichen Position. Sie konnte sich nicht aufsetzen, sie konnte sich nicht umdrehen, der Raum, den sie hatte, war einfach zu klein. Sie versuchte, sich zur Seite zu drehen, doch es gelang ihr nicht. Ihre

Hüften taten weh, ihr Hintern tat weh und sie hatte schreckliche Angst. Sie wusste außerdem, dass sie sterben würde.

Der Sauerstoff in dem Sarg wurde weniger. Mackenzie bemerkte es daran, dass sie während ihres Gesprächs mit Dax mehr und mehr keuchte. Sie hatte keine Ahnung, wie lange sie schon dort drinnen lag. Sie war vollkommen durchgedreht, als sie zu sich gekommen und ihr klar geworden war, dass sie sich nicht bewegen konnte. Sie hatte Panik bekommen und sich in ihrer Angst mehr als einmal den Kopf an dem Deckel der Kiste angestoßen. Sie musste ohnmächtig geworden sein, aber nachdem sie wieder zu Bewusstsein gekommen war und sich beruhigt hatte, war Mack sofort klar gewesen, was passiert war.

Der verdammte Hausmeister.

Er hatte ihr nicht einmal die Gelegenheit gegeben, sich gegen ihn zu wehren. Die Drogen hatten dafür gesorgt, dass sie schwach auf den Beinen und orientierungslos war. Als sie am Fuß der Treppe angekommen waren, hatte er sie praktisch tragen müssen. Mackenzie erinnerte sich an nichts, was danach passiert war, und hatte erst in der Kiste ihr Bewusstsein wiedererlangt. Es konnte eine Stunde vergangen sein oder drei Tage. Mack hatte einfach keine Ahnung.

Sie hatte viel zu lange damit zugebracht, wie wild in dem Sarg um sich zu schlagen, bevor sie tief durchgeatmet hatte, um sich zu beruhigen. Sie hatte

versucht, die Kiste abzutasten, und dabei die Wasserflaschen und das Telefon entdeckt, das neben ihrer
Schulter gelegen hatte. Der Mistkerl hatte gewusst,
dass sie diese Dinge nicht erreichen könnte, wenn sie
neben ihren Füßen lägen.

Mackenzie versuchte, mit Daxton zu sprechen.
»Hallo? Daxton? Bist du da?«

»Hey, Mackenzie, hier ist Cruz.«

»Wo ist Daxton?«

»Er macht eine Pause, er wird gleich zurück sein.
Wie schlägst du dich?«

»Cruz, ich werde es nicht ... das Atmen fällt mir
schwer ... weiß einfach, dass ... nicht überlebe.«

»So darfst du nicht denken. Wir stehen kurz
davor, eine Lösung zu finden. Gib uns jetzt nicht
auf.«

»Ich ... nur praktisch. Bitte, versprich ... lass Daxton
nicht zu ... Einsiedler werden. Sorge dafür ... rausgeht
und jemanden kennenlernt ... lass nicht zu ... den Rest
seines Lebens ... allein ist. Ich könnte ... nicht ertragen
... bitte?«

»Das werde ich nicht, Mackenzie. Ich verspreche
es.«

»Danke. Ich ... eine Frage.«

»Du kannst alles fragen.«

»Wie zur Hölle ist es mir möglich, mit ... über ein
verdammtes Handy ... zu sprechen ... ich unter der
Erde bin?«

Cruz erstarrte. Heilige Scheiße. Wie zum Teufel konnte ihm das entgangen sein?

Mackenzie fuhr fort. Cruz konnte sie trotz der schlechten Verbindung verstehen, wenngleich sehr schlecht.

»Ich meine, Erde ... nicht die Verbindung? Es macht keinen ... dass ich ... eine Verbindung bekomme ... ich unter der Erde bin. Oder? Verdammt, einmal ... Mark angerufen, als ich ... Wagen durch ... Tunnel fuhr und ... Verbindung ist mitten ... Gespräch zusammengebrochen. Natürlich ... mir die Schuld gegeben und gesagt ... versuchen, zu vermeiden ... zu sprechen, aber ich habe gesagt ... schlechte Verbindung ... weil ich in einem Tunnel war. Ich dachte ... daran und ich ... es nicht.«

»Hör mir zu, Mackenzie. Hörst du mich?« Als sie bejahte, sprach Cruz weiter. »Wir stehen kurz davor herauszufinden, wo dieser Kerl wohnt. Sobald wir es wissen, werden wir uns zu seinem Haus begeben. Wir werden ihn schnappen und er wird uns sagen, wo du bist. Vielleicht bist du noch nicht unter der Erde, vielleicht hat er den Sarg irgendwo gelagert, bis er zum Friedhof zurückkehren kann, um ihn zu begraben. Vielleicht ist das der Grund, warum du am Handy sprechen kannst. Ich weiß es nicht. Aber selbst wenn du unter der Erde bist, hältst du durch. Hast du mich verstanden? Atme langsam, tue, was immer du tun musst, aber halte verdammt noch mal durch. Du darfst nicht aufgeben. Nicht, wenn wir so kurz davor stehen. Hörst du?«

»Du sagst das nicht ... so? Ihr seid wirklich ... Weg?«

»Das sind wir wirklich.« Cruz verzieh sich diese kleine Notlüge. Derzeit waren sie nirgendwohin auf dem Weg. Sie benötigten weiterhin mehr Informationen.

»Ich wünschte, ich könnte mehr tun, um euch zu helfen. Ich fühle ... nutzlos hier. Wenn ich eine wahre Heldin wäre ... alle Informationen geben ... euch zu mir führen würden.«

»Mach dir darüber keine Gedanken, Mackenzie. Es ist unsere Aufgabe, das zu tun. Deine Aufgabe besteht einzig darin, auf unser Eintreffen zu warten. Und weiterzuatmen. Nichts anderes.«

»Okay. Ist Daxton da?«

»Noch nicht, aber er wird bald wieder zurück sein.«

»Okay.«

Quint legte den Hörer des Telefons auf, an dem er gehangen hatte, und fluchte. Mit hochgezogenen Augenbrauen drehte Cruz den Kopf in seine Richtung. »Wo ist Dax? Er muss seinen Arsch hierher bewegen. Es gibt eine Entwicklung.«

Gerade als Quint diese Worte ausgesprochen hatte, trat Dax wieder ein. Die Fingerknöchel seiner linken Hand waren blutig, aber keiner sagte etwas darüber. Es war offensichtlich, dass Dax Quints Worte gehört hatte, trotzdem ging er direkt zu Cruz und streckte die Hand nach dem Telefon aus. Cruz reichte es ihm sofort.

»Mack?«

»Ja ... hier.«

»Okay, warte kurz, ich muss mit Quint sprechen. Er hat Neuigkeiten für uns. Wir kommen näher. Ich schwöre es.«

»Ich weiß. Ich werde hier sein, wenn ihr mich findet, Daxton.«

Dax aktivierte die Stummschaltung und drehte sich zu Quint um.

»Beim Hinweistelefon ist soeben ein Anruf eingegangen. Ich werde dir vorlesen, was der Anrufer gesagt hat.« Quint schaute Dax in die Augen. »Reiß dich zusammen, Dax. Mackenzie braucht dich.«

Dax biss die Zähne aufeinander. Er hatte keine Ahnung, wie viel er noch ertragen konnte. Er nickte.

»Die Stimme des Anrufers war dieses Mal nicht verfälscht. Es war ein Mann. Er sagte, und ich zitiere: ›Hier ist Jordan Staal. Ich hoffe, Ranger Chambers hat Spaß daran, mit seiner Geliebten zu sprechen. Es war wirklich zu einfach, zu ihr zu gelangen. Er sollte auf die Menschen, die ihm etwas bedeuten, besser aufpassen. Und die Erinnerung an diesen ersten Kuss wird ausreichen müssen, um ihm für den Rest seines Lebens über den Verlust hinwegzuhelfen. Zu schade, dass er sie an dem ersten Abend nicht gefickt hat.‹«

Nachdem Quints Stimme verstummt war, herrschte im Raum Stille, bis Dax sie durchbrach. »Dieser Wichser hört mit. Er hat das verdammte Telefon zu ihr in den Sarg gelegt, damit er zuhören kann, wie sie mich anruft.«

Niemand sagte etwas. Mit jeder Minute, die verstrich, wurde das Ausmaß von Staals Grausamkeit deutlicher.

Das Klingeln von Cruz' Handy unterbrach die schwere Stimmung im Raum. »Livingston. Ja. Verstanden. Treffen in zehn Minuten in der Ranger-Wache. Ende.«

Cruz sprach leise. »Das Spezialeinsatzkommando ist bereit. Wir haben eine Adresse. Der Wichser hat einen Fehler gemacht. Er hat der ersten Firma, für die er gearbeitet hat, eine andere Adresse gegeben. Es ist dieselbe Adresse, von der seine Frau als vermisst gemeldet wurde. Dieses Mal ist er es. Ich spüre es. Wir brechen in zehn Minuten auf. Wir werden deine Frau holen, Dax.«

Dax nickte einmal und war schon auf dem Weg, bevor Cruz überhaupt zu Ende gesprochen hatte. Zehn Minuten, die sich wie zehn Stunden anfühlten. Er schaltete die Stummschaltung des Telefons wieder aus. »Mack?«

»... du mich schon gefunden?« Ihre Stimme war leise, aber unbeugsam. Es war offensichtlich, dass Mackenzie furchtbare Angst hatte, aber sie unterdrückte sie. Sie hielt tapfer durch, weil sie glaubte, dass er kam, um sie zu befreien.

»Wir arbeiten daran.« Dax wollte nichts sagen, das Steel darauf aufmerksam machen könnte, dass sie in diesem Moment auf dem Weg zu ihm waren, um ihn zu verhaften. Er hasste es zu wissen, dass dieses Arschloch seinem Gespräch mit Mack zuhörte, aber er konnte es ihr nicht sagen. Dax wusste, dass er so tun musste, als hätte er keine Ahnung. Er fühlte sich schlecht, weil er es Mack vorenthielt, aber er hatte keine Wahl. Dax wollte ihr etwas Hoffnung geben, damit sie so lange durchhielt, bis er zu ihr gelangen konnte. Er atmete tief ein und schickte ein Stoßgebet zum Himmel in der Hoffnung, sie würde verstehen, was er sagte. »Erinnerst du dich daran, als wir uns über Weihnachten unterhalten haben, Liebes?«

»Äh, nein.«

»Du weißt schon, du hast mir erzählt, wie Matthew dich nach unten zum Schrank gebracht und dir erzählt hat, dass deine Eltern der Weihnachtsmann sind. Du sagtest, du hättest eine Weile geweint, bis er dir gezeigt hat, wie man nur die Enden der Geschenkpakete öffnet, um zu sehen, was sich darin befindet, und danach konntest du sie wieder zukleben und keiner würde wissen, dass du heimlich nachgeschaut hast.«

Mackenzie schloss die Augen und versuchte, sich an jedes Gespräch zu erinnern, das sie mit Daxton über Weihnachten geführt hatte ... Schließlich fiel es ihr ein. Sie hatten über gespannte Erwartung gesprochen und dass Mackenzie keine Geduld hatte. Sie hasste es zu wissen, dass sie auf etwas warten musste. Sie hatte Daxton erzählt, dass es ihr immer lieber wäre, überrascht zu werden, als zu wissen, dass etwas bevorstand. Ferien, Geschenke, Urlaube ... alles war eine Qual, wenn sie wusste, dass sie bevorstanden, aber noch nicht ganz da waren.

»Oh ja, jetzt erinnere ich mich.«

»Nun, hierbei ist es genauso.« Dax hoffte inständig, dass Mack verstehen würde, was er so verzweifelt zu sagen versuchte.

Mackenzie versuchte angestrengt, zwischen den Zeilen dessen zu lesen, was Daxton gesagt hatte. Es war offensichtlich, dass er versuchte, ihr etwas mitzuteilen. »Okay, Daxton.« Sie dachte darüber nach ... sie dachte, er sagte, dass sie durchhalten musste ... dass sie Geduld haben musste, weil er auf dem Weg war. Das wäre keine Überraschung, er würde kommen. Das hatte sie verstanden. In dem Moment beschloss Mackenzie, dass gespannte Erwartung nicht unbedingt etwas Schlechtes war.

»Okay, Mack. Cruz' Techniker arbeiten, so hart sie können. Wir haben es fast geschafft. Ich schwöre. Du musst einfach durchhalten. Baby? Ich muss das Telefon von meiner Seite stummschalten, aber ich kann dich weiterhin hören, okay? Sprich einfach weiter mit mir. Ich kann dich gut hören. Was auch immer du sagen musst, sag es.«

Mackenzie wollte nicht, dass Daxton das Telefon stummschaltete. Sie wollte die Augen schließen und das leise Brummen seiner Stimme hören, während er mit ihr sprach. Die Stille erdrückte sie, als er von seiner Seite das Gespräch stummschaltete, und ließ ihr Grab noch winziger wirken, als es war, trotzdem antwortete sie zustimmend: »Okay.«

Mackenzie strengte sich an, am anderen Ende der Leitung irgendetwas zu hören. Sie hörte nichts. Der Sarg war luftdicht und es war vollkommen still darin. Um die Stille zu durchbrechen, begann sie zu reden. Sie konnte einfach nicht in vollkommener Stille daliegen.

Dax hielt sich das Telefon ans Ohr und hörte Mack zu, wie sie über nichts Bedeutendes sprach. Ihre Stimme brach weiterhin immer wieder ab und kehrte zurück, aber Dax interessierte es nicht. Sie redete und das bedeutete, dass sie atmete. Damit würde er sich zufriedengeben. Er öffnete die Tür zur Garage und nickte überrascht Conor und TJ zu. Die beiden hatten offensichtlich Erlaubnis erhalten, Teil des Teams zu sein, das in das Haus eindringen würde. Er blickte zustimmend in die Gesichter der anderen Männer, die sich versammelt hatten. Das Spezialeinsatzkommando war bereit.

»Ich habe die Koordinaten von Staals Haus auf

dein GPS geschickt. Wir gehen leise rein. Er hört das Gespräch zwischen Chambers und Miss Morgan mit. Wenn Dax das Zeichen gibt, hält jeder die Klappe. Wir wollen uns an ihn ranschleichen. Er darf nicht wissen, dass wir auf dem Weg sind. Verstanden?«, sagte Cruz zu den Männern, die auf den Befehl warteten, sich in Bewegung zu setzen und einen Mörder zu verhaften.

Alle nickten. Dax legte sein Handy auf den Kofferraum des Wagens, der sich vor ihm befand, während er eine kugelsichere Weste anzog. Er würde erneut nicht Teil des Teams sein, das zuerst in das Haus eindrang, sondern es wieder Cruz' Leuten überlassen. Nichts konnte ihn jedoch davon abhalten, sie zu begleiten. Er nahm wieder das Telefon zur Hand und setzte sich auf den Vordersitz von Quints Streifenwagen.

Neun Minuten. In neun Minuten würde Dax in der Lage sein, Jordan Charles Staal ins Gesicht zu blicken und herauszufinden, wo er seine Frau versteckt hatte.

KAPITEL SECHZEHN

»Hast du ... Reservierung ... Hotel in Austin storniert? Denn ... darfst ... Geld nicht verschwenden. Sorge ... dass sie ... Karte nicht belasten. Ich habe einmal einen Urlaub geplant ... wurde Mom krank ... vergessen anzurufen und musste ... Dollar bezahlen. Sie haben sich geweigert ... zu stornieren, selbst ... Arztrechnung geschickt habe ... Mom krank war. Mistkerle. Es ... nicht viel, aber du solltest ... diesem Scheiß nicht durchkommen lassen. Wenn du mich gefunden hast ... fahren wir dorthin? Es klang ... und ich habe mich gefreut, das Wochenende mit dir im Bett ... verbringen.«

Mackenzie machte eine Pause und keuchte. Sie hatte keine Ahnung, ob Daxton ihr überhaupt noch zuhörte, aber sie hörte nicht auf zu reden. Obwohl ihr schwindelig war und ihre Brust schmerzte, wenn sie atmete, hörte sie nicht auf.

»Ich hasse Mathe. Ich weiß nicht ... es ist einfach so. Ich weiß, wir brauchen ... und ... benutzen es ständig, aber ... bin schlecht darin. Es ist dumm ... ist gar nicht so schwer. Aber ich habe einfach nie ... wie ich es in meinem Kopf machen soll. Ich bin immer ... die falsche Spalte gerutscht und hatte ... Ende das falsche Ergebnis. Zum Glück ... Taschenrechner. Wo wären wir ohne ...? Ich benutze ... ständig. Es ist peinlich ... jeden Tag hervornehmen ... müssen. Ich sehe bestimmt wie ... sechsjähriges ... aus.«

Mit zusammengepressten Zähnen hörte Dax zu, wie Mack weiterplapperte. Ihre Stimme war immer leiser geworden und er hasste es. Er wollte ihr sagen, sie solle aufhören zu reden, still sein und mit dem Sauerstoff in ihrem Grab haushalten, aber er brachte es nicht übers Herz. Er speicherte jedes Wort aus ihrem Mund in seiner Erinnerung ab ... zur Sicherheit.

Der Wagen wurde an einer Straße in einem hübschen Viertel im Norden von San Antonio angehalten. Die Rasenflächen waren gepflegt und Dax konnte sogar einige Menschen sehen, die im Garten spielten. Es war nicht die Art von Viertel, in dem er einen Dreckskerl wie Staal vermutet hätte. Er tippte auf sein Telefon, um die Stummschaltung auszuschalten.

»Mack?«

»Daxton! Ich bin hier, ich bin hier.«

Dax hatte Magenschmerzen. Selbstverständlich war sie dort. Wo sollte sie auch hingegangen sein? »Ich liebe dich. Du machst das toll.«

»Ich … das Atmen tut weh.«

Dax schloss die Augen. Scheiße. »Ich weiß, aber mach trotzdem weiter. Die Kriminaltechniker sind soeben eingetroffen und ich werde eine Weile beschäftigt sein, aber ich lege nicht auf. Sprich nicht weiter, Baby. Du musst den Sauerstoff sparen. Entspann dich einfach ein wenig, okay?«

»Es ist zu still … Klingeln in den Ohren. Ich … es nicht.«

Da er wusste, dass er sie während der nächsten fünfzehn Minuten nicht beruhigen könnte, schlug Dax vor: »Würde es dir helfen, wenn ich mein Telefon an das Radio anschließe? Dann wäre es nicht so still und du würdest deinen Atem nicht mit Reden vergeuden.«

»Ja, das wäre schön. Solange nicht … gottverdammte Stille …«

»Okay, Liebes. Du weißt, dass ich dich liebe, nicht wahr? Ich werde dich finden. Schon bald. Du musst nur durchhalten.«

»Ich werde es versuchen, aber … wird schwer. Wenn du mich … findest, mach dir keine … ich würde nichts ändern … dich zu lieben. Keine einzige Sache. Ich habe gehört, dass … nicht wehtut, du weißt schon … dass ich … im Grunde genommen einschlafe …«

Mein letzter Gedanke ... du. Ich werde mich an das Gefühl ... Hände auf meinem Körper und ... Lippen auf meinen. Trauere nicht ewig um mich, Daxton. Das ist ein Befehl.«

Dax schluckte schwer und ignorierte die Hand, die Quint ihm in stiller Unterstützung auf die Schulter legte. »Ich werde dich für immer lieben, Mack. Es wird niemanden geben, der dich in meinem Leben und meinem Herzen auch nur annähernd ersetzen kann. Du bist wirklich das Beste, was mir jemals passiert ist. Halte für mich durch, solange du kannst ... aber wenn es zu viel wird und du einschlafen musst ... das ist okay. Halte nicht für mich durch, wenn es wehtut. Tu das, was du tun musst. Ich will nicht, dass du Schmerzen hast, verstanden?«

Dax konnte Mack schniefen hören. Ihre Worte waren nur noch ein leiser Hauch. »Ich will nicht sterben. Ich will leben ... noch fünfzig Jahre mit dir ...«

»Ich weiß, Mack. Ich weiß. Oh Gott, Baby.« Dax wusste nicht, was er sagen sollte. Er wollte ganz sicher ebenfalls nicht, dass sie starb, aber in diesem Augenblick hatte er keine Ahnung, wie er es verhindern sollte. Er war vollkommen hilflos und konnte rein gar nichts für sie tun, außer zu versuchen, ihr weiterhin Mut zuzusprechen.

»Ich liebe dich, Daxton Chambers.« Durch Zufall wurden ihre Worte nicht abgeschnitten.

Dax wusste, dass er sich beeilen musste. »Ich liebe

dich auch. Ich werde dir Musik der Achtziger anmachen, der du zuhören kannst, okay?« Er hörte, wie sie leise lachte.

»Musik der Achtziger. Was jedes Mädchen, das in ... Sarg eingesperrt ist, hören will. Schon gut. Alles ... Ordnung, solange es keine Stille ist. Pass auf dich auf, Daxton. Mach ... Dummheiten.«

Dax flüsterte seine Worte. »Das werde ich. Ich liebe dich, Liebes.« Er wartete nicht auf ihre Antwort, denn er wusste, es würde ihm das Herz direkt aus der Brust reißen, wenn er noch einen weiteren Satz von ihr hören müsste. Er legte sein Handy auf das Armaturenbrett und nahm Quints Telefon, das er ihm hinstreckte. Er öffnete die Musik-App, wählte eine Liste mit Liedern der Achtziger und wartete, dass die Musik anfing. Er legte Quints Handy mit dem Gesicht nach unten auf seins, dann schloss er die Augen, küsste seine Finger und drückte sie einen Moment lang auf die Telefone.

Abrupt wandte er sich vom Armaturenbrett des Wagens ab und öffnete die Tür. Nachdem er ausgestiegen war, schloss er leise die Tür, damit über die Telefonleitung kein Geräusch zu hören war, und nickte zustimmend, als Quint das Gleiche tat.

Keiner der Männer sagte ein Wort, als sie sich hinter dem Spezialeinsatzkommando in Position brachten. Es war Zeit, eine Ratte in ihrem Loch zu fangen ... und hoffentlich den Ort rauszubekommen,

an dem er Mackenzie versteckt hatte, bevor es zu
spät war.

Dax folgte den zehn Männern in das kleine,
unscheinbare Haus. Sie hatten das Brecheisen benutzt,
um die Haustür zu öffnen, waren ins Innere
geschwärmt und hatten sich schnell ausgebreitet, um
herauszufinden, wo Staal sich versteckte. Innerhalb
von Sekunden waren aus dem hinteren Teil des
Hauses Schreie zu hören. Dax lief gefolgt von Quint
und Cruz in diese Richtung und hielt im Durchgang
zu einem Raum an, bei dem es sich offensichtlich um
ein Arbeitszimmer handelte.

Staal saß mit den Händen auf dem Kopf hinter drei
Bildschirmen und grinste. Er machte sich nicht die
Mühe, zu den Polizisten aufzusehen, die ihre halb
automatischen Gewehre auf ihn richteten und ihm
befahlen, aufzustehen und sich umzudrehen. Cruz
bedeutete den Polizisten mit einer Handgeste, zu
warten. Für gewöhnlich hätten sie sich ihn gegriffen
und ihm Handschellen angelegt, aber momentan hatte
Staal die Oberhand. Sie wussten nicht, ob er bewaffnet
war, und sie benötigten Informationen von ihm. Sie
würden ihm Platz lassen, bis ein Zugriff notwendig
wäre. Derzeit machte er nicht den Eindruck, als stellte

er eine Gefahr für sie dar. Sie mussten ihn zum Reden bringen.

»Sieh an, sieh an. Endlich hast du mich ausfindig gemacht. Hat ja auch lange genug gedauert, Ranger Chambers.«

»Halt verdammt noch mal das Maul, Staal. Wo ist sie?«

»Wer? Oh ... die arme, kleine Mackenzie?«

»Du weißt, dass ich von ihr spreche. Steh auf und dreh dich um, Arschloch.«

»Tss, tss, tss. Du hast doch nicht gedacht, dass das Spiel schon so schnell vorbei wäre, oder? Hast du tatsächlich gedacht, ich würde zitternd vor Angst aufstehen und dir sagen, wo sie ist? Das würde doch den ganzen Spaß kaputt machen, nicht wahr?«

»Warum tun Sie das?«, wollte Cruz mit ungeduldigem Tonfall wissen.

»Warum nicht?«

»Das ist verdammt noch mal keine Antwort, Staal.«

Staals Stimme verlor etwas von ihrer Unbeschwertheit. »Ihr wollt wissen warum? Haben eure ach so tollen Profiler es noch nicht herausgefunden? Woher stammen sie überhaupt? Aus dem Profiler-Geschäft im Internet? Sie wissen einen Scheiß.«

»Warum erzählst du es uns dann nicht?« Dax versuchte, ruhig zu bleiben, dabei wollte er am liebsten über den Schreibtisch springen, die verdammten Bildschirme aus dem Weg schleudern, die ihm die Sicht versperrten, und den Mann strangulieren.

»Hast du jemals einen Menschen sterben sehen, Chambers? Ich meine, nicht weil du ihn aus drei Metern Entfernung erschossen hast. Hast du schon einmal Moment für Moment beobachtet, wie er seinen letzten Atemzug nimmt? Es ist absolut faszinierend. Wenn du genau genug hinsiehst, erkennst du, wie das Leben buchstäblich aus seinen Augen entweicht. Am Anfang habe ich es nicht verstanden. Meine Mutter allerdings schon. Sie hat es mir gezeigt.«

»Wovon sprechen Sie? Kommen Sie, stehen Sie auf und drehen Sie sich um.« Quints Stimme war angespannt.

»Oh, Officer Axton, Sie haben keine Geduld. Meine Mutter hat mir immer gesagt, ich sei der geduldigste kleine Junge, den sie je gesehen hatte. Sie hat mir alles beigebracht, was sie wusste. Zuerst war es mein kleiner Bruder. Sehen Sie, er wollte einfach nicht still sein. Also musste sie ihn zum Schweigen bringen. Sie hat mir aufgetragen, in der Zimmerecke zu stehen und zuzusehen. Sie hat ihre Hand über seinen Mund und seine Nase gelegt. Er hat ein bisschen gezappelt und gegrunzt, aber irgendwann ist er still geworden. Es war wunderbar. Seine kleinen Augen sind glasig geworden und haben an die Decke gestarrt. Am Anfang hatte ich Angst, aber meine Mutter hat mich dazu gebracht, ihn zu berühren, und mir gezeigt, wie schön es ist.«

»Ach du Scheiße.« Der Beamte, der neben Dax stand, sprach die Worte fast lautlos aus.

»Und es war schön, aber sie hat mir gezeigt, dass es zu einfach ist, es auf diese Art zu tun. Sie hat mich ausgebildet. Sie hat mir gezeigt, wie es funktioniert. Sie hat mich in der Badewanne nach unten gedrückt und mich gezwungen, ihr in die Augen zu sehen, wenn sie mich unter Wasser festgehalten hat. Immer wenn ich dachte, ich könnte den Atem nicht noch länger anhalten, hat sie mich auftauchen lassen. Das eine Jahr hat sie eine Haushaltsauflösung besucht und einen brandneuen Sarg gekauft. Es war ein wunderschönes Stück. Ich wünschte, ich hätte ihn immer noch ... aber ich überspringe die Ereignisse.

Mutter legte mich hinein und schloss den Deckel. Scheinbar stundenlang ließ sie mich dort drinnen, aber es waren vermutlich immer bloß zwanzig Minuten. Sie zeigte mir, was es bedeutet, wie es funktioniert. Wie wunderschön der Tod sein kann. Je mehr ich mich wehrte, desto besser war es. Sie hat mir ein Geburtstagsgeschenk gemacht, als ich gerade einmal sechs Jahre alt war. Wir wohnten in einem heruntergekommenen Viertel mit cracksüchtigen Eltern, die nicht auf ihre Kinder aufpassten. Da war dieses kleine Mädchen, Dorothy Allen. Ich werde sie nie vergessen. Sie hat mir vertraut. Ich habe ihr erzählt, dass wir ein Spiel spielen. Sie ist ganz allein in diesen Sarg hineingeklettert. Mutter und ich habe zugehört, wie sie zwei

Stunden lang geweint und gegen den Deckel geschlagen hat. Mutter erklärte mir alles, was nach und nach passiert ist. Sie hat verstanden. Als der Eifer endlich nachgelassen hatte und niemand sich mehr dafür interessierte, Dorothy zu finden, ließ meine Mutter mich den Deckel öffnen. Ich habe noch nie so etwas erlebt, wie es beim ersten Mal mit ihr der Fall war.«

Dax war entsetzt. Staal war kränker, als sie es sich vorgestellt hatten. »Wo. Ist. Mackenzie?« Dax presste die Worte hervor, denn er wollte nicht länger dem Dreck zuhören, der über Staals Lippen kam.

»Beruhige dich, sie ist hier, Ranger Chambers.« Staal streckte die Hand aus und drehte einen der drei Computerbildschirme herum, bis Dax sehen konnte, was Staal sich angeschaut hatte. Das Bild war grießig und hatte einen Grünstich, aber jeder im Raum konnte sehen, was es war. Es war Mackenzie. In einer Kiste.

»Sie ist wunderschön. So viel schöner als die anderen. Und ich habe es so weit gebracht, seit Mutter mir ihr Wissen übermittelt hat. Als sie mir nichts mehr beibringen konnte, habe ich *sie* in unseren Sarg gelegt und zugehört, wie *sie* einen wunderschönen Tod gestorben ist. Ich habe mein Handwerk verfeinert. Das Wasser gibt ihnen Hoffnung, lässt sie nur ein klein wenig länger durchhalten. Es verlängert ihren Tod. Ich habe versucht, ein Funkgerät zu verwenden, aber das hat überhaupt nicht funktioniert, die Reichweite war zu gering. Dann habe ich herausgefunden, dass der Schlüssel darin liegt, ein spezielles, extrastarkes Satellitentelefon zu benutzen, mit dem die härtesten Militäreinheiten der Welt kommunizieren.«

Staal beugte sich nach vorn und drückte auf einer kleinen Tastatur auf seinem Schreibtisch einen Knopf. Die eindringliche Melodie von Bonnie Tylers »Total Eclipse of the Heart« erklang laut in dem Zimmer. »Eure letzten Worte zueinander waren wunderschön. Beeindruckend. Das habe ich bei all den anderen vermisst. Sie sind gestorben, aber keiner wusste davon. Bei Mackenzie wusstet ihr es. Sie weiß, dass sie stirbt. Du weißt, dass sie stirbt. Du hast ihr die Erlaubnis zum Sterben gegeben. Einfach perfekt. Du hast ihr gesagt, sie solle sterben, Chambers. Das ist mein Meisterwerk. Ein wunderschöner Tod. Ich habe jede Sekunde davon aufgenommen, damit alle auf der ganzen Welt es ebenfalls sehen können. Wenn es erst an die Presse gelangt, werde ich berühmt sein. Mackenzie wird berühmt sein. Mein wunderschöner Tod wird berühmt sein.«

Endlich stand Staal auf und hielt eine kleine Pistole in der Hand, mit der er direkt auf Dax zielte.

Sekunden bevor die Hölle losbrach, wusste Dax bereits, was passieren würde. Er schrie: »Neiiiiiin, nicht schießen!«

Genau in diesem Moment eröffneten die Männer um ihn herum das Feuer auf Jordan Charles Staal.

Der Rauch, der in der Luft hing, war dicht und

machte das Atmen schwer. Dax hustete einmal und ein zweites Mal, als die Luft um sie herum langsam klarer wurde.

»Ruhig! Bleibt auf Position!«, brüllte Cruz. »Bleibt auf eurer verdammten Position!«

Dax bewegte sich wie in Trance. Er ging an den Beamten vorbei, die ihre Gewehre nun auf den Boden gerichtet hatten, und seitlich um den großen Schreibtisch herum, hinter dem Staal gesessen hatte. Dax fühlte sich, als hätte er eine außerkörperliche Erfahrung. Er konnte nichts sehen oder hören, er sah einzig Staals toten Körper. Durch die Wucht der Kugeln, die seinen Körper getroffen hatten, war er nach hinten gefallen und mit seinem Stuhl umgekippt. Er lag mit ausgebreiteten Armen auf dem Rücken, während das Blut langsam in den hellblauen Teppich unter Dax' Füßen sickerte. Seine Beine waren auf dem Sitz des umgekippten Stuhls abgestützt und seine Augen, aus denen er senkrecht nach oben starrte, waren geöffnet. Die Pistole, von der Dax nun erkannte, dass es sich um eine verdammte Wasserpistole handelte, lag spottend neben seiner offenen Hand.

Dax richtete den Blick auf den Schreibtisch, drehte den Bildschirm, den Staal zur Tür gedreht hatte, wieder in seine Ausgangsposition und stöhnte. Er beugte sich nach vorn, stützte sich mit beiden Händen auf der Tischplatte ab und starrte. Er konnte nicht glauben, was er sah. Das Lied, das aus den Lautsprechern kam, war die fröhliche Melodie von den B-52s, die »Love Shack« sangen. Das Lied passte so überhaupt nicht zu dem, was er sah, dass Dax es kaum verarbeiten konnte.

Es gab drei Ansichten von Mackenzie in dem Sarg. Eine war die Sicht von der oberen Ecke der kleinen Kiste. Ein anderer Bildschirm zeigte die Sicht von Macks Füßen aufwärts. Dax konnte sehen, wie klein die Kiste tatsächlich war. Ihre Brüste berührten beinahe den Deckel und er sah, wie sie unruhig hin und her rutschte.

Aber es war die dritte Ansicht auf dem Bildschirm, den Staal zum Raum umgedreht hatte, der Dax am härtesten traf. Es war eine Nahaufnahme von Macks Gesicht. Es hatte den Anschein, als hätte Staal direkt über ihrem Kopf ein Weitwinkelobjektiv im Sargdeckel angebracht.

Ihre Augen waren riesengroß und weit geöffnet, als sie sich anstrengte, irgendetwas zu erkennen. Ihre Pupillen waren maximal geweitet. Dax konnte sogar die Tränenspuren auf ihrem Gesicht sehen, als sie vor Angst geweint hatte. Sie hatte eine dunkle Stelle an der Stirn, wo sich eine Beule formte, weil sie mit dem Kopf gegen den Sargdeckel gestoßen war. Sie hielt sich das Satellitentelefon krampfhaft ans Ohr. Er konnte sehen, wie ihr das Atmen schwerfiel. Ihr Mund war geöffnet, als würde sie nach Luft schnappen und keinen Sauerstoff bekommen. Ab und zu legte sie den Kopf nach hinten, als würde der wenige Sauerstoff, der sich noch in ihrem Sarg befand, auf diese Weise einfacher in ihre Lunge gelangen.

Dax konnte einige der Mitglieder des Spezialeinsatzkommandos hören, wie sie durch das Haus schritten und dafür sorgten, dass niemand auf der Lauer lag und darauf wartete, sie aus dem Hinterhalt anzugreifen, und um sicherzugehen, dass Staal tatsächlich allein gehandelt hatte. Eine Tür wurde geöffnet, im Stockwerk über ihnen ertönten Schritte und das leise Murmeln der Polizisten, die die Räume absuchten und sie für sicher erklärten. Dax hielt das für sinnlos. Staal hätte Mack nicht hier versteckt. Er hatte sie bereits irgendwo begraben, dessen war er sich sicher.

TJ trat seitlich an Dax heran und legte ihm die Hand auf die Schulter. »Verdammt, Dax. Komm schon, du brauchst dir das nicht anzusehen.«

Gereizt schüttelte Dax TJs Hand ab. »Fass mich nicht an!«

»Lass die Jungs einen Blick auf die Festplatten werfen und sehen, was sie rauskriegen können. Wir haben immer noch Zeit, sie zu finden, Dax.«

Dax schüttelte bloß den Kopf. »Es ist zu spät. Schau hin, TJ.« Er drehte sich zu seinem Freund um und deutete mit der Hand auf Staals leblosen Körper. »Schau verdammt noch mal hin! Ohne Staal, der uns sagt, wo sie ist, ist es zu spät. Wir werden zu lange

brauchen. Wir werden sie niemals rechtzeitig finden.«
Dax sprach die Worte aus, ging aber bereitwillig zur
Seite, als zwei Beamte von hinten an ihn herantraten.
Einer fing sofort an zu tippen und gab sich Mühe, den
Bildschirm mit Mackenzies Gesicht nicht zu bedecken,
da er wusste, dass Dax durchdrehen würde, wenn er
sie nicht mehr sehen könnte.

»Vielleicht können wir den Video-Feed zurückverfolgen«, sagte einer der Polizisten, vollkommen
konzentriert auf das, was er tat, zum anderen.

»Ja, schau nach, ob du lokalisieren kannst, wo er
anfängt. Wenn es nur wenige Kilometer entfernt ist,
können wir innerhalb von Minuten dort sein.«

Dax ignorierte die beiden Männer, die fieberhaft
versuchten, ihr Computerwissen anzuwenden, um
herauszufinden, wo Staal Mackenzie versteckt hatte,
und fuhr mit dem Finger über den Bildschirm, als
würde er tatsächlich Macks Wange berühren. »Oh
Gott.« Er sprach diese Worte mit einer solchen Angst
aus, dass es für jeden im Raum offensichtlich war, dass
Dax litt.

Da TJ nicht wusste, was er zu seinem Freund sagen
sollte, zog er sich zurück und ließ Dax mit seiner
Trauer allein.

»Dax, dein Telefon.« Es war Quint. Er war nach
draußen zu seinem Streifenwagen gelaufen und hatte
ihre Telefone geholt. »Die letzten Worte, die sie hört,
sollten deine sein.«

Mit zitternden Fingern nahm Dax die Telefone, die Quint ihm hinhielt. Aus einem ertönte immer noch Musik. Mack hörte in ihrem Sarg immer noch die kitschigen Melodien von Liedern aus den Achtzigern. Dax wusste nicht, ob er dazu in der Lage wäre. Er schaute wieder auf den Bildschirm.

Er hatte keine Wahl. Für Mack. Sie sollte seine Stimme hören, die Stimme des Mannes, den sie liebte und der ihre Liebe mit jeder Faser seines Körpers erwiderte.

Er schaltete die Musik auf Quints Telefon aus und hielt sich sein eigenes Telefon ans Ohr.

»Hey, Liebes. Ich bin wieder da.« Dax' Stimme war leise und beruhigend und drang unheimlich aus den Lautsprechern auf dem Schreibtisch.

»Daxton.«

Dax atmete tief ein. Er liebte es, seinen Namen aus ihrem Mund zu hören. Er sah zu, wie Mackenzie die Augen schloss und ihren Mund weiter öffnete in dem Versuch, den Sauerstoff, der nicht mehr vorhanden war, in ihre Lunge zu saugen.

»Bitte sei still und hör mir zu, Mack. Entspann dich. Mach die Augen zu und lass es geschehen. Ich bin bei dir. Ich habe eine Geschichte für dich. Es ist die Geschichte eines Jungen, der von einem Mädchen geträumt hat, das nur für ihn geschaffen ist. Jede Nacht hatte dieser Junge den gleichen Traum. In jeder Nacht seines Lebens träumte er von einer besonderen Frau.

Nicht von einer Prinzessin, nicht von einer Millionärin, sondern einer ganz normalen, fleißigen Frau. Als die Jahre vergingen und er älter wurde, hatte er weiter diesen Traum. Er lebte sein Leben, schloss Freundschaften, verabredete sich, doch keine Frau, die er traf, war die seiner Träume. Er träumte davon, dass sie nicht perfekt war. Sie machte Fehler, gestand sie sich aber sofort ein. Sie war ungeschickt und albern und neigte dazu, ohne Punkt und Komma zu sprechen, wenn sie eine Geschichte erzählte oder nervös war. Der Mann begehrte diese Traumfrau mehr, als er in Worte fassen konnte, aber sie tauchte nie auf.«

Dax räusperte sich und versuchte, die Tränen zu unterdrücken, die in seiner Kehle aufstiegen und seine Augen füllten. Er sah, wie eine Träne seitlich aus Macks Auge lief, als sie dalag und nach Luft schnappte, und er riss sich sehr zusammen, um die Kraft zu finden weiterzusprechen. Um ihr das hier zu geben. Ihre letzten Momente sollten mit dem Klang seiner Stimme erfüllt sein, nicht mit dem Klang der Stille oder irgendeinem beschissenen, jahrzehntealten Popsong.

»Eines Tages traf der Mann eine Frau, er sagte freundlich Hallo zu ihr und ging dann seines Weges, ohne zu wissen, dass er soeben der Frau begegnet war, von der er sein ganzes Leben geträumt hatte. Zum Glück meinte das Schicksal es gut mit den beiden, denn nur kurze Zeit später liefen sie sich erneut über den Weg. Ein Tag führte zum nächsten und bevor er wusste, wie ihm geschah, wurde dem Mann klar, dass er seit Wochen nicht mehr von seiner besonderen Frau geträumt hatte. Er trauerte über den Verlust, bis er verstand, dass er nicht mehr von ihr träumen musste, weil sie direkt vor ihm stand.

Mack, Liebes. Du bist diese Frau. Ich habe mein ganzes Leben von dir geträumt. Ich hatte dich vielleicht nicht besonders lange, aber ich weiß jede Sekunde zu schätzen, die du in meinen Armen, in meinem Bett und in meinem Leben warst. Ich liebe dich, Mackenzie Morgan. Du wirst nicht vergessen werden. Nicht von mir. Nicht von deiner Familie, von absolut niemandem. Entspann dich, Baby. Hör auf zu kämpfen. Es ist okay. Ich bin jetzt bei dir.«

Durch einen Tränenschleier sah Dax zu, wie Mackenzies Hand schlaff wurde und das Telefon, das sie festgehalten hatte, neben ihren Kopf fiel. Ihr Mund blieb offen stehen und sie lag mit weit geöffneten Augen still da und starrte, ohne zu blinzeln, nach oben in die Kamera.

Dax kappte die Verbindung an seinem Telefon und legte die Hand auf Macks Gesicht auf dem Bildschirm. Sie war tot.

Eine einzige Träne lief Dax über die Wange, als er eine innere Leere verspürte. »Ich liebe dich, Mack. Es wird nie wieder jemanden wie dich geben.«

KAPITEL SIEBZEHN

»Dax! Beweg deinen Arsch!« Cruz' Worte waren scharf und drängend und kamen von irgendwo aus dem Haus.

Dax hörte, dass sein Freund diese Worte brüllte, da er sie aus einem anderen Zimmer vernahm, aber sie schienen ebenfalls aus den Lautsprechern auf dem Schreibtisch vor ihm zu kommen. Dax schaute zu den Beamten, die an dem Computer neben ihm arbeiteten und ihn mit großen, ungläubigen Augen anstarrten.

Dax wollte nirgendwo hingehen. Es war ihm egal, dass Staals Leiche hinter ihm auf dem Fußboden lag. Er interessierte sich für nichts, außer dafür, genau dort zu bleiben, wo er war. Bei Mackenzie. Er wusste nicht, wie er den Rest des Abends überstehen würde oder den nächsten Tag oder den übernächsten. Er hatte eine Million Dinge zu erledigen. Er musste Macken-

zies Familie benachrichtigen und Laine. Er musste ...
Verdammt, er hatte keine Ahnung, *was* er tun musste.

»Ernsthaft, Dax. Beweg deinen Arsch hierher.
Sofort!«

Die Worte, die nun lauter durch den Raum hallten,
nachdem der Beamte die Lautstärke an dem Lautsprecher aufgedreht hatte, sorgten dafür, dass Dax sich
abrupt aufrichtete. Jetzt, da er wieder anfing zu
denken, wusste er, dass es nur einen Grund geben
konnte, warum er seinen Freund über die Computer-
lautsprecher hörte, vor denen Staal gesessen hatte.

»Wo zum Teufel bist du?«, brüllte Dax, der bereits
auf dem Weg war.

»Keller. Sofort, Dax!«

Dax hastete durch ein Zimmer mit Sofa und Fernseher zu einer geöffneten Tür und folgte dem Finger-
zeig des Polizisten, der danebenstand. Während er sich
von Mack verabschiedet hatte, hatte Cruz mit den
anderen Beamten offensichtlich das Haus durchsucht.
Im Autopilot-Modus zog Dax seine Waffe und ging die
Stufen hinunter. Er hatte ein Gefühl zu wissen, was er
dort finden würde.

Als er am Fuß der Treppe ankam, hielt Dax
abrupt an.

In der Mitte des Raumes befand sich eine große,
rechteckige Holzkiste, die auf einem Sockel stand. Von
der Kiste führten vier Drähte hinauf in die Decke. Es
fiel ihm schwer zu begreifen, was er da sah. Dax'

GERECHTIGKEIT FÜR MACKENZIE

Verstand war immer noch bei Mack oben im Arbeitszimmer.

Dax sah Cruz in die Augen.

»Sieh dich um und greife dir alles, was du finden kannst, um mir zu helfen, den Deckel abzubekommen. Er ist mit tausend Nägeln verschlossen. Wir brauchen etwas, mit dem wir hineingelangen können.« Cruz sprach die Worte hektisch aus, während er und zwei weitere Beamte vergeblich versuchten, den Deckel einzig mit reiner Körperkraft anzuheben.

Dax steckte seine Pistole zurück in das Holster an seinem Rücken, blickte sich rasch um und erkannte, was zur Hölle vor sich ging. Sein Herz klopfte wie wild in seiner Brust. Wie lange war es her, seit Mack ihren letzten Atemzug genommen hatte? Wenn er Glück hätte, hatte sie vielleicht noch eine Chance. Dax entdeckte ein Metallrohr, das an der Wand lehnte, und griff danach. Er drückte es Cruz in die Hand in der Hoffnung, dass es funktionieren würde. Danach suchte Dax weiter den Kellerraum ab, um zu sehen, was er noch finden konnte.

Da! Ein Brecheisen. Ganz genau, was er brauchte.

Dax packte es sich und eilte an Cruz' Seite. Er schob das Ende unter den Deckel und drückte. Zuerst glaubte er, der Deckel würde sich nicht bewegen, aber schließlich spürte Dax, wie er ein klein wenig nachgab. Nach einem weiteren Versuch, bei dem Cruz und die anderen Beamten, die um den Sarg herumstanden, halfen und Druck auf das Brecheisen ausübten, bewegte der Deckel sich endlich einen Zentimeter.

»Packt ihn. Nehmt ihn herunter!«, wies Cruz energisch die anderen Beamten an. Jeder Mann, der um die Kiste herumstand, zwang seine Finger unter den Rand des provisorischen Sarges und zog den Deckel aus Leibeskräften nach oben.

Dax hielt den Atem an, als der Deckel geöffnet wurde.

Mack.

Sie lag still da, regungslos, ohne zu atmen. Sie sah genauso aus wie auf dem verdammten Bildschirm. Ihre Augen waren geöffnet und starrten nach oben ins Leere, ihr Mund stand offen, ihre Hand lag leblos neben ihrem Kopf. Zu ihren Füßen waren kleine Häufchen mit Erde. Staal hatte sie offensichtlich in den Sarg gegeben, um dafür zu sorgen, dass sie es riechen und glauben würde, dass sie tatsächlich begraben sei. Dieser verdammte Scheißkerl.

Ohne zu zögern, beugte Dax sich nach vorn, schob die Arme unter Macks Körper und hob sie aus dem verdammten Sarg, in dem sie eingesperrt worden war, bevor er sie vorsichtig auf den Boden legte.

»Ruf einen Rettungswagen«, wies er Cruz an.

»Schon auf dem Weg, Ranger«, sagte einer der anderen Beamten schnell.

Dax wandte sich wieder Mackenzie zu. Er konnte sie jetzt nicht verlieren. Nicht wenn er so kurz davor gestanden hatte, sie zu finden. Sie hatte zu lange durchgehalten, als dass zwei verdammte Minuten den Unterschied machen dürften, ob ihm das Herz herausgerissen oder sein Leben vervollständigt wurde.

Dax legte zwei Finger an Macks Hals und spürte einen schwachen Puls. »Sie hat einen Herzschlag«, sagte er zu niemand Bestimmtem. Sie atmete jedoch nicht. Er musste dafür sorgen, dass Sauerstoff in ihre Lunge gelangte. Er neigte ihren Kopf nach hinten. Dax legte eine Hand auf ihre verletzte Stirn und die andere auf ihr Kinn, dann zog er ihre Lippe nach unten. Er beugte sich über sie, atmete zweimal in ihren Mund und versorgte ihre Lunge mit dringend benötigtem Sauerstoff.

»Komm schon, Mack. Komm schon, Baby.«

Erneut atmete er in ihren Mund.

»Du schaffst es. Komm schon. Lass ihn nicht gewinnen.«

Er beugte sich noch einmal über Mack und atmete in ihren Mund.

»Komm zu mir zurück, Liebes. Ich brauche dich.«

Dax tat es wieder und wieder.

Er kräftigte seine Stimme. »Atme, Mack. Verdammt, nun atme schon!«

Endlich hustete Mackenzie einmal leise und Dax hielt den Atem an. »Genau so, Mack. Du schaffst es. Atme, Baby.«

Dax wollte nichts mehr, als Mack in die Arme zu

nehmen, aber er wusste, dass es nicht klug wäre. Er behielt die Hände an ihrem Kopf und ermutigte sie weiter. Langsam hustete sie stärker und stärker, bis Dax endlich sehen konnte, wie sie selbstständig die Luft einsog.

Er beugte sich zu ihr hinunter. »Ich bin so stolz auf dich. Du hast es geschafft. Gott sei Dank. Danke, Jesus.« Dax schluchzte in Macks Haar, bis der Rettungswagen eintraf.

Dax weigerte sich, Mackenzies Hand loszulassen, und hielt sie fest, bis sie im Krankenhaus ankamen. Cruz winkte ab, als er ihm dankte, und sagte ihm, er solle »mit deiner Frau« gehen. Das musste man Dax nicht zweimal sagen.

Mackenzie war noch nicht wieder vollständig wach. Sie hatte zweimal das Bewusstsein wiedererlangt, war aber selbstverständlich noch verwirrt darüber, wo sie sich befand und was passiert war. Ihr war ein Zugang gelegt worden und sie bekam Sauerstoff. Außer der Beule an ihrer Stirn hatte Dax an ihr keine Verletzungen sehen können, hatte aber auch kein Risiko eingehen wollen.

Er hatte sich geweigert, ihr Zimmer zu verlassen, und hatte den Ärzten mitgeteilt, dass sie unter dem Schutz der Rangers stand, was nicht ganz gelogen war.

Die Schwestern hatten ihr die schmutzige Kleidung ausgezogen und einen Krankenhauskittel angelegt. Nachdem der Arzt sie untersucht hatte, lag sie im Bett unter der Decke und Dax war endlich allein mit ihr.

Er setzte sich neben das Bett und ergriff Macks Hand. Ihre Fingernägel waren eingerissen und abgebrochen, als sie im Sarg aufgewacht war und erfolglos versucht hatte, durch Kratzen und Schlagen ihr Gefängnis zu verlassen, aber abgesehen davon sah sie in Ordnung aus. Dax küsste zärtlich jeden ihrer Finger und legte den Kopf auf ihre Hand, die auf der Matratze ruhte.

Jetzt, da das Adrenalin aus seinem Körper gewichen war und er wusste, dass Mack sicher und unverletzt war, fühlte Dax sich erschöpft. Er schlief rasch ein, wobei er mit einer Hand die von Mack umklammerte und die andere in besitzergreifender und gleichzeitig beruhigender Weise auf ihren Bauch legte.

Mackenzie wachte langsam auf und drehte sich, als sie etwas Schweres auf ihrem Bauch spürte. Als sie sich plötzlich an alles erinnerte, öffnete sie die Augen, schloss sie wegen des grellen Lichts im Zimmer aber sofort wieder.

Licht. Mehr brauchte sie nicht zu wissen.

Sie war nicht mehr lebendig begraben. Dax hatte sie gefunden und war zu ihr gekommen.

Sie wusste, dass ihr Leben am seidenen Faden gehangen hatte. Sie erinnerte sich an jede Sekunde, in der ihr das Atmen schwergefallen war und in der sie es nicht geschafft hatte, ihre Lunge mit Sauerstoff zu füllen. Sie hatte keine Ahnung, was passiert war und wie sie gerettet worden war, sie dankte einzig Gott, dass es Daxton gelungen war.

Mackenzie bewegte die Hand zu ihrem Bauch und legte sie auf die Hand, die dort lag. Daxtons. Sie würde sie überall erkennen.

Mackenzie drehte sich um und öffnete langsam die Augen einen Spaltbreit. Dieses Mal war sie vorsichtiger, weil sie wusste, dass sie in Sicherheit und bei Daxton war. Sie konnte einzig sein Haar sehen. Er schlief tief und fest und hatte ihre linke Hand unter seinem Kopf eingeklemmt. Mack machte die Augen wieder zu.

Sicher und bei Daxton, mehr brauchte sie nicht zu wissen. Ohne einen weiteren Gedanken schlief sie wieder ein.

»Du willst mir also erzählen, dass ich gar nicht lebendig begraben war?«

Mackenzie saß zusammen mit Cruz, Quint, TJ, Calder, Conor, Hayden und Laine in Daxtons Wohnung. Sie war vor einigen Stunden aus dem Krankenhaus entlassen worden und alle von Daxtons

Freunden und Laine waren gekommen, um zu sehen, wie es ihr ging.

»Nein. Der Wichser hat tatsächlich keins der Opfer begraben, bevor sie gestorben sind.«

»Ernsthaft? Mann, das ist wirklich krank.«

Alle lachten, obwohl es wirklich nicht lustig war.

»Er hatte Kameras in dem Sarg installiert und hat dich von seinem Arbeitszimmer aus beobachtet. Er hat ebenfalls dein Telefonat mit Dax belauscht und sich daran aufgegeilt.« Cruz erzählte Mackenzie, was sich zugetragen hatte. Er hatte mit Dax ein Gespräch unter vier Augen geführt und ihn gefragt, was Mackenzie wissen sollte. Dax hatte ihm gesagt, er könne ihr sagen, was er wollte, aber dass er einschreiten würde, wenn er sähe, dass Mack damit nicht umgehen könne. Bis jetzt kam Mack damit ganz wunderbar klar. Sie war großartig.

»Ich meine, wirklich? Es ist eine Sache, Frauen zu entführen. Aber es ist etwas anderes, sie für irgendeine sexuelle Scheiße haben zu wollen. Er hat mich aber nicht einmal angefasst. Er hat mir in keiner Weise wehgetan. War das alles für ihn bloß psychologische Folter? Was für ein kranker, kranker Mann.« Mackenzie klammerte sich an Daxtons Hand fest. Es war schwer zu glauben, dass sie überstanden hatte, was ihr widerfahren war, aber sie weigerte sich, sich damit aufzuhalten. Diese Genugtuung würde sie dem Lone Star Reaper nicht geben.

»Anscheinend hat seine Mutter ihm als kleiner Junge alles beigebracht, was er über das Töten wissen musste. Sie hat ihn dazu gezwungen zuzusehen, wie sie seinen kleinen Bruder erstickt hat. Er hat ihr geholfen, ein kleines Mädchen aus der Nachbarschaft zu entführen, das sie auf die gleiche Weise getötet haben, wie er Jahre später alle diese anderen Frauen umgebracht hat. Aber Karma behält am Ende immer die Oberhand. Sie hat es ihm so gut beigebracht, dass Staal schließlich seine eigene Mutter tötete und dann nicht aufhören konnte. Wir hatten uns schon gedacht, dass er seine Frau umgebracht hat, aber ich bin mir nicht sicher, ob ihre Leiche jemals gefunden wird. Wenn er ihren Sarg irgendwo vergraben hat, ist es wahrscheinlich besser, wenn es ihr gestattet wird, in Frieden zu ruhen. Irgendwann hat er sich auf Polizisten fixiert, ganz speziell auf Dax hier, und der Rest ist Geschichte.«

Mackenzie wandte sich an Daxton. »Er hat mich da drinnen gefilmt?«

»Ja, Baby, das hat er.«

»Sind die Bänder ... werden andere sie sehen?«

Dax drehte sich zu Mack um und nahm ihr Gesicht in beide Hände. »Sieh mich an, Mack. Niemand wird diese Aufnahmen zu sehen bekommen. Ich schwöre es dir. Sie sind beim FBI. Sie werden nirgendwohin gelangen.«

»Ich –«

»Du bist in Sicherheit. Die Dinge, die du zu mir gesagt hast. Was ich darauf entgegnet habe. Das bleibt alles unter uns. Niemand anderes erfährt davon. Es gehört uns, okay?«

»Okay. Ich verstehe. Aber Daxton, wenn jemand von dem lernen kann, was er getan hat, von dem, was auf diesen Bändern ist, dann bin ich der Meinung, wir sollten sie zugänglich machen. An einige der Sachen, die ich gesagt habe, erinnere ich mich nicht und ich bin mir sicher, ich war eine riesige Idiotin, aber wenn das FBI oder wer auch immer irgendetwas davon verwenden kann, um zu verhindern, dass so etwas noch einmal passiert, dann bin ich damit einverstanden. Oder vielleicht können irgendwelche Ärzte sie benutzen, um zu sehen, was während eines Erstickungstodes passiert. Calder, meinst du, die Mitarbeiter der Gerichtsmedizin könnten sie gebrauchen?«

Dax zog Mack in seine Arme. »Antworte nicht darauf, Calder. Meine Mack. Du denkst immer an andere, nicht wahr?«

»Nun ja, ich schlage nicht gerade Purzelbäume, dass meine letzten Atemzüge – also, meine beinahe letzten Atemzüge – auf Band gespeichert sind und irgendwo in einem dunklen Tresor liegen und ich will sie ganz sicher niemals ansehen, und ich will auch nicht, dass *du* sie noch einmal sehen musst, aber Daxton, ich hätte ein schlechtes Gewissen, wenn ich darum bitten würde, sie zu zerstören, wenn sie einer guten Sache dienen könnten.«

»Ich liebe dich, Mackenzie Morgan.«

»Und ich liebe dich, Daxton Chambers, aber du hast schon *verstanden*, was ich gesagt habe, oder?«

»Ich habe dich verstanden, Baby. Aber vertrau mir, wenn ich dir sage, dass niemand etwas davon lernen kann, dir zuzusehen, wie du deine letzten Atemzüge nimmst.«

Mackenzie kuschelte sich in Daxtons Arme und ignorierte die anderen im Raum. »Ich hasse ihn.«

»Ich auch.«

»Aber ich hasse ihn mehr für das, was er dir angetan hat, als für das, was ich seinetwegen durchgemacht habe. Auf abstrakte Weise ist es eine Sache, zu wissen, dass ich sterbe, aber es ist etwas völlig anderes, jemanden sterben zu sehen, den du liebst. Ich hasse es, dass er dir das angetan hat. Ich wünschte, ich könnte dafür sorgen, dass du es nicht gesehen hast.«

»Mack –«

»Nein, ernsthaft. Es fühlt sich an wie das eine Mal, als ich mit dreizehn aus Versehen das Badezimmer betreten habe und Matthew dort drinnen war. Das kann ich niemals ungesehen machen. Wirklich. Den Du-weißt-schon-was deines Bruders zu sehen, wenn du kurz davor stehst, eine Frau zu werden, ist niemals eine gute Sache. Ich dachte, ich hätte für den Rest meines Lebens einen Schaden davongetragen. Ich bin erstaunt, dass ich Donny Wie-hieß-er-noch-gleich gestattet habe, mich nach dem Junior-Abschlussball zu befummeln. Ich sage nur, dass man einige Dinge, die man gesehen hat, einfach nicht mehr vergessen kann, und was du gesehen hast, gehört zu den Sachen, die man gar nicht erst gesehen haben sollte. Verdammter Jordan Wie-auch-immer, dass er dir das angetan hat. Es ist scheiße und ich hasse es. Ich bin froh, dass er tot ist. Ich bin froh, dass er erschossen wurde. Arschloch.«

»Sie ist ein blutrünstiges kleines Ding, was?«, bemerkte Conor, der auf der anderen Seite des Sofas in einem Sessel saß.

»Ja.« Dax' Zustimmung klang zärtlich und aufrichtig. »Alles, was ich jetzt sehen kann, bist du, hier in meinen Armen. Du bist lebendig, du atmest und erweckst in mir den Wunsch, zu lachen und gleichzeitig mit den Augen zu rollen, Mack. Mach einfach weiter.«

»Okay. Habt ihr Hunger, Leute? Ich habe Hunger. Im Krankenhaus wollten sie mir nichts geben und Daxton wollte auf dem Nachhauseweg nicht anhalten, um mir Pommes zu kaufen. Will irgendwer Pizza? Vielleicht können wir Pizza bestellen. Oh und Daxton, du hast gehört, dass Mark und Matthew vorbeikommen, nicht wahr? Das geplante Familientreffen hat ja nie stattgefunden. Wegen deines Jobs und der Tatsache, dass ich von einem verrückten Serienmörder entführt wurde, haben wir es noch nicht geschafft hinzufahren. Ich konnte auf keinen Fall ablehnen, als sie sagten, sie wollten mich sehen. Sei nicht überrascht, wenn Mom auch dabei ist.«

»Ich wusste, dass sie kommen, Mack. Keine Sorge.«

»Okay, aber vergiss nicht, was ich über sie gesagt habe. Sie sind ein bisschen verrückt.«

Jetzt meldete Laine sich zu Wort. »Sie sind wirklich ein bisschen verrückt. Mack, erinnerst du dich daran, als wir zu dieser Party gehen wollten und Matthew uns erwischt hat? Ich habe gesagt, dass ich bei dir bin und du hast gesagt, du seist bei mir. Er kam vom College nach Hause, wollte dich sehen und ist zu mir nach Hause gefahren. Meine Mutter sagte ihm, wir seien bei *dir* zu Hause. Er wusste, wo die Partys normalerweise stattfanden, und hat uns tretend und schreiend aus dem Hotelzimmer gezerrt.«

Mackenzie lächelte ihre beste Freundin an. »Ja, wie peinlich.« Sie schaute wieder zu Daxton. »Siehst du? Selbst meine beste Freundin ist der Meinung, dass meine Familie verrückt ist.«

»Okay, Liebes.«

»Gut. Oh, fahren wir immer noch nach Austin? Denn ich glaube, darauf hätte ich Lust. Das Hotel Ella hat sich so toll angehört. Ich habe es mir im Internet angesehen und wusstest du, dass einige der Suiten dort größer als meine Wohnung sind? Aber reserviere uns keine Suite, was für eine Platzverschwendung, ganz besonders wenn wir die ganze Zeit sowieso nur im Bett verbringen werden. Oh Mist, das wollte ich gar nicht laut aussprechen. Bitte vergesst, dass ihr das gehört habt, Leute. Oh und ihr solltet wissen, ich bin kein Longhorn-Fan. Ich weiß, es ist frevlerisch, aber ich dachte, du solltest es wissen, für den Fall, dass du über den Campus der Universität von Texas gehen und alles mit großen Augen bestaunen willst. Ich bin seltsam und Football oder Basketball oder alles, was mit dem College zu tun hat, interessiert mich wirklich nicht die Bohne. Ich bin dorthin gegangen, habe meinen Abschluss gemacht und darauf bin ich wirklich stolz, aber das ganze Aufhebens, das um den Sport gemacht wird, ist wirklich nichts für mich. Tut mir leid.«

»Es ist okay, Mack.«

»Aber ich *bin* ein Fan der Polizei. Ich fand Männer in Uniform immer schon toll und ich glaube, ich finde sie jetzt noch toller, nachdem an meiner Rettung vier verschiedene Behörden beteiligt waren. Das ist ein wahr gewordener Mädchentraum, nichts für ungut, Hayden. Du siehst in deiner Uniform auch scharf aus, auch wenn ich darüber nicht sprechen werde, aber es ist in Ordnung, wenn du –«

Dax hatte genug. Er beugte sich zu Mack und unterbrach ihr leidenschaftliches Geplapper, indem er ihr mit der Hand sanft den Mund zuhielt. »Du meinst wohl, *ich* bin dein wahr gewordener Traum.«

Mackenzie sah Daxton mit einem ernsten Blick an. Als er die Hand wegnahm, sagte sie: »Ich erinnere mich dunkel, dass du mir eine Geschichte über einen kleinen Jungen erzählt hast, der von dem Mädchen seiner Träume geträumt hat. Richtig?« Als Daxton nickte, fuhr sie fort: »Ich hatte den gleichen Traum. Ich wusste, dass ich dich finden würde, es hat nur länger gedauert, als ich es wollte.«

»Ich liebe dich, Mack.«

»Ich liebe dich auch, Daxton.«

»Genug der Schnuddelei auf dem Sofa, ihr zwei. Macks Familie kommt vorbei, ihr solltet also besser nicht nackt sein, wenn sie hier eintreffen«, warnte TJ lachend.

»Schnuddelei? Ist das überhaupt ein Wort?«, fragte Mackenzie kichernd.

»Wen interessiert's? Ihr versteht schon, was ich meine.«

»Okay, Daxton wird mit der Schnuddelei aufhören. Ich muss mich fertig machen, um meine Familie zu empfangen.«

Dax gab Mack einen festen Kuss auf den Mund. »Du siehst toll aus, wie du bist, Cruz wird die Tür öffnen, wenn sie hier sind.«

Ohne ein Wort des Protests kuschelte Mackenzie sich wieder in Daxtons Arme. Wenn sie nicht aufstehen musste, dann würde sie es auch nicht tun. Es gab keinen Ort, an dem sie lieber wäre als sicher in Daxtons Amen, umgeben von ihren Freunden.

KAPITEL ACHTZEHN

Mackenzie streckte sich, sie fühlte sich wunderbar. Sie spürte eine Hand auf ihrem Bauch und dann, wie Daxton an ihren Schamlippen leckte. Sie stöhnte lustvoll auf. »Oh mein Gott, Daxton. Ernsthaft?«

»Ich bekomme nicht genug von dir ... von uns.«

»Bist du nicht müde? Wie spät ist es?«

Dax sah grinsend zu Mackenzie auf. Er hatte die Nachttischlampe neben dem Bett angelassen, damit er Mack sehen konnte, wenn er Liebe mit ihr machte. »Etwa drei Uhr.«

»Daxton«, stöhnte Mackenzie und wandte sich in seinem Griff, als er mit den Händen über ihren Bauch und hinunter zu ihren Oberschenkeln streichelte, um sie auseinanderzudrücken, damit er bequemer zwischen sie passte. »Du hast erst vor zwei Stunden

Liebe mit mir gemacht. Du kannst unmöglich schon wieder bereit sein, es noch mal zu tun.«

»Mack, ich bin keine fünfzehn mehr, selbstverständlich bin ich noch nicht bereit, es noch mal zu tun, aber ich kann dir nicht widerstehen. Und Frauen sind nicht geschaffen wie Männer. Du kannst wieder und immer wieder zum Höhepunkt kommen.«

»Daxton ...« Das Wort hörte sich wie ein Jammern an.

»Dieses Mal kommen wir gemeinsam, Liebes. Nein, kein Widerspruch. Ich habe dich nicht gedrängt und du bist so gut vorbereitet, dass es nicht lange dauern wird, bis du meinen Namen schreist. Ich werde länger brauchen, um zum Orgasmus zu kommen, deshalb haben wir Zeit, dich ausreichend zu erregen, das wird kein Problem sein. Vertrau mir.«

»Berühre mich, Daxton. Bitte. Ich brauche dich.«

Dax schob einen Finger in Mackenzies Muschi und spürte, wie sie sich um ihn zusammenzog. »Das ist genauso sexy, wie ich es erwartet habe. Du bist so feucht von unseren Säften. Ich wünschte, du könntest dich sehen. Mein Sperma läuft langsam aus dir heraus und je erregter du wirst, desto schneller fließt es.« Dax wusste, dass er vulgär war, aber er konnte nicht anders. Er wischte einen Teil ihrer Säfte mit dem Finger ab und brachte ihn an seinen Mund. »Einfach fantastisch.«

Bevor Mack irgendetwas sagen konnte, drehte Dax

sich auf den Rücken und zog Mackenzie auf sich, sodass sie sich rittlings auf seinem Bauch befand. Er hielt sich an ihren Hüften fest, bis sie sicher saß.

Mackenzie schaute mit schweren Lidern auf Daxton hinab und war bereit für alles, was er wollte. Die beiden waren abenteuerlustig im Bett und wenn er von ihr geritten werden wollte, war sie bereit, es zu tun. Sie hatten es zuvor getan und er hatte sie zur Explosion gebracht, bevor er sie fest durchgenommen hatte.

»Komm rauf zu mir, ich will mehr davon.«

»Oh mein Gott, Daxton, nein.«

Dax ignorierte ihre Scham, packte Mack an den Hüften und ermutigte sie, seine Brust so weit hinaufzurutschen, bis sie über ihm kniete. Er schaute zu ihrer Muschi auf, bevor er sich bewegte. »Ja. Kannst du uns spüren, Mack?«

Das konnte sie. Mack spürte, wie ihre Säfte aus ihrer Muschi herausliefen und die Innenseiten ihrer Oberschenkel feucht machten. »Daxton ...« Erneut versuchte sie, sich zu bewegen.

»Oh nein, bleib genau da, wo du bist.« Dax zog Mack zu sich herunter und machte sich daran, sie zu einem weiteren Orgasmus zu bringen. Er benutzte seine Lippen und seinen Mund, um so lange zu lecken und zu saugen, bis sie zitterte und er wusste, dass sie kurz vor der Explosion stand.

In all den Jahren, in denen Mackenzie sexuell aktiv war, hatte sie noch nie erlebt, dass ein Mann sie schmecken wollte, nachdem er in ihr gekommen war. Sie dachte, es sei seltsam oder sogar widerlich, aber wenn sie ehrlich zu sich selbst war, war es absolut scharf.

Dax schob Mack an seinem Körper nach unten und liebte das Gefühl der Feuchte, das sie auf seiner Brust und seinem Bauch hinterließ. Endlich saß sie auf seinen unteren Bauchmuskeln. »Nimm meinen Schwanz in die Hand, Baby. Du sollst spüren, wie sehr ich das hier liebe, wie sehr ich dich liebe. Schiebe ihn in dich hinein. Nimm mich.«

Das musste er nicht zweimal sagen. Mackenzie richtete sich auf Knien gerade ausreichend auf, um die Hand unter sich zu schieben und seinen Schwanz zu ergreifen. Sie führte ihn in sich ein, brachte sich in Position und sank mit einem Stöhnen nach unten.

»Genau so. Und jetzt reite mich, Mack. Nimm dir, was du brauchst. Nimm mich.«

Mackenzie konzentrierte sich auf das wundervolle Gefühl von Dax in sich. Sie spürte, wie er in ihr zuckte, und sie drückte seinen Schwanz zusammen, als sie sich nach oben bewegte und dann wieder auf ihn hinunterklatschte. Sie legte die Hände auf seine Brust, um sich abzustützen, und tat es noch einmal und dann noch einmal. Jedes Mal wenn sie auf ihm landete, presste sie seinen Schwanz mit ihren inneren Muskeln so fest wie möglich zusammen.

Dax streckte die Arme aus, nahm Macks Brüste in

die Hände und drückte sie etwas fester, als er es normalerweise tun würde, sollten sie gerade erst anfangen. Er kniff ihr in die Brustwarzen. »Fester, Mack. Tu es. Fick mich, Baby.«

Bei seinen Worten tat Mack, was er von ihr verlangte. Verloren in den exquisiten Gefühlen, ließ sie sich immer wieder mit voller Wucht auf Dax fallen.

»Fass dich an, Mack. Reibe deine Knospe. Tu es jetzt. Bring dich mit meinem Schwanz in dir zum Orgasmus.«

Vollkommen verloren in dem Moment und ohne Scham zu empfinden, brachte Mackenzie ihre Hand dorthin, wo sie beide verbunden waren, und rieb fest an ihrem Nervenbündel. Sofort spürte sie, wie der Orgasmus sich anbahnte.

»Ich komme, Daxton. Ich bin fast so weit ...«

»Reite mich, Baby. Genau so. Du bist wunderschön. Verdammt wunderschön und du gehörst mir. Mach weiter, fester. Genau so.«

Mackenzie ließ sich von Daxtons Worten mitreißen. Sie *fühlte* sich schön. In seinen Armen, in seinem Bett fühlte sie sich wie die schönste Frau der Welt. Sie dachte nicht daran, was ihr mit Staal passiert war oder wie unangenehm Sex zuvor für sie war. Ihr Orgasmus bahnte sich an und er tat es schnell.

Sie berührte sich ein letztes Mal und beugte sich nach vorn, als sie spürte, wie ihr Höhepunkt sich in ihr ausbreitete. »Oh Gott, ja, Daxton!«

Dax spürte, wie die Fingernägel von Macks linker Hand sich in seine Brust hineinbohrten, und ignorierte sie. Er zog Mack noch zweimal kraftvoll auf sich hinunter und hielt sie dann dort fest, während sie bebend und zitternd ihren Orgasmus in seinen Armen erlebte.

Endlich beruhigte er sie, während sie immer noch zuckte. »Ganz ruhig, Mack. Genau so. Entspann dich. Ich bin hier. Braves Mädchen.« Dax murmelte weiter, bis sie endlich wieder zu sich kam und ihre Umgebung wahrnahm.

»Du hast mich umgebracht, Daxton. Ernsthaft. Aber du bist nicht –«

»Doch.«

»Was?«

Dax lachte leise. »Wir sind gleichzeitig gekommen, Liebes.«

Mackenzie setzte sich auf und stützte sich auf Daxtons Brust ab. »Nein, sind wir nicht.«

»Doch, das sind wir.« Dax rieb mit dem Daumen über Macks empfindliche Klitoris, woraufhin sie erzitterte. »Kannst du mich in dir nicht spüren? Du hast mich ausgesaugt, Mack. Wir sind zusammen gekommen.«

Mackenzie brach in Tränen aus und sackte auf seiner Brust zusammen. Dax schlang einfach nur die Arme um die Frau, die er liebte, und lächelte, während er darauf wartete, dass sie alles herausließ und ihm sagte, warum sie weinte.

»Ich d-d-dachte nicht, dass ich jemals in der Lage wäre –«

»Pssst, ich weiß. Ich wusste, dass es dir möglich wäre. Du musstest nur aufhören, daran zu denken, um es zu tun.«

»Ich liebe dich. Ich liebe dich so sehr.«

»Ich liebe dich auch, Mack. Und nur, dass du es weißt, das war keine einmalige Sache. Es wird wieder passieren. Nicht jedes Mal. Aber es wird wieder passieren.«

»Gut. Es hat mir gefallen.«

»Gut. Schlaf jetzt, Baby.«

»Wirst du mich schlafen lassen? Oder wirst du mich in zwanzig Minuten aufwecken, um es noch mal mit mir zu tun?«

Dax lachte leise. »Schlaf erst mal. Wir werden spontan entscheiden, wie wir uns fühlen.«

Weiterhin in ihr hielt Dax Mackenzie fest, als sie langsam einschlief. Er strich ihr das Haar hinter das Ohr und lauschte ihrem Atem. Nie mehr würde er so eine simple Sache als selbstverständlich erachten. Mack zu sehen, wie sie ihren letzten Atemzug nahm, würde ihn für den Rest seines Lebens verfolgen. Er war überaus dankbar, dass er es geschafft hatte, sie rechtzeitig zu erreichen, um ihr wieder Leben einzuhauchen, aber es war knapp gewesen, zu knapp.

Gott sei Dank hatte Cruz Staals Haus unmittelbar nachdem alles passiert war durchsucht. Wenn er nicht gewesen wäre, hätten sie Mack nicht rechtzeitig gefunden. Hätten sie sie zwanzig Minuten, zehn Minuten ... verdammt, sogar fünf Minuten später entdeckt, als sie es getan hatten, hätte er nun auf einem Friedhof an ihrem Grab stehen müssen. Er verdankte Cruz alles.

Dax war mit Mack nach Austin ins Hotel Ella gefahren, um sich zu verstecken, nachdem die Presse sie verfolgt hatte. Alle wollten ein Interview mit der Frau führen, die von einem Serienmörder entführt worden und gestorben war, dann aber wieder zurück ins Leben gebracht wurde. Mackenzie hatte einige Interviews gegeben und die Sache dann für beendet erklärt. Sie hatte Dax gesagt, sie verstand, warum die Menschen neugierig waren, und dass sie deshalb ihre Geschichte erzählt hätte, aber genug war genug.

Sie waren seit drei Tagen in Austin und genau wie sie es ursprünglich vorgehabt hatten, hatten sie das Hotelzimmer nicht verlassen und während der gesamten Zeit, die sie dort waren, keine richtige Kleidung angezogen. Sie genossen es einfach nur, gesund und lebendig zusammen zu sein.

Dax beugte sich nach vorn und küsste Macks Kopf. Er war der glücklichste Mann auf der Welt.

EPILOG

»Mir gefällt das nicht, Cruz.« Daxton versuchte, seinen Freund zur Vernunft zu bringen. »Warum zur Hölle musst ausgerechnet du das machen?«

»Sieh mal, es ist doch nur für ein paar Monate, dann bin ich schon wieder zurück. Es gibt einfach keinen anderen, der es machen kann.«

»Dummes Zeug. Es ist nicht gesund, monatelang verdeckt zu ermitteln. Ich kenne zu viele Leute, die vollkommen durchdrehen, weil sie zu lange als verdeckte Ermittler im Einsatz waren.«

»Ich weiß deine Sorge zu schätzen, Dax, aber ich tue es trotzdem.«

Dax seufzte und fuhr sich mit der Hand durchs Haar. »Erzähl mir noch einmal das, was du erzählen kannst.«

»Du weißt genauso gut wie ich, dass die Drogensituation außer Kontrolle gerät. Wir tun alles, was in unserer Macht steht, aber sie hören einfach nicht auf. Ich werde verdeckt ermitteln, um zu versuchen herauszufinden, woher sie kommen. Wir schnappen ständig nur die kleinen Fische, die keine Rolle spielen. Wir müssen die Quelle ausfindig machen.«

»Und wie denkst du, wird es dir gelingen, in einem Monat einen Drogenring zu unterwandern, ohne dabei den Verdacht auf dich zu lenken?«

Cruz seufzte, denn er wusste, dass es seinem Freund nicht gefallen würde, was er ihm zu sagen hatte. »Wir glauben, den Mann auf der mittleren Ebene des Drogenrings zu kennen. Er ist der Anführer einer Motorradbande. Es geht das Gerücht um, dass er eine Freundin hat, die nichts davon weiß, was er tut. Ich glaube das nicht. Ich werde sehen, ob ich –«

»Verdammt, Cruz!«, fuhr Dax ihn an. »Du kannst keine Frau in diese Sache hineinziehen. Du weißt genauso gut wie ich, wie beschissen das ist. Ganz zu schweigen davon, dass es nicht das Klügste ist, sich an die Freundin des Präsidenten eines Motorradclubs ranzuschmeißen.«

»Sieh mal, erstens *steckt* sie bereits in der Sache drin, ich ziehe sie also in gar nichts hinein. Unschuldig oder nicht, ob sie weiß, was vor sich geht oder nicht, sie ist dabei. Ich werde nur versuchen, sie dazu zu bringen, sich mir anzuvertrauen. Ich will herausfinden, ob sie tatsächlich die unschuldige Frau ist, für die die anderen Agenten sie halten. Ich persönlich bin der Meinung, dass sie irgendetwas verheimlicht. Wie zur Hölle kann sie nicht wissen, dass ihr Freund ein verdammter Drogenschmuggler ist? Weißt du, wie viele Menschen durch diese Scheiße schon umgebracht worden sind?«

»Du benutzt sie.« Dax wusste, wie es ablief. Er hatte während seiner Zeit auch ein, zwei verdeckte Einsätze gehabt, war sich aber nicht sicher, ob dieser eine gute Idee war.

»Ja, aber denk mal daran, wie viele Leben ich retten werde.«

»Wirst du in Kontakt bleiben?«

Cruz lächelte seinen Freund an. »Ja, ich werde in Kontakt bleiben.«

»Wirst du mich wissen lassen, wenn du Hilfe brauchst?«

»Ja.«

»Du warst für mich da, als Mack entführt wurde. Ich nehme diese Sache nicht auf die leichte Schulter, Cruz. Du bist mein Bruder, ich würde alles für dich tun. Versprich mir, dass du aufhörst, wenn dieser Mist zu gefährlich wird. Du weißt, wie schlimm es Mack treffen würde, wenn dir etwas zustößt. Verdammt, es wird ihr nicht gefallen, dass sie ein paar Monate nicht mit dir sprechen kann. Du solltest dir besser etwas ausdenken, um sie zu beschwichtigen.«

Cruz grinste. Er liebte es, dass Mackenzie und Dax

zusammen waren. In Macks Gegenwart war Dax ein vollkommen anderer Mensch und es interessierte ihn nicht im Geringsten, wie kitschig er sich verhielt. Die beiden liebten einander. Es war wahre Liebe. Cruz freute sich für seinen Freund.

»Das werde ich. Richte ihr liebe Grüße aus, ja?«

»Ja, und die anderen werden auch wissen wollen, was los ist. Wenn du einfach so für ein paar Monate verschwindest, wird es ihnen auffallen und sie werden Fragen stellen.«

Das war eine weitere Konsequenz, die Mackenzies Entführung und Staals Tod gehabt hatten. Die Gruppe von Freunden war noch enger zusammengerückt. Sie legten nun großen Wert darauf, Zeit miteinander zu verbringen. Sie gingen gemeinsam etwas trinken und aßen ständig zusammen zu Abend. Obwohl alle bei unterschiedlichen Strafverfolgungsbehörden mit unterschiedlichen Prioritäten und Aufgaben arbeiteten, standen sie trotzdem alle auf der gleichen Seite. Zusammenzuarbeiten, um Mackenzie zu finden und zu befreien, hatte ihre Beziehungen untereinander gestärkt.

»Ich dachte, du könntest ihnen vielleicht sagen, was los ist, wenn ich weg bin.«

»Verdammt noch mal, Cruz.«

»Also?«

»Okay, Scheiße. Ja, ich sage ihnen Bescheid. Aber nur, wenn du dich regelmäßig bei mir meldest.«

»In Ordnung.«

»Sorge dafür, dass du nicht auffällst. Sie dürfen nichts mitbekommen. Und treibe keine Spielchen mit dieser Frau. Wenn sie etwas weiß, in Ordnung, verschwinde und teile es deinem Direktor mit. Wenn nicht, tu, was du kannst, um sie von diesem Kerl wegzubringen, aber wenn sie nicht gehen will, dann scheiß drauf. Du darfst nicht zwischen die Fronten geraten.«

»Dies ist nicht mein erster Einsatz, Dax. Ich weiß, wie die Dinge laufen.«

»Also gut. Wir hören bald voneinander und wir sehen uns in einigen Monaten?«

»Ja.«

»Pass auf dich auf, mein Freund.«

»Du auch, Dax.«

In Gedanken bereits bei seinem bevorstehenden Einsatz als verdeckter Ermittler, ging Cruz davon. Er würde diesen Drogenring zerschlagen und wenn es das Letzte war, was er tat. Es war ihm egal, wer sich ihm in den Weg stellte. Er würde seine eigene Mutter benutzen, möge ihre Seele in Frieden ruhen, wenn er dafür sorgen könnte, mehr Drogen von der Straße verschwinden zu lassen. Zumindest das war er seiner Ex-Frau schuldig.

Es würde für sie oder sie beide nichts ändern, aber vielleicht für jemand anderen.

Cruz hat keine Ahnung, dass sein Einsatz als verdeckter Ermittler sein Leben verändern wird. Finden Sie in *Gerechtigkeit für Mickie* heraus, wie Mickie in einen gefährlichen Motorradclub hineingeraten ist und was sie dort tut. Demnächst erhältlich!

BÜCHER VON SUSAN STOKER

Badge of Honor: Die Texas Heroes

Gerechtigkeit für Mackenzie

Gerechtigkeit für Mickie

Gerechtigkeit für Corrie (1 Mar)

Gerechtigkeit für Laine (1 Mar)

Sicherheit für Elizabeth (1 Apr)

Gerechtigkeit für Boone (1 Apr)

Sicherheit für Adeline (1 Jun)

Sicherheit für Sophie (1 Jun)

Gerechtigkeit für Erin

Gerechtigkeit für Milena

Sicherheit für Blythe

Gerechtigkeit für Hope

Sicherheit für Quinn

Sicherheit für Koren

Sicherheit für Penelope

Die Männer von Alpha Cove
Ein Soldat für Britt (12 Aug)
Ein Seemann für Marit (3 Mar)
Ein Pilot für Harper
Ein Wächter für Jordan

Ein Spiel des Glücks
Ein Beschützer für Carlise
Ein Prinz für June
Ein Held für Marlowe
Ein Holzfäller für April

Die Männer von Silverstone
Vertrauen in Skylar
Vertrauen in Taylor
Vertrauen in Molly
Vertrauen in Cassidy

SEALs of Protection: Alliance
Schutz für Remi
Schutz für Wren
Schutz für Josie
Schutz für Maggie
Schutz für Addison
Schutz für Kelli
Schutz für Bree (6 Jan)

Die Rescue Angels

Hilfe für Laryn (1 Jul)
Hilfe für Amanda (4 Nov)
Hilfe für Zita
Hilfe für Penny
Hilfe für Kara
Hilfe für Jennifer

Das Bergungsteam vom Eagle Point
Ein Retter für Lilly
Ein Retter für Elsie
Ein Retter für Bristol
Ein Retter für Caryn
Ein Retter für Finley
Ein Retter für Heather
Ein Retter für Khloe

Die SEALs von Hawaii:
Die Suche nach Elodie
Die Suche nach Lexie
Die Suche nach Kenna
Die Suche nach Monica
Die Suche nach Carly
Die Suche nach Ashlyn
Die Suche nach Jodelle

Die Zuflucht in den Bergen
Zuflucht für Alaska
Zuflucht für Henley

Zuflucht für Reese
Zuflucht für Cora
Zuflucht für Lara
Zuflucht für Maisy
Zuflucht für Ryleigh

SEALs of Protection: Legacy
Ein Beschützer für Caite
Ein Beschützer für Brenae
Ein Beschützer für Sidney
Ein Beschützer für Piper
Ein Beschützer für Zoey
Ein Beschützer für Avery
Ein Beschützer für Kalee
Ein Beschützer für Jane

Mountain Mercenaries:
Die Befreiung von Allye
Die Befreiung von Chloe
Die Befreiung von Morgan
Die Befreiung von Harlow
Die Befreiung von Everly
Die Befreiung von Zara
Die Befreiung von Raven

Ace Security Reihe:
Anspruch auf Grace
Anspruch auf Alexis

Anspruch auf Bailey
Anspruch auf Felicity
Anspruch auf Sarah

Die Delta Force Heroes:

Die Rettung von Rayne
Die Rettung von Emily
Die Rettung von Harley
Die Hochzeit von Emily
Die Rettung von Kassie
Die Rettung von Bryn
Die Rettung von Casey
Die Rettung von Wendy
Die Rettung von Sadie
Die Rettung von Mary
Die Rettung von Macie
Die Rettung von Annie

Delta Team Zwei

Ein Held für Gillian
Ein Held für Kinley
Ein Held für Aspen
Ein Held für Jayme
Ein Held für Riley
Ein Held für Devyn
Ein Held für Ember
Ein Held für Sierra

SEALs of Protection:

Schutz für Caroline

Schutz für Alabama

Schutz für Fiona

Die Hochzeit von Caroline

Schutz für Summer

Schutz für Cheyenne

Schutz für Jessyka

Schutz für Julie

Schutz für Melody

Schutz für die Zukunft

Schutz für Kiera

Schutz für Alabamas Kinder

Schutz für Dakota

Schutz für Tex

Eine Sammlung von Kurzgeschichten

Ein langer kurzer Augenblick

BIOGRAFIE

Susan Stoker ist die New York Times, USA Today und Wall Street Journal Bestsellerautorin der Buchreihen »Badge of Honor: Texas Heroes«, »SEAL of Protection«, »Die Delta Force Heroes« und einigen mehr. Stoker ist mit einem pensionierten Unteroffizier der US-Armee verheiratet und hat in ihrem Leben schon überall in den Vereinigten Staaten gelebt – von Missouri über Kalifornien bis hin zu Colorado. Zurzeit nennt sie die Region unter dem großen Himmel von Tennessee ihr Zuhause. Sie glaubt ganz und gar an Happy Ends und hat großen Spaß daran, Geschichten zu schreiben, in denen Romantik zu Liebe wird.

Besuchen Sie Susan im Netz!

www.stokeraces.com

facebook.com/authorsusanstoker
twitter.com/Susan_Stoker
bookbub.com/authors/susan-stoker
instagram.com/authorsusanstoker
Email: Susan@StokerAces.com

www.ingramcontent.com/pod-product-compliance
Lightning Source LLC
Chambersburg PA
CBHW060234100726
47907CB00003B/622